「カナデちゃんを連れ帰ることに
反対なんですか?」
「反対ですね」
スズ
カナデの母親で、
娘を超える実力の持ち主。
レイン・
シュラウド
勇者パーティーを
クビになった
ビーストテイマー。

みんなで一緒のお風呂の時間
ルナ
『最強種』精霊族の少女。
ソラの双子の妹。
ソラ
『最強種』精霊族の少女。
ルナの双子の姉。
「萎むのだ、萎むのだ……」
ティナ・ホーリ
元メイドの幽霊。

「ふにゃああああ〜〜〜」
カナデ
『最強種』猫霊族の少女。
「タニア……大きい、ね」
ニーナ
『最強種』神族の少女。
「そうかしら？普通じゃない？」
タニア
『最強種』竜族の少女。

「イリス、こっちへ」
「あっ」
イリス
レインが出会った
不思議な雰囲気を持つ少女。

深山鈴
[ill] ホトソウカ
4
勇者パーティーを追放されたビーストテイマー、最強種の猫耳少女と出会う

Contents

1章　母と娘

「ほい、お茶やでー」

「あらあら、どうもすみません」

スズさんを家に招いた。

俺とカナデがソファーに並んで横に座り、テーブルを挟んだ対面にスズさんが座る。

ティナは、少し離れたところで控えていた。他のみんなは、事情を知らされて、興味津々といった様子でリビングの端で様子を見守っている。

隠れる気ゼロだ。いっそのこと、会話に参加すればいいのに。

「はぁ……このお茶、おいしいですね。良い茶葉を使っているのでは？」

「あ、わかるん？　そこそこ高いヤツやでー。普段は奥にしまっとくんやけど、カナデのおふくろさんのためなら出さないといけないない思うてな」

「ありがとうございます」

二人が仲良さそうにしていた。気が合うのだろうか？

「お母さん、どうしてこんなところにいるの？」

「久しぶりに会ったのに、最初の言葉がそれ？　お母さん、悲しいわ……よよよ」

「ウソ泣きしないで。すぐにわかるんだからね」

「カナデちゃん、成長したのね。昔は簡単に騙《だま》されて、あたふたしたのに。お母さん、どこか痛いの？　私がいるから泣かないで、って」

「そ、そんなことは言わなくていいから！」

カナデが赤くなって、慌ててスズさんの話を遮った。それくらい、昔の話は恥ずかしいらしい。

子供にとって、親は永遠に逆らえないもの……なんてことを思う。

「スズさんはカナデの母親なんですよね？　実はお姉さんとか、そういうオチはないですか？」

「本当に母ですよ。私、うまく母をやれていないように見えるでしょうか……？」

「いや、そういう意味ではなくて。どう見ても母というよりは姉……というか、妹なので」

カナデよりも背が低くて、幼い顔立ちをしている。これで母親という方が無理がある。姉でもギリギリというところで、本来なら、妹と言われた方がしっくり来る。

「そんなお世辞を言わなくてもいいんですよ？　でも、うれしいです、ありがとうございます」

にっこりと笑うと、さらに年齢が低く見えた。

こっそりと、隣のカナデに耳打ちする。

「なぁ、カナデ……」

「うん、言いたいことはわかるよ。色々とおかしいもん。でも、紛れもないお母さんなんだよ……」

猫霊族は、みんなこうなのだろうか？　カナデが歳をとっても、このままなのだろうか？

どうでもいいことなのだけど、ものすごく気になってしまう。

「はー……お茶がおいしいですね」

「そ、それより！　お母さん、こんなところでどうしたの？　もしかして観光の途中とか？」

「いいえ、違いますよ？　カナデちゃんを探していたの」

「私を？」

「大変だったのよ？　色々な人に話を聞いて、なんとかこの街にたどり着いたんだから。ここにたどり着くまでの間、お母さん、ちょっとした話ができるくらいの冒険をして……」

「もうっ、苦労話はいいから。それよりも、なんで私を探していたの？」

「決まっているじゃない」

スズさんはカナデに手を差し出して、笑顔で言う。

「さあ、一緒に帰りましょう」

「……え？」

「「「えええええぇっ!?」」」

最初にカナデがきょとんとして、次いで、様子を見守っていた俺達が大きな声をあげた。

「ちょ、ちょっと待って、お母さん！　一緒に帰ろう、って……え？　え？　ど、どういうこと？」

「言葉のままよ？　カナデちゃんは、私と一緒に猫霊族の里に帰るの」

「聞いてないよ!?」

「今、言ったもの」

「そういう問題じゃないよ!?　というか、私、里に帰ったりなんてしないからね!?」

「あら……カナデちゃん、反抗期？」

「そういう問題でもないからね⁉」

「えっと、二人共……というか、カナデ。ひとまず落ち着いて」

「フシャー……！」

興奮するあまり、自分の母親を威嚇すらしていた。カナデの頭を撫《な》でたり耳を撫でたり尻尾をさすったりして、なんとか落ち着かせる。

対するスズさんは、最初から落ち着いていた。まったく取り乱すことなく、慌てる娘を慈愛の表情で見ている。

家庭の問題ならば、俺が割って入るべきではないが、どうも、そういうことじゃないらしい。カナデが帰るとなると、俺達にも大いに関係のある話だ。どう思われるかわからないが、口を挟ませてもらうことにしよう。

「横から失礼します。スズさんは、カナデを連れ戻しに来たんですか？」

「はい、そうですよー」

「それは、どうして？　もしかしてカナデ……というか、猫霊族は里の外に出てはいけない、とかそういう決まりがあるんですか？」

「いえ、そのようなものはありませんよ」

「なら、まずは理由を聞かせてもらえませんか？　突然のことで、俺達もカナデも混乱してて……」

「あら。そういえば、理由を話していませんでしたね。驚かせてしまい、すみませんでした」

この人、天然なのかな？　それとも、抜けているだけなのか。

ただ、決して気を抜いていい相手ではない。直感だけど、そんなことを思う。

「実は、カナデちゃんが里を出ることには、私は反対していたんです」

「そうなんですか？」

「お父さんは、良い機会になるとか言ってましたが、私は心配で。まだまだ子供ですからね。もう少し成長したら考えなくもないですが……まだ、カナデちゃんには旅は早いと思うんですよ」

「もうっ、お母さん！　私、子供じゃないよ、ちゃんと大人になったよ」

「それは年齢だけの話でしょう？　カナデちゃん、他は色々と頼りないじゃない。旅の途中で食料を切らして行き倒れたりしなかった？」

「あうっ⁉」

まさにその通りだったので、カナデは反論する言葉を失う。

「旅をしたいという気持ちはわかるわ。見識を広げるために、外の世界に出るというお父さんの意見にも賛成。でも、カナデちゃんはまだ子供だから早いわ。焦る必要はないの。もっと成長してから、改めて旅に出ればいいのよ……という結論に辿《たど》り着いて、連れ戻すことにしたんです」

「なるほど……でも、一度は旅に出ることを許可したんですよね？」

「いいえ。この子ったら、私の目を盗んで勝手に里を出ていってしまって……里のみんなも、カナデが一人前になる良い機会とか言って、止めるどころか加担して……困ったものです。里のみんなにおしおきをしていたので、カナデちゃんを追いかけるのが遅くなってしまいました」

スズさんはサラリと言うが……今、不穏な言葉が聞こえたような？

そっと、カナデがこちらに耳打ちする。

「……お母さんのことだから、里のみんなに物理的におしおきしたんだと思うよ」

「……もしかして、スズさんってかなりの武闘派なのか？」

「……お母さんは長とかじゃないけど、でも、ウチの里で一番強いよ」

「……マジか」

見た目はリトルバージョンのカナデで、強いという雰囲気はまったくない。ほんわかしていそうで、戦いとは縁遠く見えるのだけど、まさか一番の実力者とは。

猫霊族の中でも頂点に立つ存在。つまり、最強の中の最強ということではないか。

この人を決して侮ってはいけないという直感の理由が、ようやく理解できた。

「さあ、カナデちゃん。帰りましょう」

「やだよ！　私は帰らないからねっ」

「あっ、それもそうね。お世話になった方々に挨拶もなしに帰るわけにはいかないわね。じゃあ、一日あげるから、ちゃんと挨拶をするのよ」

「そういう問題でもないから！」

「あら、もう挨拶は済ませていたの？　なら、問題ないわね。お母さんと一緒に帰りましょう」

「あああっ、全然話が通じないにゃあああっ⁉」

カナデが狂ったように叫び、頭をガシガシとかいた。

だいぶ混乱しているな。まあ、いきなり帰ってこい、なんて言われたら落ち着いていられないか。

「たびたび、横からすいません」

「はい、なんですかー？」

「カナデを里に連れ帰るという話、やめにしてもらえませんか？」

カナデが望んでいるのならば止めることはできないが、どう見てもそんな風には見えない。なら俺は、カナデが里に連れ戻されるのを阻止しないといけない。

「レインさん、でしたっけ？　カナデちゃんを連れ帰ることに反対なんですか？」

「反対ですね」

「ふふっ、ハッキリと言うんですね。そういう子は好印象ですよ。でも、どうしてですか？　理由を聞かせてくれませんか？」

「カナデが俺達の仲間だからです。そして、カナデは里に帰ることを望んでいません」

「ふんふん、なるほど」

「スズさんは、カナデが子供だから心配って言いましたよね？　でも、そんなことはありません。カナデは立派な大人で、一人前の猫霊族だと思います」

「うーん……そこは、見解の相違ですね」

「納得してもらえませんか？」

「できませんねー」

口調こそ柔らかいものの、その奥に秘められたスズさんの意思は固い。

これは、説得するのに骨が折れそうだ。

「里に帰る、帰らないは、カナデの意思を尊重すべきです。強引に連れ帰るなんてことは、カナデとの信頼関係を損ねるだけです」

「私の方がカナデちゃんのことをより深く知っていますよ？　そういう心配は必要ないですね」

「ちょっと待った！」

話を続けていると、タニアが割って入ってきた。

タニアだけじゃない。ソラ、ルナ、ニーナ、ティナもいる。

「話を聞いてれば、勝手なことを言ってくれるじゃない。カナデは子供なんかじゃないわ。一人前の猫霊族よ。それなのに、親が後から出てきて、余計なことを言わないでくれる？」

「突然、すみません。ソラは、精霊族のソラと言います。カナデを連れ帰るのは、やめてもらえませんか？　カナデは大事な仲間なのです」

「うむ、ソラの言う通りだ！　我らにとって、カナデは大事な存在なのだ。勝手に連れ帰るなんて話を進められたら、困るぞ」

「えと、その……ニーナ、です。カナデを連れて行かないでほしい、です。一緒に、いたいの……」

「カナデのお母さんの気持ちもわからんでもないけどな？　でも、子供からしたら、それは勝手な意見やで。カナデが帰りたいって言うのならともかく、押し付けはあかん」

話を聞いていたみんなは、黙っていられず、参戦したみたいだ。それぞれ、熱心にカナデと一緒にいたいということを訴える。

これには、さすがのスズさんも無下に扱うことはできず、迷うような表情を作る。

沈黙が流れて……しばらくした後、スズさんが口を開く。

「わかりました。なら、テストをしましょう」

「テスト？」

「みなさんの言うように、カナデちゃんは本当に一人前なのか……そのテストを行いたいと思います。いいでしょうか？」

スズさんの話を受け入れて、テストが行われることになった。

テストに合格すれば、スズさんはおとなしく帰る。ただし、不合格の場合は、カナデは里に連れ戻されてしまう。そんな約束が交わされた。

早速、テストが行われることになり、俺達は街の外の森へ移動した。

「ではでは、最初のテストです」

ある程度、奥まで入ったところで、先頭を歩くスズさんが足を止めた。スズさんの視線が、俺、タニア、ソラ、ルナ、ニーナの順に移動して……最後にカナデのところで止まる。

ちなみに、今は昼なのでティナは外出ができず、留守番だ。

最後のテストはみんながいないとダメとスズさんが言っていたため、後で合流することになっているけれど、こういう時に力になれないのは情けないとティナは落ち込んでいた。後でフォローしておかないと。

「最初のテストは、みなさんの絆《きずな》を確かめます」

「絆？」

「カナデちゃんは、みなさんと一緒に冒険者をやっているとのこと。冒険者は、仲間との連携が大切になってきます。つまり、絆が重要ですね。うまく絆が築けていないとなると、長く続けることはできません。なので、みなさんの絆がどれだけのものなのか、確かめたいと思います」

道理だ。間違ったことは言っていないが、どうやって絆を確かめるというのだろう？

「実は……みなさんの中に、私の協力者が一人だけいます」

「え？」

「ここに来る前に、準備をするために、一度、解散しましたよね？　その時に協力者に会い、話をして説得をして、私の味方になってもらいました」

「そんなことが……？」

思わずみんなの顔を見る。みんな、そんなことは知らない、と言うように一斉に首を横に振る。

「確認しようとしてもダメですよ。簡単に口は割りませんからね」

「いったい、どうしてそんなことを？」

「もちろん、テストのためですよ。最初のテストは、みなさんの中にいる私の協力者を見つけることです。本当の絆を築いているのなら、それくらい簡単なことですよね？」

「……」

「ちなみに、レインさんは私の協力者ではありません。それは私が保証します。なので、犯人探しはレインさんにしてもらいますね」

「俺が、スズさんと繋《つな》がっている人を探し出せばいいんですか？」

「はい、そういうことです。えっと、そうですね……ヒントもなしではさすがに難しいと思うので、それぞれ、一回ずつ質問をすることを許可しますよ。ただし、答えを一度でも間違えたら、その時点で終了です。アウトです。失敗は許されませんからね」

「じゃあ、答えを言いますね」

「え？」

あっさりとそう言うと、今度はスズさんがきょとんとした。

「えっと……聞き間違いでしょうか？　何もしていないのに、もう答えを言うと聞こえましたけど」

「その通りですよ」

「……何もしていないのに、もう答えがわかったんですか？」

「はい、わかりました」

このテストに関しては、間違いなく正解を言い当てることができる。間違えることなんてない。それだけの自信があった。

スズさんは、俺の自信の正体がわからず、怪訝《けげん》そうにしているが……やがて、気持ちを切り替えた様子で話を先に進める。

「わかりました。では、答えを教えてくれませんか？」

みんなの中にスズさんと繋がっている者は……

「そんな人はいない。それが答えです」

「……なるほど」

　スズさんは驚くように目を大きく開いた後、どこか楽しそうな感じでこちらを見た。

「疑心暗鬼に陥らせるようなことを言って、いるはずのない犯人探しをさせる……それが、スズさんの目的ですね？」

「どうしてそう思うんですか？」

「ここで、例えば……俺がタニアを指名したとしましょう。そうしたら、俺はスズさんの情報に踊らされて、タニアを疑ったことになる。そこに、仲間としての絆はない。このテストの正しい解答は、誰も仲間を疑ってはいけない、仲間を信じることだ」

「すぐにそのことに気づくなんて……さすがですね」

「仲間のことなら、誰よりも信じているので」

　わずかな静寂の後、スズさんは柔らかい笑みを浮かべて、パチパチと拍手をした。

「お見事です。全てレインさんの言う通りですよ」

「にゃー……お母さん、意地の悪いテストだよ」

「これも、みなさんの絆を試すために必要なことなのよ」

　娘のジト目に対して、スズさんは平然と答えた。

　さすがというか、なんというか……神経の図太さはスズさんの方が圧倒的に上だ。

「しかし、テストはここからが本番ですよ」

「次も絶対に合格してみせます。次はなんですか？」

「私と鬼ごっこをしましょう」

「え？」

「鬼ごっこですよ、鬼ごっこ。もしかして知らないんですか？」

「いや、知ってますけど……」

どうして鬼ごっこなのだろう？　スズさんの意図が理解できず、ついつい間の抜けた顔をしてしまう。他のみんなも似たようなもので、訝《いぶか》しげにしていた。

「ねえ、お母さん。鬼ごっこなんてして、なにをテストするっていうの？　私を連れ戻さないといけないことに、なんの関係があるの？　まったく関係なくない？」

「関係はありますよ。逃げ足はとっても大事ですからね」

「逃げ足？」

「冒険者を続けるとなると、時に、どうやっても敵わない相手に出会うことがありますよね？　その時は、逃げるしかなくなりますが……逃げ足が遅いと捕まってしまいます。そんなことにならないように、みなさんの逃げ足がどれくらいのものなのか、確認しておきたいんです」

「理屈はわからないでもないんだけど……」

「逃げ足を試されるのって、なんか、微妙な気分になるわね……」

タニアと一緒に、なんともいえない顔を作る。

「今回は、カナデちゃんも一緒に参加してくださいね」

「にゃ？　私も一緒なの？」

「当のカナデちゃんの逃げ足が遅かったら、意味がないじゃないですか」

「んー？　まあ？」

「というわけで、ルールの説明をしますね。制限時間は三分。その間、誰か一人でも私に捕まらなかったら、レインさん達の勝ち。逆に、私がみなさん全員を捕まえたら、私の勝ちです」

「たった三分でよいのか？　それくらい楽勝だぞ」

「ふふっ、元気な子ですね」

「お母さんを侮らない方がいいよ。体を動かすことになると、お母さん、常識を覆してくるから」

「ふむ……質問だ。魔法は使っていいのか？」

「ええ、構いませんよ」

かなり俺達に有利な条件だけど、スズさんの笑みは消えない。こんな条件でも勝てるという自信があるのだろうか？

「準備はいいですか？」

「はい」

「ではでは、合図をしたら好きに逃げてください。三十秒したら追いかけますね」

俺を含めて、みんなは異論ないというように頷《うなず》いた。

「では……よーい、スタート！」

スズさんの合図で、俺達は四方八方に散らばった。

タニアは持ち前の身体能力を活かして猛然と駆けていく。あっという間に背中が見えなくなる。

ソラとルナは魔法を使い、空高く飛翔《ひしょう》する。ニーナは転移を繰り返して、遠くへ移動していた。

俺とカナデは、並走して森を駆けていた。

まとまって行動していると、一網打尽にされる恐れがあるけれど、ある程度は、味方の動きを把握しておきたいので、しばらくはカナデと一緒に行動することにしたのだ。

「レイン、レイン。これからどうする？　普通に走るだけで逃げられるかな？」

「スズさんは、猫霊族の中でも最強なんだよな？」

「うん。めっちゃくちゃ強いよ」

「なら、不安が残るな……偵察を出すことにしよう」

近くの小鳥と契約。同化をして、スズさんのところへ飛ばす。

「さーて、いきますよー」

ちょうど三十秒数え終わったらしく、スズさんが動き出すのが見えた。

スズさんは、軽く前かがみになり……ふっと、姿が消えた。

「え？」

慌てて周囲に視線を走らせると、彼方にスズさんの姿が見えた。あの距離を一瞬で……？

啞然《あぜん》としている間に、スズさんはタニアに追いついた。驚くタニアとは対照的に、スズさんはマイペースに笑顔を浮かべながら、あっさりとタニアの肩をタッチした。

「ウソだろ……」

でたらめに速い。どうやったら、あんな速度で移動できるんだ？　常識を覆すどころか、常識をぶち抜いてきたぞ。

スズさんは、タニアを捕まえた後、次の獲物を探すべく、周囲をキョロキョロと見た。

その遥《はる》か上……上空に、ソラとルナが滞空しているのが見えた。

あれだけ離れていれば、普通なら、二人を視界に収めることはできないんだけど、スズさんは『普通ではない』らしい。

「えいっ！」

スズさんが跳躍した。砲弾が射出されたように、猛然と空を駆けていく。

突貫してくるスズさんに気づいて、ソラとルナが、ぎょっとしているのが見えた。慌てて飛空コースを変更するが、

「甘いですね」

「な、なんだと⁉」

「ありえません⁉」

スズさんは、空気を蹴るという無茶苦茶な方法で軌道を修正して、ソラとルナを捕まえた。

「さーて、次は神族の子にしましょうか」

地面に降り立ったスズさんは、今度はニーナのところに駆けた。注視していないと見失ってしまいそうなほどに速い。どれだけの速度が出ているんだ……？

「ひゃあ⁉」

「はい、捕まえましたよ」

転移と転移の間を狙われて、ニーナもあっさりと捕まってしまった。

「ふふ、残りは……」

スズさんが、小鳥と同化している俺を見た。目と目が合う。

やばい。本能的な危機感を覚えて、即座に同化を解除した。


意識が肉体に戻る。それに気がついた様子で、カナデが不思議そうな顔をした。

「レイン？　どうしたの？」

「すぐに逃げるぞっ、みんな、もう捕まった！」

「えぇ⁉」

カナデと一緒に全力ダッシュ。スズさんがいた方向とは正反対に駆ける。

「お母さん、もうみんなを捕まえたの⁉」

「ああっ、瞬殺だった！」

いくら相手が最強種の中の最強だとしても、みんながあんなに簡単に捕まるなんて……さすがに想定外すぎる。急がないと、俺達もやばい。

焦りを覚えたところで、背後に気配を感じた。同時に、ものすごい勢いで足音が迫ってくる。

振り返るまでもない。スズさんだ。

「き、来たよっ⁉」

「二手に別れるぞ！　少しでも時間を稼いで……」

「させませんよー！」

左右に分かれようとしたところで、行く手を塞ぐようにスズさんが回り込んできた。

それなりの距離があったはずなのに、もう追いつかれるなんて、とんでもない速度だ。

「これで終わ……あ」

俺達を捕らえようとしていたスズさんの手が、目の前でぴたりと止まる。

「ふぅ……残念ですが、三分経ってしまったみたいですね」

「そう……なんですか？」

「はい。なので、二つ目のテストも、レインさん達は突破することができた、ということになりますね。あとちょっとだったのに残念です」

俺達は危ういところで二つ目の試練を突破したのだけど、それはギリギリ及第点と呼ぶべきもので、喜べるようなものではなかった。


二つ目のテストをなんとか突破した後、俺達は一度家に戻った。

スズさん曰《いわ》く、最後のテストは全員で挑んで欲しいとのこと。なので、ティナが自由に行動できる夜を待った、というわけだ。

そして、夜……ティナと一緒に改めて外に出た。夜の平原は静かで、穏やかな風が吹いている。

動物も魔物も見当たらず、俺達しか見えない。

「さてさて。それでは、最後のテストを行いますね」

スズさんはニコニコしながらそう言う。

「うー……嫌な予感がするにゃ」

「どうしたんだ、カナデ？」

「お母さんがああいう顔をしている時は、大抵、ろくでもないことを考えている時だから……」

娘だからこそ知る母の怖さがあるのだろう。カナデは怯《おび》えるように、耳をぺたんとさせた。

「大丈夫だ」

「にゃ……レイン？」

そっと、カナデの手を握る。俺の熱と想いを伝えるように、強く摑《つか》む。

「にゃー……痛いよ？」

「ごめん。でも、今はこうした方がいいかと思って」

「……うん。ちょっと、安心できるかも」

「テストがどんなものであれ、絶対に突破してみせるから。カナデを里に戻したりしないから。俺達を頼りにしてくれ」

「……レイン……」

「そういうことなのだ！　我に任せるがいいぞ、ふはははっ」

「ソラも全力を尽くします」

「あたしらが協力してあげるんだから、そんなしょぼい顔をしないの」

「わたし、も……がんばるっ」

「ウチも、カナデのためにできることをするで！」

「……みんな……」

カナデの涙腺がうるっと緩む。でも、今はまだ泣くところじゃない。

カナデはぐっと我慢して、前を向いた。

「うーん……なんだか、私が悪者になってしまっているような？」

「すみません。でも、カナデが嫌がっている以上、スズさんの思うようにはさせないので」

「そういう風に考えるのは、カナデちゃんが帰りたくない、って言っているからですか？　カナデちゃんが帰る、って言えば、おとなしくしてくれるんですか？」

「それもないですね。俺達はカナデと一緒にいたい。カナデが帰ると言っても、たぶん、説得して考え直させると思います。ただのわがままですけど……押し通させてもらいます」

「なるほど、なるほど」

スズさんが機嫌よさそうな感じで、コクコクと頷いた。

「私が思っていたよりも、カナデちゃんは成長しているのかもしれませんね」

「それは、どういう……？」

「さあ、おしゃべりはここまでですよ。最後のテストを始めましょう」

問いかけるよりも先に、スズさんは話を打ち切ってしまう。

今、話し合いで解決できそうな雰囲気があったのだけど、気のせいだったのだろうか？

「最後のテストは……ずばり、力試しです。強くないと冒険者は務まりませんからね。私の心配なんていらない、ということを証明してみせてください」

「力試しというと、もしかして……」

「私と戦ってもらいます」

スズさんと戦う……か。

果たして、勝率はどれくらいあるのだろう？　昼間の能力を見る限り、真正面から激突したら、まず勝てないだろう。搦手《からめて》を使うか、罠《わな》にハメるなりしないといけないな。

「勝敗の条件はどうなるんですか？」

「そうですね……気絶するか、動けなくなったところで負けにしましょうか」

「なるほど……それなら」

一つ、作戦を思いついた。うまくハマれば、なんとかなるかもしれない。

「私は一人で構いません。みなさん、全員でかかってきていいですよ」

「ちょっと、そんなこと言っていいわけ？」

「そうなのだ。いくらなんでも、我らを舐《な》めすぎではないか？」

「そうですか？　ちょうどいいハンデだと思いますが」

「「むかっ」」

タニアとルナが、揃《そろ》ってこめかみを引きつらせた。

あからさまな挑発なんだけど、放っておくことにしよう。

挑発に乗せられる形だとしても、やる気が出るのならば、その方がいい。さっきみたいに、少しでも臆していたら勝負にならないだろうからな。

「……レインの旦那。ウチ、戦いとか苦手なんやけど」

「……今回は協力してくれないか？　ティナが鍵を握っていると言っても過言じゃないんだ」

「……へ？　ウチが？　でも、大したことはできへんよ？」

「……すごく大事な役割があるんだ。それは、ティナにしかできないことだ」

考えている作戦を伝えた。

「……なるほど。確かに、ウチにしかできん仕事やな」

「……頼めるか？」

「……任しとき。期待に応えるメイド、ティナちゃんやで」

頼もしい返事だ。これなら、本当になんとかなるかもしれない。

「制限時間はなし。一本勝負。私が負けた場合は、カナデちゃんを連れ帰るのは諦めます。でも、レインさん達が負けた場合は、カナデちゃんは連れて帰ります。それでいいですね？」

「ええ。それで構いません」

「いい返事です。それに、良い目をしていますね……ふふっ、カナデちゃんのことがなければ、ゆっくりとお話をしたいところです」

「話なら、いつでもできますよ」

「そうですね、お別れ会は必要でしょうから」

「スズさんを見送る会、の間違いでは？」

「ふふっ。本当におもしろい子ですね。私を相手に一歩も引かないなんて……カナデちゃんを連れ戻すためということは忘れて、純粋に、レインさんと戦うことが楽しみになってきました」

スズさん、出会った時と比べると、ちょっと性格が変わっているような？

「……お母さん、アレでバトルマニアなところがあるから」

「……なるほど」

カナデに耳打ちされて、スズさんの意外な一面を知る。

「さて、どうしますか？　私は、すぐに始めてもいいですが……」

「ちょっと待ってください。作戦会議をしたいので」

「はい、どうぞ」

みんなを集めて、小声で作戦会議を開く。

「レイン、どうするの？　もしかして、なにかすごい作戦があるの？」

「鬼畜テイマーによる作戦なのだな」

「期待しているわよ、鬼畜テイマー」

「その呼び名、やめてくれないか……？」

意外と、ルナとタニアは余裕があるのかもしれない。

「鍵はティナだ」

「ティナですか？　どういう意味なのか、ソラはよくわかりません」

「知っているだろう？　猫霊族は物理は最強だけど、魔法絡みの攻撃には弱い。だから、俺達でスズさんの動きを止めて、そこで、ティナに憑依《ひょうい》してもらう」

「あ。そう、すれば……うまくいく、かも……だね」

みんなの顔に理解の色が広がる。

ティナと出会った時、他でもない、猫霊族のカナデが言っていたことだ。猫霊族は簡単に憑依されてしまう……と。だから、ティナがいればなんとかなるはずだ。

「おまたせしました。作戦会議は終わりました」

「それじゃあ、そろそろ始めるということで、構いませんね？　遠慮しないで、全力でかかってきてください。私、こう見えても頑丈なので、ちょっとやそっとのことでは怪我しないので」

言われなくてもそのつもりだ。下手に手を抜いたりしたら、一瞬でやられかねない。

「では……始めます！」

開始を宣言するが……スズさんは動こうとしない。無防備な体勢で、静かに微笑んでいる。

様子を見ているのだろうか？　いや、それにしては構えすらしないのは不自然だ。

「うにゃー……これって」

「かかってきなさい、っていうことかしら？」

カナデとタニアが、イラッとした顔になった。

二人の予想通り、スズさんはその場から動こうとしない。隙だらけで、あくびすらしていた。たぶん、挑発しているのだろう。

「もう怒った！　手加減なしでいくからねっ」

とことん下に見られてプライドが傷ついたらしく、カナデが怒った顔になる。

「うにゃ……にゃんっ!!」

地面を蹴り、ダッシュ。その姿は視認できないほどに速い。娘だけあって、スズさんに負けていないと思う。言葉通り、手加減なしで最初から全力でぶつかることにしたみたいだ。

まんまとスズさんの挑発に乗せられてしまったが、最初から全開で行くというのは、正しい答えだろう。とんでもない能力を見せたスズさんが相手なのだ。出し惜しみをしていたら、あっという間にやられてしまう。

「お母さんだからって、遠慮しないんだからね！」

「ふふっ、どれくらい成長したか、しっかりと確認してあげる」

「もーっ、バカにして！　そのニコニコ顔、泣き顔に変えさせてやるんだからっ」

親に対する言葉じゃないだろう。そんなことを思うものの、今は勝負の最中なので黙っておく。

カナデが風のような速度でスズさんに迫り、ゴォッ！　と拳を繰り出した。

鉄の板さえ貫く強靱《きょうじん》な一撃だ。いくらスズさんでも、真正面から受け止めるようなことは……

「はいはい、っと」

真正面から受け止めた!?

スズさんは、相変わらず笑みを浮かべたまま、カナデの拳を手の平でガードした。

実は手加減をしていた、などという事実はない。その証拠に、カナデの拳圧に押されるように、スズさんの体が後ろに押されていた。それだけの威力があるということだ。

しかし、それだけだ。ダメージを負った様子はないし、体勢すら崩していない。

「うーん……今のは、なかなか良い一撃ですね。カナデちゃんも、成長しているんですねえ……ただ、技術というものがまったくないですね。そこがダメダメポイントです。ただ殴りつけるだけじゃあ、大した威力は出ませんよ？」

「にゃ、にゃあ……!?」

「拳を入れる時は、こう、腰を使わないと！」

「ふにゃっ!?」

スズさんが軽く体を捻り、拳を撃ち出した。カナデとは段違いの速度で、しかも重い。

スズさんの拳がカナデにヒットして、小さな体が宙を舞う。竜巻に巻き込まれたかのように、カナデは遥か遠くに飛ばされて……地面に大きな穴を作り、ようやく止まった。

「……と、とんでもないわね」

一連の流れを見ていたタニアが、顔をひきつらせた。

魔族とも対等に戦ったはずのカナデが、まるで子供のようにあしらわれた。改めて、スズさんのとんでもない力を思い知る。

スズさんはカナデを迎撃したものの、追い打ちはかけない。他のみんなに攻撃をしかけることもなく、挑戦者を待つチャンピオンのように、笑みを携えて立っていた。

追撃はないと判断して、カナデのところへ。

小さなクレーターの中で、くらくらと目を回しているカナデに手を差し伸べる。

「カナデ、大丈夫か？」

「う、うん……大丈夫、だよぉ……？　ふにゃあ」

「気合たっぷりなのはいいけど、いきなり一人で突撃しないように」

「ごめんね。お母さんが戦うところ、みんな実際に見てないから。少しでも活路を見出すことができれば、って思ったんだけど……うにゃあ、一瞬でやられちゃった。役に立てなかったね」

「そんなことないさ。それに、まだまだこれからだ。まだ動けるか？」

「うんっ、大丈夫！」

「よし、ならいくぞ！」

カナデの手を引いて立ち上がらせた後、みんなのところへ。

「ちょっと大人げないが、数の力で押し切るぞ」

「にゃー……どうするの？」

「俺とカナデとタニアが前衛だ。とにかく手数を出して、スズさんに反撃に転じる間を与えないようにする。まずはそれでいこう」

「らにゃー！」

「ええ、わかったわ」

カナデとタニアがしっかりと頷いた。

「で、ソラとルナは後衛だ。隙を見て、魔法を叩《たた》き込んでくれ」

「わかりました。ソラ特製の魔法を撃ち込みましょう」

「了解なのだ！　痛い一撃をお見舞いしてやるぞっ」

ソラとルナがやる気を見せるように拳を握った。

「ニーナとティナは、切り札だ。俺達がどうにかしてスズさんを拘束するから、その時に、ニーナの転移で近づいて、ティナは取り憑《つ》いてほしい」

「う……うん。がんばる、の……！」

「まかしとき！」

切り札ということで緊張しているらしく、ニーナは少々、顔をこわばらせていた。

対するティナは、度胸があるのか笑みを浮かべていた。

「いくぞっ！」

おーっ！　とみんなが元気よく応えた。

その雰囲気を引き継いだまま、みんなで足並みを揃えて突撃する。

カナデ、タニアと並んで疾走して……同時に、頭の中で魔法式を構築して、解き放つ。

「マルチ・ブースト！」

自分を含めて、前衛三人の能力を増加させた。体の隅々まで力が行き渡り、神経が研ぎ澄まされていくような感覚が広がる。

「はぁっ！」

まずは、俺が一撃を叩き込む。直前で横に回り込んで、すくい上げるような蹴撃。

それに合わせるようにして、正面から、カナデとタニアが拳のラッシュを見舞う。

前方と側面からの同時攻撃。これならば……!

「っと、これは……?」

スズさんは、カナデとタニアのラッシュを両手で捌《さば》いて、俺の蹴撃を体を逸らすことで避けた。

ただ、今まで浮かべていた笑みは消えていた。代わりに、小さな驚きの表情がある。

おそらく、カナデの力が増幅されていることに気がついたのだろう。

驚きと困惑……その二つが、スズさんの表情から読み取れる。

「このまま畳み掛けるぞ!」

今がチャンスだ。俺とカナデとタニア、三方向から猛撃をしかける。

「あらっ、あらっ……これは、なかなか」

さすがのスズさんも、俺達三人を同時に相手にすることは難しいらしい。反撃に転じることができず、防戦一方になる。

よし、良い感じだ。この流れを掴んで、離してはいけない。

後は……タイミングを見て、ナルカミのワイヤーで動きを封じる。すぐに脱出されてしまうだろうが、一瞬でも動きを止められれば十分だ。ソラとルナに魔法を叩き込んでもらい、そのどさくさに紛れて、ニーナとティナに期待する。

「どういうことなんでしょうか? さきほどよりも、カナデちゃんが強くなっているような……?」

「自分の手の内を明かすようなことはしませんよ」

「それもそうですね。まあ、これくらいなら大して問題はないから、よしとしましょう」

「なんだって……？」

スズさんの言葉の意味を、すぐに理解することになる。

スズさんの拳が動いた……ように見えた。あまりに速いので、正確に視ることができない。

「にゃっ⁉」

「きゃっ⁉」

気がついたら、カナデとタニアが投げ飛ばされていた。

「ソラっ、ルナっ！　援護を！」

俺一人でスズさんの相手をすることはできない。カナデとタニアが戦線に復帰するまで、なんとか保たせないと。そのために、ソラとルナに援護を要請した。

俺とスズさんはギリギリのところまで接近しているので、普通ならば、魔法を放つことはできない。俺を巻き込んでしまうからだ。

でも、唯一、巻き込まないで済む方法がある。二人ならばそのことに気づいてくれるはずだ。

「「パラライズショック‼」」

期待していた通り、ソラとルナは状態異常魔法を解き放つ。

俺は、『状態異常無効化』という能力がある。これならば巻き込まれても何も問題はない。

「みゃっ⁉」

ビリッ、と痺《しび》れた様子で、スズさんが変な声をあげた。

いくらスズさんが最強種の中の最強だとしても、猫霊族は魔法に弱い。

今がチャンスだ！　スズさんの足を払い、地面に押し倒そうと……

「えいっ」

「なっ……⁉」

足を払おうとしたところで、スズさんがわずかに体をよじらせた。

苦し紛れにあがいた……というわけではない。一切の無駄がなく、必要最小限の動作で俺の攻撃を避けたのだ。

足払いが避けられて、俺の足が宙を蹴る。

逆にスズさんに足払いをかけられてしまい、地面に倒れた。

「ふふっ。猫霊族の弱点は魔法。良いところに目をつけましたが……弱点を弱点のまま、いつまでも放置しておくと思いましたか？　攻撃魔法などはどうしようもないですけど、状態異常魔法にかかってもある程度は動けるように、特訓をしていたんですよ」

スズさんはさらりと言うけれど、状態異常魔法にかけられても動けるように特訓するなんて、無茶苦茶すぎやしないだろうか？　そんなこと普通はできない。

「ポイズン……」

「フリーズ……」

ソラとルナが追撃をしかけようとするが、それよりも先にスズさんが動く。

「同じ手はくらいませんよ」

「きゃ⁉」

「むぐっ⁉」

巨大な敵を殴りつけるように、スズさんは拳を大きく振り抜いた。たったそれだけのことで、拳撃による衝撃波が発生した。

衝撃波はソラとルナを巻き込み、二人を空高くに放り上げる。

二人はくるくると木の葉が舞うように落ちて、そのまま目を回してしまう。

「隙っ……」

「アリぃいいいいいっ！！！」

投げ飛ばされたはずのカナデとタニアがいつの間にか戻ってきていた。腕を振り抜いた体勢のままのスズさんに、同時に飛びかかる。

「隙なんてありませんよ」

「にゃっ⁉」

「ひゃあああぁぁっ⁉」

カナデとタニアは再び投げ飛ばされてしまい、ものすごい勢いで地面を転がる。

大丈夫だろうか、あれ……？

「うーん……みなさん、同時にかかってきてコレですか？　ちょっと拍子抜けですね。私、この位置からぜんぜん動いてないんですよ？」

この人、とんでもない化け物だ。

昼間の鬼ごっこで、その身体能力の高さや力を知ったつもりになっていたけれど……とんでもない。この人の力の源は、猫霊族の身体能力とは関係なく、まったく別のところにある。

技術だ。

戦うための技術が、これでもかというくらいに磨き抜かれている。

熟練の冒険者と変わらない……いや、それ以上だ。ひょっとしたら、Sランクの冒険者と同じくらいの技術を持っているのではないか？

対する俺達は、身体能力だけを頼りに戦ってきた。

それなりの経験は積んでいるが、そんなものは、極限まで鍛え抜かれた技術を持つ相手にはまるで役に立たない。子供がプロの拳闘士に殴り合いを挑むようなもので、力の差は圧倒的。

「これで終わりですか？」

「……いいえ、まだですよ」

突撃すると、スズさんは怪訝そうな顔になる。破れかぶれの一撃か、それとも罠があるのか。その判断に迷っているみたいだ。

しかし、それが隙になる。

「ここだっ！」

ティナと契約したことで得た重力操作で、自身にかかる重力をゼロにした。体が宙に浮き上がり、ふわりとスズさんを飛び越える。

さすがにこれは予想外だったらしく、スズさんの拳は対象を見失い空振りになる。

その間に、重力操作を解除して地面に降り立った俺は、即座にナルカミの特殊機構を作動させて、ワイヤーを射出した。後ろからスズさんの体を縛り上げる。

「動きを止めるだけでは、私に勝つことはできませんよ」

「切り札がありますから！」

すぐ近くの空間が歪《ゆが》み、ニーナとティナが現れた。絶好の機会と判断して、転移したのだろう。

「ナイスタイミングだ、ニーナ！」

「……んっ！」

「そして……後は任せたぞ、ティナ！」

「おうよ。ウチに任しとき！」

ティナは、ぐっと親指を立てると、そのまま空気に溶けるように、スズさんの中に消えた。

「っ⁉」

俺達を圧倒していたスズさんの動きがピタリと止まる。

石像のように動かず、瞳から光が消えた。

「やった――――っ‼」

カナデが喜びを表現するように、ぴょんっと飛び跳ねた。

さらに、そのままの勢いで、こちらに抱きついてくる。

「レイン、やったね！　お母さんに勝ったよ！」

「ま、待て。まだそう判断するのは早い。もう少し、様子を見てから……」

「そんな必要ないって。猫霊族は幽霊に弱いんだから。勝ちだよ、勝ち♪」

カナデは俺に抱きついたまま、その場でぴょんぴょんとジャンプする。

その度に、体のあちこちが押し付けられて……ちょっと自重してほしい。

「タニアはどう思う？」

タニアは、固まったままのスズさんの顔を覗《のぞ》き込んでいた。

「んー……猫霊族がこういう攻撃にやたら弱い、っていう意見には賛成なんだけど……取り憑いた、っていうのに、ティナの意識が表に出てこないのはおかしくない？」

言われてみればそうだ。取り憑くことに成功したのなら、ティナが体の支配権を得るはずだ。

それなのに、未だなんの反応もない。イヤな予感がするな。

その時、ピクリとスズさんの指先が動くのが見えた。

「タニアっ、離れろ！」

タニアもスズさんの動きを察知したらしく、慌てた様子で後ろに跳んだ。

「ひゃあああっ⁉」

ポーン、という感じで、スズさんの体からティナが飛び出した。いや。飛び出したというよりは、弾き飛ばされた、という方が正しいだろう。

ティナはくるくると回転しながら吹き飛ばされるが、空中で器用にブレーキをかけて止まる。

「ティナっ、大丈夫か⁉」

「だ、大丈夫やで……ふう、ちょっと目が回ったくらいや」

ふらふらとしている様子ではあったが、ちゃんと受け答えができているので、意識はハッキリしているのだろう。

スズさんを見ると、こちらの視線に気がついて、にこりと笑顔を向けてきた。

元気いっぱいですよー、なんて言葉が聞こえてきそうだ。

「す、すまん……ウチ、がんばったんやけど、失敗してもうた」

「えっ……な、なんで？　いくらお母さんでも、幽霊に抵抗できるわけないのに」

「それが、できるのよ。言ったでしょう？　猫霊族の弱点をそのままになんてしておきませんよ、って。幽霊に対する対策もバッチリなの」

「そ、そんなぁ……」

「とはいえ、ティナさんの力がなかなか強く、憑依を打ち消すのに、少し時間がかかってしまいましたが……まあ、ご覧の通り無事ですね。もしかして、今のが切り札でした？　だとしたら、勝機を逃してしまいましたね。さて、どうしますか？　切り札を失っても、まだ続けますか？」

「もちろん」

みんなが束になっても敵わないし、ティナの憑依もはねのけられてしまった。

それでも、降参するなんていう選択肢はない。

ここで退いてしまうと、カナデがいなくなってしまう。それだけは認められない。

やれるだけのことはやる。最後まで諦めず、突き進んでいこう。

「カナデは、合図で力を貸してほしい。カムイの例の機能を使う」

「うんっ」

「みんなは、援護と攪乱《かくらん》を頼む」

「了解よ」

「それじゃあ……いくぞっ！」

合図でそれぞれ散開した。

「気合たっぷりですね。でも、それだけではどうにもならないということを教えてあげますね」

スズさんは、あくまでも余裕の笑みを浮かべて、俺達を迎え撃つ。

「これでも、食らいなさいっ！」

「『ドラグーンハウリング!!』」

タニアが連続して火球を撃ち、それに合わせて、ソラとルナが魔法を放つ。二つの攻撃が重なり、爆炎の嵐となってスズさんを襲う。

しかし、スズさんは逃げることなく、拳圧で爆炎の嵐を切り裂いた。あいかわらずとんでもない身体能力だ。拳一つで、竜族と精霊族の攻撃を退けるなんて聞いたことがない。

でも、視界を塞ぐ役割は果たせた。

爆炎でスズさんの視界が塞がれている間に接近する。カナデと並んで駆けて、左右から襲撃をしかける。挟み込むようにして、俺とカナデ、それぞれ拳を繰り出す。

「甘いですよ」

側面にも目がついているかのような動きで、スズさんは、俺とカナデの攻撃を正確に受け止めた。

「では、そろそろ反撃を……っ⁉」

スズさんの動きが一瞬、鈍くなる。

見ると、ティナが手をかざしていた。憑依の応用で相手の体をコントロールしているのだろう。

ただ、長くは続かない。こちらも対策はしてあるらしく、すぐに束縛が解けてしまう。

「えいっ！」

今度は、ニーナが飛び出した。

転移でスズさんの真上に移動すると、そのまま全身を使っての体当たりをしかけた。ダメージがあるわけではないけれど、ニーナの大胆な行動に驚いたらしく、スズさんの動きが再び鈍くなる。

その間に、ニーナは再び転移をして、遠くに逃げる。

「ブースト！」

身体能力強化魔法を再び使用した。すでに一度使用しているため、重ねがけということになる。

能力強化魔法の重ねがけをすることで、さらに身体能力を強化して、それで対抗する……という作戦だ。戦闘技術は瞬時に身につけられないが力ならなんとかなるかもしれない、と思った。

「ぐっ……⁉」

一瞬、視界がブレる。

体の内側に生き物が潜んでいるような、そんな歪《いびつ》な感覚。体が弾けてしまいそうになるけれど、それを無理矢理抑え込み……奥底から勢いよくあふれだしてくる力を己のものにする。

「おおおおぉっ‼」

「くっ⁉」

二重に強化された力で、スズさんに乱打を見舞う。

ここで初めて、スズさんの顔に焦りの色が見えた。俺の攻撃に追いついていない様子で、いくつか、クリーンヒットが決まる。

「なら……もう一回！　ブースト‼」

さらに身体能力を強化した。その状態で腰の後ろのカムイを引き抜く。

「カナデ！」

「うんっ！」

カナデがジャンプしてこちらにやってきて、しっかりと俺の手を握る。

カムイの刀身が、これ以上ないくらいに光り輝く。

「これで……どうだあああああぁっ‼」

全力の一撃を振り下ろした。

ゴォッ！　という音が周囲を駆け抜けて、巨大な土煙が上がる。

俺は膝に手をついた。体中の力が抜けていく。膝がガクガクと笑い、立っているのがやっとだ。

無茶をした反動が今頃になって襲ってきたのだろう。少しでも気を抜いたら、そのまま倒れてしまい、二度と起き上がれないような気がした。

「まだ……だっ」

必死に意識をつなぎとめて、前を見る。スズさんは、カムイの一撃に対して、初めて防御の姿勢を見せた。そこまでは覚えている。確かな手応えがあったことも覚えている。

でも、それ以上のことはわからない。スズさんに届いただろうか？　これで終わりだろうか？

結果を見届けるまで、倒れるわけにはいかない。

「レインっ、大丈夫？」

「なんとか……でも、それよりも……」

「お母さん……だね」

やがて、土煙が晴れてきた。

何があってもいいように、いうことを聞かない体を叱咤《しった》して、カムイを構える。

そして……わりと元気そうな感じで、しっかりと大地を踏みしめて立っているスズさんが見えた。あちこちボロボロになっているものの、変わらず笑顔のままだったりする。

勘弁してほしい。本当の化け物なんだろうか？

失礼だけど、ついついそんなことを考えてしまう。

「やりますね。今のは、なかなか効きました」

「できれば、倒れてほしかったんですけどね……」

「一つ、聞きたいことがあるんですけど……突然、レインさんの動きが良くなりましたけど、あれはいったい？」

「えっと……身体能力強化の魔法を使ったんですよ」

手の内を明かすようなことはするべきじゃないかもしれない。

ただ、気がついたら素直に口にしていた。スズさんの人柄がそうさせるのかもしれない。

「なるほどなるほど……でも、何段階かに分かれていましたよね？」

「重ねがけをしたので」

「そんなことができるんですか？」

「初めてのことで、ぶっつけ本番ですけどね。まあ、うまくいったみたいです」

「でも、レインさんの顔を見る限り、かなり無茶なことでは？」

「まあ……そうですね。二度はやれないというか、まともに使える技じゃないですね」

反動で体のあちこちが痛い。指先をちょっと動かしただけで、針に刺されたような痛みが走る。

「無茶なことをしますね。そのようなことをすれば、どうなるかわからないのに……どうして、そこまでするんですか？　そんなに、カナデちゃんと一緒にいたいですか？」

「もちろんです」

カナデと別れたくない、一緒にいたい……心からそう望んでいる。

初めてできた、本当の仲間なんだ。

勇者パーティーを追放されて、途方に暮れていた時、カナデは明るい笑顔で俺を迎えてくれた。大げさかもしれないけど、命の恩人といってもいい。それくらいに恩義を感じていた。

「これからも、カナデと一緒にいたいですよ。そう思います」

「なるほどなるほど……」

スズさんは、なぜか戦いを再開しようとしない。どうしたんだろう？

「……ふぅ」

小さな吐息と共に、スズさんはどこか寂しそうな顔をした。それでいて、うれしそうに笑う。

矛盾しているかもしれないが、そんな表情を浮かべたのだ。

「親がいなくても、子供は育つものなんですね」

「にゃん？　お母さん？」

「うーわー、やられましたー」

とんでもない棒読みの台詞と共に、ばたん、とスズさんが倒れた。わけがわからない。

突然のことに、俺はもちろん、他のみんなもきょとんとしている。

「どうしたんですか？　喜ばないんですか？　レインさん達の勝ちですよ？」

いや、そんな元気そうな顔をして、そんなことを言われても……納得できないというか、そもそも、展開が突然すぎて理解できない。どういうことだ？

「ねえ……お母さん」

「なに、カナデちゃん」

「お母さん、まだ元気だよね？　やられてなんかいないよね？」

「いいえ、やられちゃったわ。さっきの一撃は、とんでもない威力だったもの。あー、もう立っていられないわ。きゅう」

ものすごくわざとらしい。スズさんは圧倒的な力を持っていても、演技力は皆無のようだ。

「お母さん。どういうこと？　いきなりそんな風にふざけられても、どうしていいかわからないよ」

「ふざけてなんかいないわ」

そう言うスズさんは、とても優しい顔をしていた。

「私の負けよ」

「でも……」

「カナデちゃんは里にいる方がいいと思っていたのだけど……どうやら、それは間違いだったみたいね。里にいる頃のカナデちゃんは、こんなに元気じゃなかった。こんなに成長していなかった。かわいい子には旅をさせろと言うけれど、その通りだったみたいね。外の世界に触れたおかげで、カナデちゃんは成長することができた。なら、連れ戻すようなことはしないわ」

「お母さん……」

スズさんが理解を示してくれたことに、カナデは感動したらしく、ちょっと涙目になっていた。

「あのね、一つだけ訂正させて。私が成長できたのは、外の世界に出たからじゃないよ。レインに出会ったからだよ」

「レインさんに？」

「レインと一緒にいたから、今の私があるんだよ。お母さん」

俺も、カナデの役に立つことができていたのだろうか？

カナデの言葉がとてもうれしい。

「そういうことなら、カナデちゃんを連れ戻すわけにはいかないわね。私が間違っていたみたい」

「お母さん……ありがとう」

「ありがとうございます、スズさん」

「こちらこそ、ありがとうを言わないといけないです。カナデちゃんをここまで育ててくれて、ありがとうございます。レインさん」

「いや、俺は何も……」

「こういう時は、どういたしまして、ですよ？」

「と言われても……」

　俺はいつも助けられてばかりなんだよな。

「レイン、レイン」

　カナデが俺の前に立ち、にっこりと笑う。

「私のために戦ってくれたこと、すごくうれしかったよ」

「カナデ……」

「他にも、色々と助けてもらっているし……私が一方的に何かをしている、なんてことはないんだからね？　私も、レインに助けられているの。色々なものをいっぱいもらっているんだよ。だから……ありがとうね、レイン♪」

「どういたしまして。それと……これからもよろしくな」

「うんっ♪」

　カナデがうれしそうに笑う。

　俺は、この笑顔を失わないで済んだ。よかった……本当によかった。

「ふふっ……自分で引き起こしてなんですけど、一件落着というところでしょうか」

「ホント、それだよ。お母さんが言わないで」

「ごめんなさい」

「もう、お母さんったら調子いいんだから」

さっきまで全力で戦っていたとは思えないくらい、カナデとスズさんは仲良く、一緒に笑い合っていた。なんだかんだで、仲の良い親子なんだな。ちょっとうらやましい。

「って……やばい……」

緊張の糸が解けて、途端に、痛みやら疲労やら、色々なものが一気に押し寄せてきた。

元々、立っているのがやっとの身だ。それらの負担に耐えられるわけがなくて……

「にゃっ、レイン⁉」

意識が遠くなり、カナデの声が遠くに聞こえた。

～ Kanade Side ～

ベッドの上でレインが寝ている。時折、苦しそうな顔をしていた。

「にゃあ……レイン……」

ベッドの横の椅子に座る私は、そっと手を伸ばして、タオルでレインの汗を拭ってあげる。そんなことくらいしかできない。そんな自分が情けない。

「たぶん、レインなら気にするな、って言うんだけど……無理無理。気にしちゃうよ。レイン、私のためにがんばってくれたのに、私、何もできないんだもん」

レインのおかげで、なんとかお母さんに認めてもらうことができたけど……でも、レインは無茶をした反動で苦しんでいる。

私のせいだ。すごく申し訳ない気持ちになる。

謝罪をしたくて、それと、たくさんのありがとうを返したくて、看病をすることにした。

「にゃあ……レイン、苦しい？　大丈夫？」

コンコンと扉がノックされて、タニアが顔を出した。

「様子はどう？」

「……まだ目を覚まさないよ」

タニアが隣に並び、レインの顔を見る。

タニアは、仕方ないわね、なんていうような顔をしていた。

「あんな無茶をして、あたし達に心配をかけて……仕方のないご主人様ね」

「ホントだよ……」

「カナデも、あまり気にしないこと」

「え？」

「どうせ、自分のせいだ、とか思ってるんでしょ？」

「にゃう……でも、その通りだし」

「違うでしょ」

「うにゃんっ⁉」

ばちこん、とデコピンされた。

痛い……何するの？

恨みがましい視線を向けると、タニアは笑ってみせる。

「そういうつまらないことは考えないの」

「つまらないこと、って……」

「カナデのせいじゃないわよ。もちろん、レインのせいでもないし……誰のせいでもないの」

「でも、私が引き起こしたことだから……」

「そういう風に自分を責めて、暗い顔をして……そんなところをレインに見せるつもり？」

「そ、それは……でも……あうあう」

「その、なんていうか……あんたは笑っている方が似合っているんだから、いつもみたいに脳天気に笑ってなさい」

タニアは、どことなく照れくさそうな感じでそう言う。私を励ましてくれているんだろう。

ちょっと不器用だけど……でも、すごくうれしい。

「……ありがとね」

「別に、そういうつもりじゃないし……カナデが元気ないと、あたしも調子が狂うのよ」

「にゃー……タニア、ツンデレだね」

「ツンデレちがうし！」

「にゃふー」

「じゃ、じゃあ、後は任せたわよ」

そう言い残して、タニアは部屋を後にした。

ウソみたいに、さっきまでの暗い気分が消えていた。

そうだね。タニアの言うように、私は明るく元気に笑っていないと！

「でもでも、心配しちゃうのは仕方ないよね……」

お母さんと戦ってから、すでに二日が経っていた。レインはずっと寝ていて目を覚まさない。

ソラとルナに回復魔法をかけてもらったから、心配はないと思うんだけど……

「……早く、元気になってほしいよ」

私の頭を撫でてほしいな。

手を繋いでほしいな。

笑顔を見せてほしいな。

「……レイン……」

そっと、レインの手を握る。

でも、それだけじゃ足りなくて……寝ているレインの胸元に、そっと額を寄せた。

「にゃあ」

こうしていると、胸がドキドキする。

私と一緒にいたいと言ってくれたこと。そのために、お母さんを相手にしてくれたこと。

その時のことを思い返す度に、胸のドキドキが強くなる。

それだけじゃなくて、ふわっと温かいものが広がり、どことなく満たされたような気分になる。

「ん……レイン」

すごくドキドキして、胸が苦しくて、ふわってなって……変な感じ。

こんな気持ち、初めてだよ。

「もしかして、もしかしなくても……そういうこと、なのかな？」

そっと、自分の胸元に手をやる。

音が聞こえちゃうんじゃないか、っていうくらいドキドキしていた。

この気持ちは、この想いは、たぶん……恋だよね？

「うにゃあああ」

途端に恥ずかしくなって、顔が熱くなる。ぼっと火が点いたみたい。

たぶん、今の私は真っ赤になっていると思う。

「うわぁ、うわぁ……にゃあああ」

私はレインが好き。女の子として、レインのことが好き。

そのことを自覚してしまった。ハッキリと認識してしまった。

だってだって、仕方ないよね？

いつも優しい笑顔を向けてくれて、温かくしてくれて……

私のために、倒れるまでがんばってくれて……

そんなことをされて、好きにならない方がおかしいよ。うん。

だから、私がレインを好きになるのは普通のこと。当たり前のこと。至極当然の成り行きで、問題なし。ナッシング！

「……って、よくわからないことを考えているよぉ」

頭の中がぐちゃぐちゃだ。

恋って、女の子をダメダメにしちゃうものなんだね。初めて知ったよ。

「これ……どうしたらいいのかな？」

私の気持ちをレインに伝える？

その時のことを想像してみて……

「あわわわわっ⁉」

尻尾がビーンと立ってしまう。

そ、そんなこと無理！　絶対にできないから⁉

恥ずかしすぎて、どうにかなっちゃいそう！

「はぅ。と、とりあえずは……うん。今のままでいいよね。いきなり、す、すすす……好き……とか言われても、レインも困っちゃうだろうし。今は、この気持ちは私の胸の中に……」

うにゃあ……レインの顔をまともに見ることができないよ。恥ずかしい。

「って、こんなんじゃダメだから」

ちゃんと看病をしないと！

「……でもでも、ちょっとだけ」

もう一度、レインの胸元に額を乗せる。

レインの温もりが伝わってくるみたいで、すごく胸がぽかぽかした。

えへへ……幸せだよ♪

「レイン……好きだよ」

そっとつぶやいて、レインの頬を撫でた。

◆

「……ぅ……」

深いところに沈んでいた意識がゆっくりと浮上する。少しずつ視界が明るくなり、頭の中がクリアーになっていく。

俺は、ゆっくりと目を開けた。

「……ここは……」

俺の部屋だ。最近、引っ越ししたばかりの天井が見える。

ひどく体が重い。それに記憶も曖昧だ。

俺、なんで寝ているんだっけ？　何か大事なことをしていたような気がする。

「……にゃ……」

ふと、聞き慣れた声が聞こえてきた。軽く体を起こして、声の方向を見る。

「すぅ……すぅ……」

ベッドに上半身を預けるようにして、カナデが寝ていた。ちょっと難しい顔をしていて、眠りはあまりよくなさそうだ。時折ぴょこぴょこと耳が動いている。

なんで、カナデがこんなところに……って、そうだ。思い出した。

スズさんと戦ったんだっけ。なんとか勝利を得た……というか、認めてもらったという方が正しいな。あれは、とても勝ったとはいえない。

それで、おもいきり無茶をしたものだから、その反動で俺は倒れていたんだろう。

カナデはたぶん、看病をしてくれていたんだろうな。

「ありがとな」

「……んにゃ？」

頭を撫でると、カナデが身動《みじろ》ぎした。しまった、起こしてしまったみたいだ。

カナデがゆっくりと体を起こして、くぁ、とあくびをする。

それから、眠たそうな目を擦り、こちらを見て……

「にゃっ、レイン⁉」

俺が起きていることに気がついて、ピーンと耳を立てた。

「起きたの⁉　起きたんだね⁉　体は大丈夫⁉　痛いところはない⁉　喉は渇いてない⁉　お腹は

減ってない⁉」

「お、落ち着いてくれよ。そんなにがーって言われても、わからないって」

「あ……ご、ごめんね」

「いいよ。それだけ、俺のことを心配してくれていたんだろう？　心配かけておいてなんだけど、カナデの気持ちはうれしいよ」

「にゃあ……」

カナデが照れた様子で、顔を赤くする。

ただ、今回はそれだけじゃなくて、どこか熱っぽい視線をこちらに向けてきた。

普段は見られない反応だ。どうしたんだろう？

「カナデ？」

「にゃ⁉　な、ななな、なんでもないよ⁉　そう、にゃんでもないからね⁉」

「そう、か？」

「そうそう。ちょっと、ぼーっとしてただけだから。見惚《みと》れてたとか、そういうわけじゃないし
……とにかく、なんでもないから！」

カナデの勢いに押される形で、それ以上は追求しないことにした。

今までにない反応だから、気になるけれど、仲間とはいえ隠しておきたいことは一つや二つある
だろう。深くは気にしないことにした。

「ところで……俺、どれくらい寝ていたんだ？」

「三日だよ」

「そんなにか……」

「レインっ！」

「は、はい⁉」

いきなりカナデが厳しい視線になり、ついついかしこまってしまう。

「どうしてあんな無茶をしたの？」

「えっと……トリプルブーストのことか？」

「そう！　あんなことをしたら、どんな反動があるかわからないし……下手したら、死んじゃってたかもしれないんだよ！　結果的に、三日寝込むだけで済んだけど……でも、私やみんながどれだけ心配したか……にゃううぅぅぅ――」

カナデがちょっと涙ぐんでいた。それを見て、俺は深く反省する。

カナデを連れて行かせないためだったとはいえ、それでカナデに心配をかけていたら意味がない。

というか、泣かれてしまうのは非常に厳しいものがある。怒鳴られるよりも堪えた。

「悪かったよ……無茶をしたこと、反省してる」

「ホント……？」

「本当だ。軽率な行動だったと思うよ」

「もう、あんなことはしない？」

即答できなかった。気をつけるつもりではあるけれど……

もしも、同じようなことが起きたら？　もしも、仲間が危険に晒《さら》されたら？

その時、手段を選べない状況にあるとしたら、俺は、迷うことなく無茶をするだろう。

俺がまたやらかす覚悟をしていることはカナデも理解したらしく、ジト目を向けてきた。

「にゃう……レインのばか」

「うっ……心配をかけたことは、本当に悪いと思っているよ。ただ、いざっていう時は、他に手段を選んでいられない。また、無茶をしてしまうかもしれない」

「心配する私達の身にもなってほしいよ」

「ごめん。言葉もない」

「でも……それが、レインらしいのかもね」

カナデが柔らかく笑い、俺の手を両手で握る。

「私には、レインの行動を束縛する権利なんてないけど……でもでも、無茶はしないでほしいの」

「わかっているよ。なるべく、今回と同じようなことはしないよ」

「にゃあ。そこは、絶対にって言ってほしいんだけど……仕方ないか。それがレインだもんね。ただ、忘れないでね？　私達がいる、っていうことを。レインは一人じゃないよ。一人ではどうしようもない時も、私達がいるから……みんなでがんばれば、なんとかなるかもしれない。だから、そういう時は遠慮なく私達を頼りにしてね♪」

「ああ。その時は、頼りにさせてもらうよ」

「にゃん♪」

俺の答えに満足いった様子で、カナデが機嫌よさそうに鳴いた。

その時、扉が開いてスズさんが姿を現した。たぶん、俺の様子を見に来たんだろう。

スズさんは、手を握り合う俺とカナデを見て、目を丸くする。

少しして、楽しそうな、にこにこ笑顔になった。

「あら、あらあら。邪魔をしちゃいましたか」

「お、お母さん⁉　邪魔、って……」

「これでも、カナデちゃんのお母さんだもの。カナデちゃんの気持ちはわかっているつもりよ。だから、後は若い二人に任せて、私は引っ込むことにするわ。ふふっ♪」

「ち、違うからね⁉　そういうことじゃなくて……わ、私は、そのっ……あううう」

「ふふっ、カナデちゃんにも春が訪れたのね」

「というか、なんでわかるの⁉」

「母親だもの」

「にゃ————う————」

カナデは耳まで赤くして、じたばたと悶《もだ》えた。

よくわからないけれど……すぐに、まあいいかと思考を放棄する。

カナデとスズさんが変わらずに笑い合うことができて、そのことをとてもうれしく思った。

◆

さらに一日が経過して、俺は、ほどほどに動き回れる程度に回復した。

体を軽くほぐしてから私服に着替えて、みんながいるリビングへ移動する。

「おはよう」

「おっはよーっ、レイン♪」

カナデが元気に挨拶をする。

いつものように明るい笑顔を浮かべているのだけど……なんだろう？　ちょっと前から、その笑顔の質が違ってきているような気がした。具体的に何がどう違うのか、って問われると困るんだけど……なんだろうな？

他のみんなも元気そうだ。朝の挨拶を交わして、自分の席に着く。

「レインよ、体はもう大丈夫なのか？」

「ああ、もうなんともない。筋肉痛というか、そういうものはちょっと残っているけどな」

「そうなのか、良かったぞ。じゃあ、早く完全回復できるように、たっぷりとおいしいものを食べるのだ。ほら、我の特製の朝食だぞ」

ルナの差し出す朝食を受け取る。

「さあ、皆の分もできたぞ！」

「今日も……おいしそう」

朝食を見たニーナが尻尾をぱたぱたさせていた。わかりやすい。

「スズもどうぞ、なのだ」

「ありがとうございます」

スズさんは、まだウチに滞在していた。カナデを連れて帰るのは諦めたとはいえ、それで、ハイさようなら、というのは寂しい。なので、しばらくウチに滞在してもらうことにしたんだ。

いただきます、とみんなで唱和して、それぞれ朝食に手をつける。

うん。今日もルナの料理はおいしい。食べる手が止まらなくなってしまうほどだ。

「ところで……」

同じように、ぱくぱくと朝食を食べていたスズさんが、ふと思い出した感じでこちらを見た。

「一つ、提案したいことがあるんですけど……私の特訓を受けませんか？」

「特訓……ですか？　どうしてそんな話に？」

「んー……ズバッと言いますよ？」

「はい、どうぞ」

「レインさん達が弱いので」

本当にズバッと来たな。言いたいことを好きに言ってくれる。

ただ、言い返すことはできなかった。

俺達は冒険者としてそれなりに活動してきたし、ある程度の実績もある。時に魔族と戦い、勝利したということもある。ただ、それでもスズさん相手には、ほとんど手も足も出なかった。圧倒的に戦闘技術が足りていないことを実感させられてしまった。

「何も言い返さない、ということは、私の言葉を認めたということでいいんですね？」

スズさんがこちらの心を覗くような目をして、そう言う。

認めるのは、少し悔しいけれど……でも、ここで見栄を張っても仕方ないので小さく頷いた。

「今まで、色々とありましたけど、それらを乗り越えられたのは、みんなのスペックが高いから……でしょうね。こういうの、あまり自分で認めたくはないですが……スズさんと戦ったことで、そのことを痛感しました」

「なるほど、なるほど」

俺の言葉を受けて、スズさんが納得顔で頷いた。

それから、ぱんと手を合わせて笑顔で言う。

「はい、合格です」

「え？」

「自身の弱さは、なかなか認められないものですが……でも、レインさんはきちんと自分と向き合い、弱いところを認めることができました。それは、なかなかできることじゃありません。そういう姿勢を忘れない限り、強くなることができますよ」

よくわからないが、知らない間に試されていたみたいだ。

ちらりとカナデを見ると、やれやれというような顔をしていた。カナデの様子を見る限り、スズさんはよくこういうことをするみたいだ。

「ここで、話は戻ります。レインさんが言ったように、みなさん、スペックは高いけれどそれを活かしきれていません。なので、私を相手に苦戦しました。ですね？」

「まあ……」

「そうだよね……」

タニアとカナデが、渋々ながらも認めた。

悔しいという思いをにじませながらも、かといって、下手に言い訳をすることはしない。

そんな姿勢は、スズさんに好ましく映ったらしく、二人に笑顔を向ける。

「先に言ったように、弱さを認めることは、むしろ、強さであると私は思いますよ。ダメなのは、自分の力と向き合うことができないことです」

「にゃあ……お母さん、それ、褒めてるの？」

「褒めているわよ？　カナデちゃんが立派に育ってくれて、お母さん、うれしいわ」

「にゃー……なんか、複雑な気分」

まあ、弱いと認めたことを褒められても、あまり良い気分はしないだろう。

結局のところ、自身の力量のなさを思い知らされるだけなのだから。

「って、話が逸れましたね」

スズさんが脱線した話を自ら元に戻す。

「カナデちゃんを連れ戻すようなことはもうしませんが、でもでも心配で。もうちょっと、戦う力を身につけておいた方がいいのでは？　って思うんですよ。私はすぐに里に帰らなくても問題はないですし……よければ、私が戦い方を教えてあげましょうか？　という話がしたいんです」

「なるほど……そういうことですか」

「ひょっとしたら、これから先、レインさん達はとんでもない強敵とぶつかる時があるかもしれません。そんな時のために、特訓しておくことは必要だと思いませんか？」

スズさんの言うことは一理ある。それに、先日の魔族との戦闘以来、うすうすとは考えてきた。

地力だけに頼った戦い方では、いつか、行き詰まるかもしれない。余裕があるうちに、本格的な戦闘技術を身につけておいた方がいいかもしれない……って。

なので、スズさんの申し出はすごく助かる。実に良いタイミングだ。

「カナデはどう思う？」

「んー……私は賛成かな。お母さんに特訓をつけてもらえたら、もっともっと強くなれるからね。それに、その方がレインの役に立てるし。そしたら、ほ、褒めてもらえたり……えへへ」

「うん？　どうしたんだ、顔を赤くして？」

「にゃ、にゃんでもないよ⁉　と、とにかく、私は賛成かな」

やや挙動不審なところはあったものの、カナデは賛成に一票を投じた。

「タニアは？」

「あたしも賛成よ」

「ちょっと意外だな。誰かに教わるとか、反発するかと思ってた」

「あたしをなんだと思ってるのよ、まったく。まあ、中途半端な相手に教わるとしたら反対してたけど、スズさんなら文句ないわ。あたしの目的は一人前になること。強くなれるなら歓迎よ」

タニアも賛成に一票……と。

「ソラとルナは？」

「ソラは……」

「我は賛成なのだ！」

ソラを押しのけるようにして、ルナが大きな声をあげる。

「我は常々考えていた。もっと強くなりたい。この力を世に知らしめたい……と。そのために特訓をするというのならば、喜んでやるぞ」

「そんな動機なのか……？」

「ソラが解説しますね。ルナは、もっと力があれば色々なことができた。先日の魔族を相手にした時も、被害を最小限に抑えることができた。あんな悔しい思いはしたくないから、もっとがんばりたい……という感じですね。ひねくれたところがあるので、素直に本音を口にできません」

「むむむっ、我の思いを勝手に代弁するでない！」

「ちなみに、ソラもルナと同じ思いですよ」

ソラとルナも賛成みたいだ。

普通に言ってくれると、わかりやすくて助かるんだけどな。ついつい苦笑してしまう。

「ニーナは？」

「わたし、は……えと、その……」

「落ち着いて。自分のペースで、思うことをそのまま話してごらん」

「う、うん……あのね。わたし、役に立ててないけど、みんな優しくしてくれてうれしいよ。でも、わたしもがんばりたい、って思っていて……だから、えっと……がんばり、たいな」

「そっか。うん、ニーナの気持ちは理解したよ」

ニーナが役に立ってないとか、そんなことはないのだけど、今はそのことに触れないでおいた。

言葉だけ口にしても、通じるかわからないからな。こういうのは本人の問題だ。

「最後に、ティナはどう思う？」

「ウチか？　ウチは賛成やで。ウチも戦えるようになるなら、戦いたいからな。そのための特訓なら、喜んでするで。レインの旦那やみんなに恩を返したいんや」

ティナはシュッシュッと拳を振りつつ、戦うポーズを決めてみせた。

みんなの気持ちは一つみたいだ。

「スズさん。特訓、ぜひお願いしてもいいですか？」

「はい、任せておいてくださいね♪」

～ Arios Side ～

アリオス一行はリバーエンドを後にして、さらに南下した。そこから西へ進路を取る。

南大陸は東がなだらかな平原になっていて、西に険しい山が連なっている。

アリオス一行は山に足を踏み入れて、そのまま奥地を目指していた。

「あー、めっちゃうっとうしいんですけど」

未開の地なので、獣道しかない。草木が生い茂り、行く手を塞がれていた。

そのことに苛立ちを覚えたように、リーンは愚痴をこぼした。

「蔦《つた》が絡みついてくるし、虫はたくさんいるし……はぁ、お風呂入りたい」

「リーン、わがままはいけませんよ。私達は崇高な使命を帯びての旅の途中なのですから」

ミナが諫《いさ》めるものの、リーンは、はいはいと適当な返事を返すだけで、心を入れ替えた様子はない。とはいえ、これはこれでいつもの光景なので、アリオス達に気にした様子はない。

唯一、リーンの様子を気にしているのは、先頭を行く冒険者だ。

「どうしたんだい？」

冒険者がチラチラとリーンを見ていることに気がついたアリオスは、そう声をかけた。

冒険者は、ごまかすように愛想笑いを浮かべる。

「いえいえ、なんでもないですよ。ただまあ……こう言うのもなんですけど、勇者様達にも俗っぽいところがあるんだなあ、って」

「僕達も人間だからね。こんな山奥に赴かないといけないとなると、うんざりしてしまうさ」

「確かに。はは、それもそうですね」

「こういうところは、案内がいないと迷ってしまう。頼りにしているよ」

「ええ、任せてください」

勇者パーティーに頼りにされるなんて、一生に一度あるかないかのチャンスだ。冒険者の男は、張り切るように先頭を進む。

正確に言うと、彼は二番目だ。先頭は、彼が使役する魔物のブラッディベアーだ。

名前の通り、大型の熊の魔物だ。Cランクに匹敵する魔物で、山の主として君臨していた。

そんなブラッディベアーを、冒険者の男はテイムした。彼は南大陸で名を知られているビーストテイマーなのだ。その能力は優れており、動物だけではなくて魔物もテイムできる。

たまたまアリオス達に声をかけられて、一緒に行動することになったのだ。

「しかし、驚きだな」

「何がですか？」

「ビーストテイマーなんて誰もなりたがらない最弱職だろう？　それなのに、君はこうしてCランクの魔物を使役していて、それなりの力を得ている。なかなか見られる光景じゃないと思ってね」

「そう言ってもらえると、うれしいですね。今の力を手に入れるために色々と苦労したので」

アリオスは冒険者を品定めするように、足から顔までを見た。

この男なら役に立つかもしれない。動物だけではなくて、魔物も使役できるというのは便利だ。

彼が仲間に加われば、旅が楽になることは間違いないだろう。

そこまで考えたところで、アリオスの脳裏にちらりとレインの顔がよぎる。

「ところで、ちょっとした疑問があるのだけど」

「はい、なんですか？」

「君は、最強種を使役できるのかな？」

「え？　最強種ですか？」

アリオスの質問に、冒険者の男は戸惑いを見せた。

「いいえ、まさか。最強種なんて、普通に考えて使役できませんよ。あんなもの、使役できるなんて人間、いるわけがないじゃないですか」

「……そうか。つまらないことを聞いたね、忘れてくれ」

その言葉を聞いて、アリオスの中で何かが急激に冷めた。

レインにできることができないのならば、この男はいらない。当初の予定通り、今回の目的を達成したら、そこで切り捨てることにしよう。

アリオスがそのようなことを考えているとも知らず、冒険者はごきげんな様子で先頭を進む。

後続のアリオス達のために、木々の枝などを切らなければいけないが、簡単な作業だ。先頭を行くブラッディベアーは体が大きく、歩くだけで、それなりの道を作ってくれる。他の魔物はブラッディベアーを恐れて近寄ってこない。

簡単な仕事だ。これなら、何も問題なく依頼を達成することができるだろう。

この時は、そう思っていた。


一時間ほどかけて、アリオス達は山頂にたどり着いた。

山頂は開けた場所で、見晴らしがいい。ちょっとした広場があり、休憩をすることができる。

その中央に、ぽつんと小さな祠《ほこら》が見えた。平らな石の上に木で組まれた祠が設置されている。

「勇者様、つきましたよ。ここが目的地の、山の上にある祠です」

「ごくろうさま。アッガス、それとリーンとミナは周囲の警戒を頼む」

アッガスは頷いて、今来た道を少し引き返した。リーンとミナは左右に散る。

「これが麓の村で噂《うわさ》になっていた祠か。ちょっと、その魔物をこっちによこしてくれないか？」

「え？　どうしてですか？」

「いいから、早くしてくれ」

「わ、わかりました。ほら、行け」

アリオスに強い口調で言われて、戸惑いながらも、冒険者の男は指示に従った。

ブラッディベアーに、アリオスの隣に移動するように命令する。

「ギャンッ!?」

祠の近くにいるアリオスに寄ろうとするが、見えない壁に阻まれるように弾かれた。

「な、なんだ……!?　今、いったいなにが……」

「なるほど、こういう仕組みか」

予想外の事態に冒険者はうろたえるけれど、アリオスは冷静だった。

祠の周囲には、魔物を寄せ付けない結界が張られていた。だからこそ、こんな山奥に建てられていても、壊されることはなかったのだろう。ただ経年劣化は避けられないらしく、ボロボロだが。

こんな祠を結界で守る意味は？　その価値はあるのか？

何も知らない人間ならば不思議に思うかもしれないが、アリオスは違う。

この祠に価値があることを知っている。より正確に言うのならば、祠の中にあるもの、になるが。

アリオスは剣を抜いた。

「ゆ、勇者様？　何をするんですか？」

「今からこの祠を壊す。結界を断ち切るから、それなりの衝撃が発生するだろう。君には、帰り道も案内してもらわないといけない。余計な怪我を負ったら手間だからな。下がっていてくれ」

「ど、どうしてその祠を？」

「この祠に、僕が求める装備が奉納されているんだよ」

伝説の装備の一つである、『天の指輪』が、とある山の祠に奉納されている。その情報を得て、アリオス達は冒険者を雇い、山に登ったというわけだ。

でなければ、わざわざこのようなところに来るわけがない。

「それはまずいですよ……まずいですって」

「君は、僕に雇われただけの存在だというのに、邪魔をするつもりなのかい？」

「いえ、そんなつもりは……でも、その祠には、災厄が封じ込められているとか。壊したりなんてしたら、よくないことが起きるかもしれません」

「はぁ……まったく、くだらない。そんなの迷信に決まっているだろう？」

「いえ、でも、かなりの信憑性《しんぴょうせい》が……そういう文献も残っていますし」

「その話が本当なら、もっと大事にされていてもおかしくないだろう？　でも……見てみろ。ボロボロだ。まったく敬われていない。そんな祠に災厄なんて封じられているわけがないだろう？」

「し、しかしですね……」

「仮に何かが封じられていたとしても、僕の敵じゃない。僕を誰だと思っている？　勇者だぞ」

反論は許さないという感じで、アリオスは強い口調で言う。

そんなアリオスに負けた様子で、冒険者の男は口を閉じた。

冒険者の男が黙ったことで、アリオスは満足そうに頷いて……そして、祠に剣を振り下ろす。

「ひっ⁉」

バチィッ！　という音が響いて、祠が倒壊した。空気が震えて、冒険者が身を縮こまらせる。

ただ……それだけだ。

それ以上のことは何も起きず、静寂のみが場を支配する。

「ほら見ろ、なんてことはない」

アリオスは壊れた祠の残骸をどけて、中から指輪を取り出した。

これがあればもう用はない。すぐに山を下りて、次の目的地へ行こう。


「……くすくすっ」

不意に、子供のように無邪気な笑い声が響いた。

「なんだ……？」

突然響いた笑い声に、アリオスは怪訝そうに周囲を見回すけれど、何も見当たらない。

仲間の姿と冒険者。それと、冒険者がテイムする魔物だけだ。他に何もいない。

「くすくすっ」

それなのに、笑い声だけは聞こえていた。途切れることなく、その場に響き続ける。

「ひぃっ」

突然の怪奇現象に、冒険者の男は腰を抜かしそうになっていた。

「ちっ、情けないヤツだ……アッガス！　リーン！　ミナ！　こっちへ」

アリオスの言葉に応えるように、アッガス達は周囲を警戒しながら、円陣を組んだ。

アッガスがアリオスに問いかける。

「これは、どういうことだ？　何が起きている？」

「わからない……ただ、嫌な予感はするな」

気温が急激に下がったように、肌寒い。それでいて、チリチリとした感覚に襲われる。

アリオスの中で、本能が警告を発している。この場は危険だ、すぐに逃げなければいけない。

しかし、勇者のプライドがそれを邪魔した。

自分は勇者なのだ。選ばれた者なのだ。それなのに、逃げるなんていう醜態を晒せるわけがない。

「ごきげんよう」

いつからそこにいたのだろうか？

いつの間にか、少女がアリオス達から少し離れたところに姿を見せていた。

歳は十五くらいだろう。宝石のように輝く銀髪は、真紅のリボンで束ねられている。

陶器のように白い肌。ルビーのような赤い瞳。

ドレスのような黒い服は、たくさんのフリルがついていた。いわゆるゴスロリというやつだ。

一見すると、人形のような少女だ。それくらいに綺麗《きれい》で完成された美があった。

「くすくすっ」

うれしそうに楽しそうに笑う少女は、異様な雰囲気をまとっていた。

見ているだけで心が震えて、恐怖に囚われてしまいそうになる。

現に、冒険者の男は声も出せないくらいに怯えていた。

ミナが杖《つえ》を構えながら、アリオスに声をかける。

「アリオス、気をつけてください。あの子は……」

「わかっている」

いつでも斬りかかれるように、アリオスは剣の柄を強く握りしめた。

見た目は綺麗な少女だけど、その気配は人のものではない。

人に化けた魔物か。あるいは魔族か。どちらにしても、まともな存在ではない。

「ねぇ」

「なっ⁉」

気がつけば、少女がアリオスの目の前にいた。

いつ、どうやって、どのようにして移動したのか。

アリオスにはまったく理解できず、さすがに驚いてしまう。

「少しお聞きしたいことがあるのですが、よろしくて？」

「……なんだ?」

内心の動揺を抑え込みながら、アリオスは努めて冷静に返した。

嫌な汗が流れる。猛禽類《もうきんるい》と素手で相対しているような、とんでもないプレッシャーを覚えた。

「あなた達が、祠を壊してくれたのでしょうか?」

外見に似合わず、少女は大人びた口調だった。

「祠を壊して、わたくしを解放してくれたのはあなた達なのかしら?」

「解放とか、意味がわからないが……祠を壊したのは僕で間違いないな。それがどうした?」

「まあまあまあ……ふふっ……あはははっ!」

少女は喜ぶような顔をして……次いで、大きな声で笑う。

「わたくしを封印したのが人間ならば、解放するのも人間だなんて……ああ、なんておもしろいのでしょう。解放されてすぐに、このようなおもしろいことに出会えるなんて。ふふっ、わたくし、運が良いのかもしれませんね」

「君は……何者だ?」

アリオスは、かろうじて問いかけることができた。喉がヒリヒリとして焼け付くようだ。

それは、この少女の放つ圧倒的なプレッシャーに押されているせいだった。

「わたくし? わたくしは……こういう者ですわ」

少女はにっこりと笑い……そして、その背に翼を生やした。

身の丈ほどもある大きな翼が八枚。少女の体を覆うように宙に広がった。

「もしかして……天族なのか？」


かつて、天族という最強種が存在した。

名前の由来は天使から。背に天使のような翼を持つ種族なので、そのように名付けられた。

猫霊族に匹敵する身体能力。精霊族に匹敵する魔力。

ありとあらゆる能力に優れていて、最強の中の最強と言われた存在だ。

翼の枚数が多ければ多いほど、強い力を持っていると言われている。記録では、最大で十枚の翼を持った天族がいたという。

その力は常識を疑うようなもので、たった一人で天災を引き起こすことができたとか。

そんな強大な力を持つ天族ではあるが、ある日を境に、ぱったりと姿を消した。

滅びたわけでもなく、精霊族のように奥地に身を潜めたわけでもなく。その存在が幻であったかのように、忽然《こつぜん》と姿を消した。その原因は、今でも解明されていない。

曰く、環境変化に適応できず滅びた。

曰く、本物の神の使いで、役目を果たしたから天に帰った。

色々な仮説が立てられている。


「本当に天族か……？　いや、まさか……しかし」

信じられないという様子でアリオスがつぶやいた。

それに天族の少女が反応して、にこりと笑う。

「ええ、その通りですわ。わたくし、天族ですわ」

「バカな。どうして、天族がこのようなところに……」

「それをあなたが言うのですか？　わたくしを解放してくださったのは、あなたではありませんか」

「僕、だと……？」

「ええ、ええ。わたくし、あの祠に封印されていたので」

「そうか。災厄というのはお前のことか」

「ふふっ、ひどいですわ。わたくしのような者をつかまえて、災厄だなんて。でも……人間からしたら、間違ってはいないかもしれませんね」

少女が笑う。その笑みは嗜虐的《しぎゃくてき》なもので、例えるなら、虫を殺して遊ぶ子供のようなものだ。

「ふふっ。あぁ、久しぶりの世界はすばらしいですね。この感覚……自由になるということ。とてもすばらしいですわ。これで、また人間と遊ぶことができますわ。今度こそ、たくさんたくさん遊んで……ふふっ、たっぷりと楽しまないと」

言葉だけを捉えるのならば、無邪気な子供が発するものと変わりない。

しかし、天族の少女の言葉には、たっぷりの悪意が込められていた。世界中の悪意を凝縮したようにどす黒いもので、アリオス達でなければ正気を保っていられないほどだ。

冒険者も魔物もとっくに失神していた。

「本来ならば、あなた達で遊びたいところなのですが……」

「僕達と戦うつもりかい？」

「いいえ、やめておきますわ。わたくし、こう見えても、恩義はキッチリと返す方なのですよ？　わたくしを解放してくれたので、あなた達で遊ぶのはやめておくことにしましょう」

「それは助かるな」

「それに……人間なら、他にたくさんいるみたいですからね。ふふっ、遊びがいがありそうですわ。とても楽しみ。ふふっ、うふふふ」

天族の少女は壊れた笑みを浮かべた。悪意に満ちた笑みを浮かべた。

それから、優雅な仕草でアリオス達に一礼する。

「では、わたくしはこれで失礼いたしますね」

「……待ってくれないか？」

この天族は危険ではあるが、うまくすれば利用できるかもしれない。

そんなことを考えたアリオスは、天族の少女を引き止めた。

「あら、なんですの？」

「話をしたい。時間はとらせないし、君にとっても楽しい話になると思うが……どうかな？」

「あら。あらあら。人間にそのような話をされるなんて……ふふっ、とてもおもしろそう。それに恩人ですし……いいですわ。話を聞きましょう。それで、あなたの名前は？」

「僕はアリオスだ」

「私は、イリス。最凶の最強種、と名乗っておきましょうか」

2章　特訓完了

カナデと対峙《たいじ》する。俺もカナデも、それぞれ険しい表情を浮かべて相手を睨《にら》みつけていた。

じっと見つめ合い、視線と視線をぶつけて火花を散らし、相手の隙を伺う。

そうして、五分ほど経っただろうか？

カナデの頬をつーっと汗が伝い、尻尾がピクンと動いた。

そうして集中力が途切れ始めた頃を狙い、俺は一気に駆け出した。

「にゃっ⁉」

不意をついた形になり、カナデが動揺を表に出した。

ただ、それも少しの間だけ。すぐに心を鎮めてみせると、カナデは軽く体を後ろに引いて、迎撃の構えに移行した。

「にゃんっ！」

カナデが拳を突き出した。風を巻き込むような一撃で、当たればタダでは済まない。

体をひねり回避するが、カナデはそれを読んでいたらしく、続けてローキックを放ってくる。

それは跳躍することで回避した。

こちらから攻めたというのに、すぐに体勢を立て直して、攻守の主導権を握る。やはり、カナデは侮れない。

「うにゃ！」

宙に逃げた俺を追いかけるように、カナデは蹴撃を放つ。

周囲に足場になるようなものはない。俺は体勢を立て直すことができていない。普通に考えるなら、カナデの蹴撃をまともに浴びるしかないけれど、手はある。

「重力操作」

ティナと契約したことで得た能力を使用した。

自身にかかる重力を真横に操作。体が横にスライドして、カナデの蹴撃を避けた。

続けて重力操作を使用して、重力がかかる方向を正常に。さらに三倍の重力をかけて、落下速度プラス三倍の重力の勢いを乗せて、回し蹴りを放つ。

「にゃんですとっ⁉」

さすがに、これは予想外だったらしい。

カナデの予想以上の速度で迫り、重い一撃を叩《たた》き込む。

「にゃんとぉ⁉」

決まったと思っていたのに、カナデは持ち前の反射神経だけで、俺の一撃を防いでみせた。

元々、とんでもない身体能力を持っていたけれど、最近は磨きがかかっているような気がした。

「これで終わりだよ！」

「甘いっ」

カウンターが炸裂《さくれつ》するけれど、今度は、カナデ自身に重力操作をしかける。

カナデの腕にかかる重力を五倍にする。

それでも、猫霊族の力を押し殺すことはできないが、速度を減衰させることには成功した。

この力、扱いが難しく最初は避けていたけれど、慣れてきたら、かなり有効に活用することができた。使い方によっては力強い武器となり、おかげで、カナデと互角に渡り合うことができる。

カナデのカウンターを避けて、今度はこちらのカウンターを叩き込む。

横から刈り取るような蹴り。ガードされるけれど、予測済みだ。

ガードしたカナデの腕に足を絡めて、動きを封じる。さらに、飛び上がるようにして、もう片方の足をカナデの胴体に絡めて、回転。勢いを乗せて地面に叩き落とした。

「ふにゃっ⁉」

慌てて起き上がろうとするカナデの眼前に、拳を突きつける。

「勝負あり、だな」

「はい、そこまでです」

決着がついたところで、戦いを見守っていたスズさんが声を上げた。

それを聞いて、カナデが両手足を地面に投げ出した。

「うにゃあ、負けたぁ……」

「大丈夫か、カナデ？」

「うん、大丈夫」

手を貸して、カナデを立ち上がらせる。

「レイン、強いね……慢心とは違うんだけど、まさか、私が負けるなんて思ってもなかったよ」

「ここ最近、みんなにみっちりと鍛えられたからな」

スズさんに特訓をお願いして、そこそこの日数が経過していた。

今、カナデとしたように、俺達は毎日誰かと模擬戦をしている。その後、スズさんにあそこが悪いここが悪いなどの指導を受けている。

スズさんは言葉こそ柔らかいものの、教え方は容赦がなく、鬼コーチだった。

でも、そのおかげで、それなりに自信を持つことができたような気がする。

「おつかれさま。訓練とはいえ、カナデに勝つなんてすごいじゃない」

タニアが声をかけてきた。

ソラとルナもそれに続く。

「ソラ達も成長していますが、レインが一番成長しているのかもしれませんね」

「ふむ。我は興味が出てきたぞ。レインよ。今度は、我と手合わせしないか？」

「ルナは、この前、レインにボロボロに負けたことを忘れたのですか？」

「あ、あれはちょっと油断しただけなのだ」

「レイン。これ……どうぞ。汗、かいている……よ？」

そっと、ニーナがやってきて、温かいタオルを渡してくれた。

「ありがとう、ニーナ」

「ほい。カナデの分もあるで」

「ありがとー」

カナデはティナからタオルを受け取っていた。

汗をかいた顔に温かいタオルを当てると、ものすごく気持ちいい。

「はい、おつかれさまです。みなさん、なかなか良い感じに育ってきましたね」

「ホント？　私、強くなった？」

「ええ。カナデちゃんは、強くなったわよ。最初はただ真正面から突撃するだけだったのに、今では、ちゃんとした駆け引きを覚えてくれたもの」

「あぅ……それ、褒められているのかけなされているのか、よくわからないよ」

「ふふ、褒めているのよ」

「そうそう、カナデは強くなっているよ」

「ふにゃっ⁉」

ぽんぽんと頭を撫《な》でると、カナデがびっくりした様子で飛び上がった。

自信を持ってもらいたくて、いつものようにしたんだけど、驚かせてしまっただろうか？

「その、いきなり頭を撫でられると……なんていうか、びっくりしちゃうっていうか……にゃあ」

「そうだな、ごめん。なんか、いつものクセで、つい」

「い、いいよ。えっと、その……私を元気づけようとしてくれたんだよね？　なら、怒ることじゃないし。むしろ、うれしいというか……にゃあああ」

カナデの様子がおかしい。顔を赤くして、しどろもどろになっていて、どうしたんだろう？

「ふむふむ」

おかしな様子のカナデを見て、スズさんは、何やら納得顔で頷《うなず》いていた。

それから、にっこり笑顔を浮かべて、カナデの肩をぽんぽんと叩く。

「カナデちゃん」

「にゃ？　なに、お母さん？」

「強くなるための特訓も大事だけど、仲良くなるための特訓も必要みたいね。よかったら、お母さんが、とっておきの方法を教えましょうか？」

「お、お母さん⁉　レインの前でそんなこと……！」

「大丈夫よ。レインさん、こういうことは鈍そうなので」

「……それは否定できないかも」

二人がどんな話をしているのかよくわからないが、けなされていることは理解した。

「それじゃあ、今日の特訓はおしまいです。みなさん、おつかれさまでした」

スズさんの言葉で、俺達みんな、気を抜いたように吐息をこぼした。体から力が抜けて、一気に疲労が襲ってくる。何しろ、朝から夜まで、ずっと特訓をしていたからな。

「みんな、風呂に入るやろ？　もう沸かしてるで」

「ナイスよ、ティナ」

「せっかくだから、みんなで入りましょうか。いちいち待つのも面倒だし」

「さんせーいっ！　にゃん♪」

「あっ、レインは別よ？」

「わかっているよ」

～ Another Side ～

「ふにゃあああああ～～～」

肩までお湯に浸かり、カナデはとろけきった声をこぼした。

目尻が垂れていて、恍惚《こうこつ》めいた表情を浮かべている。頬はほんのりと桜色に染まる。

それはカナデだけではない。他の女子メンバーも、気持ちよさそうにお湯に浸かっていた。

ティナは幽霊なので、厳密に言うと、お湯に浸かっているフリ、ということになるが。それは口にするだけ野暮ということは皆理解しているらしく、誰も何も言わない。

みんなで一緒のお風呂の時間、穏やかな一時を笑顔で共有していた。

「なあなあ、カナデ」

「なぁに、ティナ？」

「こんなこと聞くのもなんやけど、カナデって風呂は苦手やないの？　ほら。大体の猫は風呂が苦手やろ？　だから、カナデも苦手ちゃうんかなあ、って思ったんよ」

「ああ、なるほど。そういう」

「それは我も気になっていたぞ」

　ティナの質問に、ルナが同意した。

　そんな二人に、カナデは苦笑してみせる。

「確かに、お風呂苦手な猫は多いけどね。私もあまりお風呂は好きじゃなかったんだけど……でも、こうしてみんなと一緒に入るのは好きかな。みんなが一緒だと楽しいし、ぽかぽかして、リラックスできるのも好きだよ。のぼせることがなければ、ずっと入っていたいくらい」

「あぁ、それはわかるで。ウチもこんな体じゃなきゃ、毎日風呂に入りたいくらいや」

「うむ。風呂は人生の潤いと言うからな」

「そのような話は、初めて聞きましたが」

　ルナの言葉に、ソラが、はて？　と小首を傾げる。

「知らないのも無理はないぞ。何しろ、我が今作った言葉なのだからな！」

「ルナのその、何も考えずにまっすぐ突き進むような性格、なんとかなりませんか？」

「ならん！」

　平らな胸を張って言われてしまい、さすがのソラも、妹の説得を諦めた。

　どうして、こんな風に育ってしまったのか？

　姉の背中を見て育ったのではないと、そう信じたい。

「んー……」

　ふと、ニーナがじっとタニアを見ていた。正確に言うと、タニアの胸を見ていた。

　その視線に気がついたタニアが、問いかける。

「どうしたの？」

「……わぁ」

ニーナは、どこか感動するような感じで、驚いてみせるだけだ。

「タニア……おっぱい、大きい、ね」

「そうかしら？　普通じゃない？」

「それで普通とか……ソラ達に対する宣戦布告でしょうか？」

「萎むのだ、萎むのだ、萎むのだ……」

ソラとルナが呪詛《じゅそ》を吐く中、ニーナはさらに興味深そうに、タニアの胸をじっと見つめる。

「お湯に浮いてる、の……触ってみても、いい……？」

「え？　まあ、別にいいけど……」

許可を得たことで、ニーナはそっとタニアの胸に手を伸ばして、大きな膨らみに触れた。

「わぁ……柔らかい」

「んっ」

「それに……やっぱり、大きい。ん……もっと」

「ちょ、ちょっとニーナ？　そんな風に触られると、なんか変な気分に……はぅ」

「あ……ご、ごめんんね。痛かった……？」

「痛くはないんだけど、えっと……そ、それよりも、ニーナは大きい胸に興味があるの？」

「……うん。おっぱい、大きい方が……レイン、喜ぶかなあ……って」

「ごほっ⁉」

突然の爆弾発言に、タニアがむせた。その話を聞いていたカナデ達もむせた。

そんな皆を見て、ニーナが不思議そうにきょとんとする。

「どう、したの……？」

「胸が大きい方がいいとか……そんな話、どこで覚えたわけ？」

「この前、冒険者ギルドに行った、時……冒険者の人が、そういう話を……していたよ？　男は、大きければ大きい方がいいんだ……って」

今度、冒険者共を焼き払っておこう。固く決意するタニアだった。

「えっとね、ニーナ。そういうことは個人の主観によるものだから、気にしなくてもいいの」

「というか、真に受けたらアカンで」

カナデとティナがニーナを諭す。

みんなで楽しくお風呂の会場が、子供に対する性教育の場と化す。

「そう、なの？」

「そうだよ」

「……なんだ」

ちょっとだけ、残念そうにするニーナだった。

「ニーナは、レインに喜んでほしいの？」

「……うん。レインの笑顔、見たいな」

「それは、そのぉ……どんな感じで？　どういう意図で？」

「どういう、って言われても……えっと？」

「あ、ううんっ、なんでもないよ、にゃんでも。うぅ……私、ニーナの動向まで気になるなんて……ちょっと意識しすぎかも」

一人で勝手に赤くなるカナデのことを、ニーナは不思議そうに見つめた。

「しかし……改めて見ると、やはり、その胸は反則だな」

ルナがジト目で、カナデとタニアの胸に視線をやる。

タニアだけではなくて、カナデも人並み以上の立派な胸を持っていた。

それに追従するように、ソラもジト目になった。

「どのようにすれば、それだけ育つのでしょうか……謎ですね。人体の神秘です」

「コツがあるのならば、ぜひとも教えてほしいぞ」

「コツ、って言われても……」

「ねぇ？」

カナデとタニアは困惑した様子で顔を見合わせた。

別に、特別意識していることなんてない。気がついたら、こうなっていたのだ。

「……むぅ」

ルナが自分の胸に手を当てた。レインが喜ぶ喜ばないに関係なく、やはり、一人の女の子として胸の大きさは気になるようだ。

育てー育てー、と言うように自分の胸をぺたぺたと触る。

「コツとかあるんなら、それはウチも気になるでー」

「おぉ、新たな貧乳同盟が結成されるのか！」

「ウチは貧乳ちゃうわ！」

ルナの失礼な発言に、ティナがわりと本気のトーンでツッコミを入れた。

「む？　そうなのか？　言われてみれば、ティナはそこそこあるな……」

「裏切り者ですね」

「ちゃうで。ウチは、二人の味方やで」

「そこそこ立派なものを身につけているのに、そのようなことを言うか！」

「知っとるか？　そこそこっていうのは中途半端で、一番需要がないんや……悲しいことなんや。大きい方が男は喜び、小さくてもそれはそれで需要がある。一番きついんは、普通なんや！」

ティナの魂の叫びに、ソラとルナはなにやらショックを受けたような顔をした。

涙を流しながら、その肩に手をやる。

「そうなのですね……ソラは間違っていました。ティナも辛いのですね」

「我らの同盟に加わるがいいぞ……そして、いつの日か、カナデとタニアを見返してやろう。あ、そうそう。ニーナも我らの同盟に加わっているからな」

「わたし、も……？」

「こらこら、そこ。変な同盟を作ってニーナを巻き込まないの」

タニアが呆《あき》れた様子で、熱弁するルナに注意をした。

「そもそも、手遅れなのはソラとルナだけでしょ」

「手遅れ言うな！」

「ソラとルナって十四でしょ？　将来性があるとはいえ、その歳でそれくらいなら……まあ、ね」

「哀れまれたのだ!?」

ガーン、とショックを受けるルナ。その隣で、双子ということで流れ弾を受けたソラも、落ち込んだような顔をしていた。

「でも、ニーナはまだまだ子供じゃない。これから、って可能性は十分にあると思うわ」

「にゃあ、そうだよねー。ねえねえ、ニーナ。ニーナのお母さんは胸が大きかった？」

「え、と……うん。すごく」

「なら、きっとニーナも大きくなるよ。これからだから、焦らなくていいよ」

「……えへへ」

どことなくほっとした様子で、ニーナは笑みを浮かべた。

一方で、ソラとルナはぐぬぬぬ、というような苦しそうな顔をした。

ニーナに将来性があることは否定できない。

しかし、それを認めてしまうと、将来性がないのは自分達だけになるではないか。

そんなことは認められない。というか、なんだかんだで、カナデやタニアが妬ましい。

ただの妬みということは理解しているが、止められない。胸の大小は、年頃の女の子にとって非常に重要な問題なのだ。

「ええいっ、我にもその豊かさを分けるのだ！」

「どうすれば大きくなれるのですか？　そのコツを教えてくれるまで帰しませんよ！」

ルナとソラがカナデとタニアに詰め寄る。

詰め寄られた二人は、おもいきり困惑する。

「そ、そんなこと言われても……分けることなんてできないよ」

「っていうか、大きいと、それはそれで大変なのよ？　肩こるし……」

「その発言は、我ら貧乳シスターズに対する宣戦布告なのだな!?」

「ルナ、変な名前をつけるのはやめてください。心にグサリと来ます」

「よしきた。我ら貧乳シスターズ、その宣戦布告を受けてやるぞ！」

変な方向にではあるが、わいわいと盛り上がる女子一同だった。

◆

「ふむふむ、なるほど……はい！　ひとまず、特訓はここまでにしておきましょうか」

特訓を始めて、一ヵ月ほどが経っただろうか？

ある日、スズさんは納得顔を浮かべると、いつもより早く特訓を切り上げた。

「にゃん？　お母さん、もういいの？」

「はい。今日は……というか、特訓自体、終わりにしようかと」

「え？　っていうことは……あたしら、免許皆伝っていうこと？」

「いえいえ。免許皆伝と言うには、まだまだですね」

釘《くぎ》を刺すような感じでそう言い、スズさんは妙に怖い笑顔を浮かべた。油断するな浮かれるな、ということろだろうか。

スズさんの笑顔の圧力を受けて、タニアが顔をひきつらせた。

「みなさん、戦い方をちゃんと覚えることができましたよ。これまでよりも、何倍もうまく戦うことができると思います。まあ、まだまだ荒いところや覚えてほしいことはたくさんありますが……でも、突き詰めるとキリがないので、この辺にしておこう、と思いまして」

「そうですか……今まで、ありがとうございました」

「どういたしまして。カナデちゃんがお世話になっていますからね、これくらいは。ただ……」

スズさんが真面目な顔になる。

「みなさんは強くなったと思います。でも、だからといって自身の力を過信しないでくださいね？　世の中には、想像を絶するような力を持った人もいますからね。例えば……魔王とか」

スズさんの言葉に、自然と気持ちが引き締まる。

そんな俺達を見て、よし、という感じで、スズさんがいつもの優しい顔に戻る。

「おかたい言葉はこれくらいにして……みなさん、よくがんばりましたね。おつかれさまです」

「にゃあ……これで、やっと終わりなんだ……疲れたぁ」

「これで、ようやく筋肉痛から解放されるのね……ふう」

カナデがぐぐっと背伸びをして、タニアは肩をぐるぐると回した。

「ソラは疲れました。一週間くらい寝たい気分です」

「我らは引きこもり種族だからな」

「引きこもり言わないでください」

ソラとルナは相変わらずだ。

「……んっ」

「ニーナ、どうしたんや？」

「わたし……強くなった、かな？」

「せやな。強くなったと思うで」

「これで……レインの役に、立てる」

「そんなこと考えてたんか。んー、かわいいやっちゃなあ」

「わぷっ」

ニーナは、ティナに頭を撫でられていた。普通は触れないのだけど、ティナは、わざわざ念動力を使ってまでニーナを抱きしめたかったらしい。

「あらあら。みなさん、まだ元気そうですね。せっかくなので、追加の特訓をしておきますか」

「にゃんで⁉」

「オマケです♪」

「そんなオマケいらないよ⁉」

「母の愛は受け取っておくものよ、カナデちゃん」

「にゃああああっ⁉」

特訓が完全に終了するのは、もう少しだけ先になりそうだった。


スズさんのオマケの特訓は夕方まで続いて、俺達はとことんしごかれた。全員、立つのがままならないくらいに疲労していた。

とはいえ、オマケの特訓が終わり、今度こそ完全終了。俺達は、スズさんのスパルタ教室を無事に卒業することができた。

達成感というよりは、安堵感《あんどかん》の方が強い。ようやく、あの辛い日々が終わるのだから。

とはいえ、そんなことを口にしたら、さらなるオマケが課せられないとも限らないので、心の中に秘めておいた。


そして、夜。その日のごはんは、スズさんが作ってくれた。ソラもティナも特訓で伸びていたため、スズさんが申し出てくれたのだ。

スズさんの作る料理は素朴なものだけど、どれもおいしかった。食べていると胸が温かくなるような、不思議な味だ。これが家庭の味というやつだろうか？

みんな、笑顔で完食していた。

それから、交代で風呂に入り、冷たいジュースを飲みながら談笑をした。

そして遅い時間になったところで、みんな、部屋に戻る。

ただ、俺は部屋に戻らないで庭に出た。星が輝く夜空を見上げる。

「どうしたんですか？」

振り返ると、スズさんの姿が。

「眠れないんですか？」

「そうですね。えっと……はい、そんなところです」

スズさんが隣に立ち、俺と同じように夜空を見上げる。

「綺麗《きれい》な星空ですね」

「ええ。なんていうか、吸い込まれそうな感じです」

「ふふっ、おもしろい表現ですね」

スズさんはコロコロと笑う。

こうして見ていると、カナデの母親とはとても思えない。普通に見るならば妹で、おもいきり譲歩して姉がいいところだ。

「どうしましたか？　私の顔に何か？」

「あ、いえ……そういえば、スズさんはこれからどうするんですか？」

特訓が終わり、スズさんの役目は終わった。カナデを連れ戻すという目的も消えた。

だとしたら、これからどうするのだろう？

「里に帰りますよ」

「そっか……帰るんですね」

「あら、残念そうですね。私のことを引き止めたいんですか？」

「んー……まあ、そうですね」

「あらまあ。意外と素直に認めるんですね」

「これだけ一緒にいたら、いなくなると違和感がありますよ。カナデも喜ぶと思いますし」

「そうですか？　カナデちゃんも年頃ですから、親が近くにいると落ち着かないのでは？」

「まあ、そういうところはあるかもしれませんね。でも、カナデはとても素直な子じゃないですか。なんだかんだ言いながらも、スズさんと一緒にいるのはうれしいと思いますよ」

「仕方ないんだから、お母さんは」なんて言いながら、スズさんの隣で笑顔を浮かべるカナデの姿が思い浮かぶ。

似たようなことを想像したらしく、スズさんも笑顔になる。

「ふふっ。そう言ってもらえると、母親冥利につきますね」

「それでも、帰るんですか？　もうちょっと滞在しても……部屋は余っていますし」

「ありがとうございます。レインさんの気持ちはうれしいです。でも、いつまでも甘えるわけにはいきませんし……私がいないと、里にも迷惑をかけてしまうので」

里一番の実力者となると、色々と仕事もあるのだろう。無理に引き止めることはできないか。

「レインさん。気をつけてくださいね」

「えっと……それは、どういう？」

「すいません。はっきりとしたことは言えないんですが……どうも、嫌な予感がして」

「嫌な予感……ですか？」

「猫霊族は、気配などに敏感ですよね？　それと同じで、私くらいになると、嫌な予感を感じることができます。けっこう当たるんですよ？　まあ、嫌な予感なんて当たってほしくないですが」

スズさんが苦笑した。

「その嫌な予感っていうのは、もうちょっと具体的なことはわからないんですか？」

「すいません。なんともいえなくて……ただ、少し前から、胸騒ぎのようなものがしているんですよね。例えるなら、かつての仇敵《きゅうてき》を目の前にしたような、そんな感覚でしょうか」

「仇敵……」

最強種の猫霊族……しかも、その中でも特に優れた力を持っているスズさんにここまで言わせるなんて。ただの予感として片付けない方がいいだろう。

「わかりました。今後、色々なことに注意したいと思います」

「できることなら、私も一緒にいたいんですけど……」

「ずっと俺達についているわけにはいかないんでしょう？　仕方ないですよ」

「そう言ってもらえると助かります……レインさん」

スズさんが俺の手を握る。その状態で、じっと目を見つめられた。

「カナデちゃんのこと、お願いしますね？」

「はい。任せてください」

カナデは大事な仲間だ。何があったとしても、守ってみせる。

そういう意思を込めて、しっかりと頷いてみせた。

「ありがとうございます。あとは、カナデちゃんの想いが成就すれば完璧なんですけどね」

「成就？」

「いえいえ、なんでもないですよ。こちらの話なので」

なんのことだろう？

スズさんは、俺の知らないカナデの何かに気がついているみたいだけど……ダメだ。軽く考えてみたけど、さっぱりわからない。

「さて……私はそろそろ寝ることにします」

「わかりました。おやすみなさい」

「レインさんも、夜更かしはいけませんよ？」

「わかっていますよ。もうちょっとしたら、俺も寝ます」

「はい。良い答えです。ではでは、おやすみなさい」

スズさんが笑顔を見せて、家の中に戻る。

その背中を見送り……改めて、夜空を見上げる。

「……嫌な予感、か」

夜空はこんなにも綺麗だというのに、不穏な気配が近づいているみたいで、どこか寒気がした。

3章　悪魔

翌朝。

里に帰るというスズさんを、みんなで見送る。

「ではでは、みなさん。お世話になりました」

「いいえ。ソラ達の方こそお世話になりました」

「またいつでも来るがよいぞ！　その時は、我の料理でたっぷりともてなしてやるのだ！」

「いいですね。ソラ達姉妹で料理を作りましょう」

「あ、いや……ソラは遠慮してほしいのだぞ……？」

「ウチもがんばるでー」

ソラとルナが元気に声をかけて、ティナも笑顔を見せた。

「まあ、色々と助かったわ。強くなることもできたし……一応、お礼を言っておいてあげる」

「タニア……つんでれ？」

「誰!?　ニーナにこんな言葉を教えたのは誰よ!?」

タニアとニーナは、おもしろおかしく見送りをしていた。

「……お母さん……」

「どうしたの、カナデちゃん？」

カナデがスズさんと向き合う。久しぶりの親子の再会は終わり、別れが訪れる。そのことを特に意識しているらしく、カナデはしょぼんとしていた。

色々とあったけれど、やっぱり、スズさんと離れ離れになることは寂しいらしい。

「カナデちゃん、元気でね」

「うん……お母さんも元気でね？」

「風邪を引かないように注意してね。それから、布団はちゃんとかけて寝るように。暑いからって蹴飛ばしたりしたらダメよ。あと、裸で寝たりしないように」

「し、しないよぉ」

「どうかしら？　里にいた頃のカナデちゃんは、暑いからと言って……」

「わーっ、わーわーわーー⁉　レインがいるのに、な、なんてこと言うの⁉」

「これくらいで慌てていたら、この先、苦労するわよ？　レインさん、相当、鈍そうだから」

「うっ……それは、まあ……」

「ふふっ、応援しているわ」

「……にゃあ」

よくわからない会話が繰り広げられて、カナデが耳をぺたんとさせた。

「さて……これ以上は、名残惜しくなってしまいますね。ではでは、色々とお世話になりました。ではでは、またどこかで」

スズさんは笑顔で手を振り、俺達に背中を向けた。

そのまま歩みを進めて、その背中がどんどん小さくなっていく。

「お母さんっ！」

カナデが一歩前に出て、大きな声を出した。

「またねっ!!」

スズさんが振り返り、にっこりと手を振るのが見えた。


ある程度して、スズさんの姿が完全に見えなくなる。

見送りが終わり、なんともいえない空気が流れた。

カナデはどこかすっきりとした顔をしていた。寂しい気持ちはあるのだろうが、きちんとお別れをすることができたため、引きずるような気持ちはないのだろう。

「ふぅ」

「ねえ、レイン。なんか今、私、すっごく体を動かしたい気分！　ギルドに行こう！」

「そうだな。ここ最近、訓練ばかりしていたし……久しぶりに依頼を請けるか」

特に反対する必要もないし、体を動かしたいというカナデの意見に賛成だ。

「みんなはどうする？」

「あたしは家でのんびりしているわ。なにか依頼を見つけたら、教えてちょうだい」

「ソラとルナは家で待っていますね。掃除やごはんの準備をしなければいけないので」

「いや、ソラは料理はしなくていいのだ。それは我がやるぞ」

「ウチも、昼は外に出られへんから、留守番しとくわ」

タニアとソラとルナが家に戻り……家の中から、ティナがそんな風に声をかけてきた。

「ニーナはどうする？」

「え、っと……一緒、しても……いい？」

「もちろん」

「んっ」

ニーナが笑顔になり、俺の手を取る。

「むぅ……あれは何か深い意味があるのかな？　それとも無意識なのかな？　ニーナも、けっこう要注意だよね。気をつけないと」

手を繋《つな》ぐ俺とニーナを見て、カナデがよくわからないことをぶつぶつとつぶやいていた。


その後、カナデとニーナと一緒に冒険者ギルドを訪ねた。

いつものように依頼を探そうとしたところで、異変に気がついた。

「なんだ？　やけに慌ただしいな」

職員達が左に移動して右に移動して……ギルド内にいた冒険者達も、やけに険しい顔をしていて、深刻な雰囲気で打ち合わせをしている。

いったい、どうしたんだろう？

「にゃー……なんか、ものものしいね」

「……ちょっと、怖い」

二人が俺の服の端を摑《つか》んできた。

ちょっと動きにくいのだけど……まあ、これくらいならいいか。

「あっ、シュラウドさん！」

ナタリーさんがこちらに気がついて、小走りに駆け寄ってきた。

「ちょうどよかった。今、シュラウドさんのところにも連絡をいれようとして……」

ふと、ナタリーさんの視線がカナデとニーナに向かう。

それぞれ、俺の服を摑んでいるところを見て、なぜか半眼になる。

「……今日はどうされたんですか？　もしかして、見せつけに来たんですか？」

「え？　見せつけるって……ん？　どういう意味だ？」

「いえ、なんでもありません。はぁ……そうですよね。シュラウドさんは、そういう人ですよね。まったくもう……こんな風にヤキモキさせられるなんて」

「えっと……？」

「って、そんな場合じゃないんです！」

「ぴゃっ」

突然、ナタリーさんが大きな声をあげて、それに驚いたニーナが尻尾をぴーんと立てた。

「大変なんですよ！　一大事で大変なんですよっ」

「お、落ち着いてくれ。言葉がおかしい」

「あ、あら。これは失礼しました」

冷静さを取り戻したらしく、ナタリーさんはちょっと恥ずかしそうな顔をした。

それから気持ちを切り替えるようにコホンと咳払《せきばら》いをして、本題に入る。

「実は、緊急依頼が発行されました」

「緊急依頼？」

「にゃん？　それ、なに？　初めて聞くよね」

「緊急依頼というのは、一種の非常事態宣言のことですね。通常依頼が停止されて、全ての冒険者が緊急依頼に駆り出されます。騎士団とも連携をします。全ての冒険者と騎士団が一丸となって挑まなければならない、非常に重要度の高い案件が発生した、と思っていただければ」

「ということは……今は、通常の依頼を請けることはできないのか？」

「はい、申し訳ありませんが……」

「そのきんきゅー依頼？　に、私達は駆り出されるの？」

「一応、断ることもできますが……できれば参加してもらえるとありがたいです。というか、ウチの看板であるシュラウドさん達が不参加となると、かなり難しいことに……」

「なんか……大変そう、だね」

ニーナの言う通り、今まで見たこともないくらい、ギルドは騒然としていた。

こんな風になってしまう緊急依頼って……いったい、何が起きたのだろう？

「というわけですので、現在、通常の依頼を請けることはできません。すみません。その上で……

できることならば、シュラウドさん達に緊急依頼を請けていただきたいのですが……お願いします、力を貸していただけませんか？」

詳細はわからないが、この前のように魔族が出現したり……あるいは、大規模な災害でも起きているとしたら、俺達も無関係でいられないだろう。

できることがあるのならば、やっておいた方がいい。

とはいえ、俺の一存で勝手に決めるわけにはいかない。今はみんながいないから……まずは事の次第を聞いて、その後、話し合うという感じかな。

「まず、話を聞くだけなら」

「はい、はい。それだけでも構いません。ぜひぜひ！」

ナタリーさんの勢いに押されるまま、談話スペースに案内された。

「これからする話は、私達関係者以外には内密でお願いします。内容が内容なので、街のみなさんが知るのも時間の問題だと思いますが、一応、騎士団の公式発表を待つ必要がありますので」

「了解。それで、いったい何が起きたんだ？」

「南大陸にある、リバーエンドの街を知っていますか？」

「にゃん？　りばーえんど？」

カナデは小首を傾げるが、俺は知っていた。

「知っているよ。ストライドブリッジを渡ると、最初に到着する街だよな？　小さいけど、宿場街になっていて、そこそこの賑《にぎ》わいがあるとか」

「では、さらにその先にある村はご存知ですか？　パゴスという小さな村なのですが」

「いや、それは知らないな」

「そのパゴスが……壊滅しました」

「壊滅……？」

穏やかじゃない言葉に、思わず眉を潜めてしまう。

「どういうことなんだ？　何か局地的な災害が？」

「いえ、人為的なものです」

「それは、盗賊などが？」

「いえ、それも違います。というか、私の言葉が悪かったですね。何者かによる仕業ということは判明しているのですが、その正体は曖昧なものでして」

ナタリーさんは軽く困惑している。ギルドも、まだ正確な情報を掴んではいないみたいだ。

「いまいち、話が理解できない。最初から詳しく話してくれないか？」

「はい、そうですね……すみません。事が事だけに、私の方でも混乱していたみたいです」

「仕方ないさ」

村が一つ壊滅した。そんなことを聞かされて、平静でいる方が難しい。

「とある商人がいまして……その方は、パゴスの人達と取引をしていました。パゴスは織物を特産品としていて、専属の契約を交わしてて。毎月、同じ日にパゴスの人達が商人のところに織物を売りにくるのですが……なぜか今月は、いつになっても村人がやってこなかったのです」

「それで、商人は不思議に思った？」

「はい、その通りです。不思議に思った商人は、パゴスを訪ねることにしました。そして……まるで天災に遭ったかのように、壊滅しているパゴスの姿を見ることになったのです」

突然、連絡が途絶えた村人。壊滅した村。これだけでも普通ではない、何か尋常でない事態が起きていることがわかる。

ただ、ナタリーさんのこわばった顔を見る限り、事はもっと深刻みたいだ。話を聞いているだけなのに、自然と緊張してしまう。

「家屋は壊れ、焼けて……戦争でも起きたように、村中がボロボロになっていたと聞きます。不幸中の幸いというべきか、死者は出ていないのですが……重傷者は出ているようです」

「ひどい……」

その光景を想像したらしく、カナデが泣きそうな顔になった。

「商人はパゴスの人達に何が起きたのか聞きました。すると、村の人達は口を揃《そろ》えて言いました。悪魔が甦《よみがえ》った……と」

「悪魔？」

「なに……かな、それ？　比喩的な……もの？」

不思議そうにしつつ、ニーナが小首を傾げた。

「わかりません。私達ギルドも村人達から話を聞きましたが、同じようなことしか聞くことができず……皆、恐慌状態に陥っていました。よほど、恐ろしい目にあったんだと思います」

「パゴスや、その悪魔とやらの調査は？」

「もちろんしました。まだ十分とは言えませんが、できる限りの調査をしました。パゴスの歴史を遡り、悪魔と呼ばれる存在がいたのかどうか……そういった部分も調べました。その結果……悪魔は存在するという結論に達しました」

「そいつの名前とか知らないの？　というか、悪魔ってことは魔族なのかな？」

「すみません、詳しいことはまだ判明していなくて……存在することは確定したものの、詳細は掴めていないんです」

カナデの質問に、ナタリーさんは申し訳なさそうな顔をした。

「その悪魔は、パゴスの近くの山に封印されていたみたいです。しかし、封印が解けて……」

「悪魔がパゴスを襲撃した……と？」

「はい。それが、ギルドの見解になります」

封印されるような巨大な力を持つ存在が解き放たれた。

その危険性は、パゴスが壊滅することで証明された。

これは、思っていた以上に大きい事件なのかもしれないな。

「現在、ギルドでは総力をあげて、悪魔の調査を行っています。現状では、その姿も目的も、何もわからない状態ですが……悪魔は村一つを壊滅させて、多数の負傷者を出しています。このままでは、死者が出るという最悪の事態もありえます。故に、今回の事件を緊急依頼としました」

「対処法というか、作戦は考えているのか？」

「はい。大まかなものになりますが……三つの班を作り、それぞれに活動していきます」

「にゃん？　三つ？」

「まずは、悪魔の素性や目的などを調査するチーム。次に、悪魔の封印方法を探るチーム。そして……悪魔の討伐を行うチームです」

ただ討伐を目的とするだけではなくて、あらゆる角度から攻めていくということか。

素性や目的を調べるのは、妥協点を見つけられないか、ということ。負傷者はいるが、死者がまだ出ていないため、交渉の余地があると判断したのだろう。

そして、封印する方法を調べるのは、討伐に失敗した時の保険だろう。

それにしても……悪魔、か。いったい、どんなヤツなんだろう？

村を一つ、壊滅させたようなヤツだから、人にとって有害な存在であることに間違いはないと思う。ただ、理由はわからないけど、妙に気になった。

「シュラウドさん。今回の件、危険な依頼であることは否定できません。その上で、あえてお願いします。どうか、力を貸してくれませんか？」

「それは……」

「シュラウドさんは……いえ、シュラウドさん達ならば、今回の件も、無事に解決できるような気がするんです。どうかお願いできませんか？」

ナタリーさんの話を聞いて、悪魔の被害を耳にして……俺は、故郷のことを思い出した。

壊滅したというパゴスが、俺の故郷と重なって見えた。どうにも他人事とは思えない。

個人的には、放っておくことはできない。しかし、みんなを危険に巻き込むことは……

「わかったよっ！」

「カナデ⁉」

返事に迷っていると、カナデが勝手に答えてしまう。

「私達に任せておいてっ。なんとかしてみせるからね！」

「……ん。がんばる」

「ニーナまで……そんなことを勝手に」

「私達のことを気にしてくれているんだと思うけど……それは、余計なお世話、っていうものだよ」

「レインは……レインのしたいように、していいよ……？」

「そうそう！　私達は、それを手伝うだけだから。タニアもソラもルナもティナも、みんな、絶対に文句なんて言わないよっ」

「もっと……頼りにして、ほしいな」

ニーナの言葉に、少なからず衝撃を受けた。

俺は、みんなのことを考えていたつもりだったけど、その実、信用していなかったのかもしれない。危険だから、って遠ざけることばかり考えて、甘えないでいた。頼りにしないでいた。

果たして、それは仲間と言えるだろうか？

「……そう、だな。二人の言うとおりだ」

「じゃあ……」

「この依頼を請けようと思う。放っておけないし、何よりも、他人事に思えないんだ。だから、なんとしても解決したい。そのために力を貸してくれないか？」

「「うんっ」」

カナデとニーナは、揃って笑顔で頷《うなず》いた。ここにいない他のみんなも、きっと、笑顔で応えてくれるだろう。

俺は良い仲間に巡り合うことができた。これが運命だというのならば、運命に感謝したい。

「えっと……それでは、引き受けてくださるということでいいんですか？」

「ああ、引き受けるよ」

ナタリーさんの問いかけに、俺はしっかりと頷いてみせた。

「ありがとうございます！　シュラウドさん達が加われば、必ず成功すると思います！」

「大げさだな」

「いえいえ、大げさなんてことはありませんよ。シュラウドさん達は、ホライズンの英雄ですからね！　そのシュラウドさん達が加わるとなれば、依頼も無事に達成することができると思います」

こそばゆいから英雄はやめてほしい。

「それに……私自身、シュラウドさんのことを信じていますから」

にっこりと、ナタリーさんが笑う。とても温かい笑顔だ。

「にゃあ……もしかして、この人もレインを……？　うにゅう」

なぜか、カナデが警戒するような顔になる。

「えっと……話を元に戻すけど、俺達は何をすればいいんだ？　班を三つに分けるんだよな？」

悪魔の素性や目的を調べる調査班。悪魔と戦う討伐班。悪魔を封印する方法を探る探査班。

俺達は、どこに配属されるのだろうか？

「まだ、本決定というわけではないので、予想になりますが……おそらく、シュラウドさん達は調査班に配属されることになるかと」

「にゃん？　討伐班じゃないの？」

戦う気満々だったらしく、カナデは、ちょっと拍子抜けしたような顔をした。

「私達なら、悪魔でもなんでも倒せると思うんだけど。もっと危険な作業でも文句はないよ？」

「危険度はどの班も変わらないですよ」

調査班は悪魔のことを調べるため、自然と接近することになるから、それなりの危険が伴うはずだ。封印する方法を調べる探査班は、悪魔からの妨害を受ける恐れがある。討伐班は言わずもがな。

そう説明すると、カナデが納得顔で、ぽんと手を打つ。

「にゃるほど。どこも大変なんだね」

「一番重要視されているのは、悪魔に関する調査です。敵の情報がなければ、戦いようがありませんからね。交渉もしかりです。そういう意味で、おそらく、うちのエースであるシュラウドさん達は調査班に配属されるのではないかと」

「なるほど……わかった。そういうことを今から想定して動いておくよ」

「はい、そうしてもらえると。その……今回の依頼、今までにないくらいに大変なものになると思いますが……どうか、よろしくおねがいします」

そのままギルドで待機して、しばらくの時間が流れて……ナタリーさんから、俺達が調査班に配属されたことを伝えられた。ナタリーさんの予想通りだ。

一つ、予想外なことがあるとすれば、悪魔に関する調査は、俺達のパーティーともう一つのパーティー……計二組だけで行われるということだ。

もっとたくさんのパーティーが参加するかと思っていたが、そうではないらしい。

調査を行う際は、身軽なフットワークが要求されるため、大人数だと効率が悪いだろうという判断だ。それと、他の冒険者は討伐組に回されたため、調査まで手が回らないというのが現状らしい。

単純な話、人手不足なのだ。緊急依頼は、ランクに関係なく参加できるけれど、だからといってFランクの冒険者などが喜んで参加するわけがない。

村一つを壊滅させたという悪魔が相手なのだ。身の危険を感じて退く冒険者は多い。

参加する冒険者は、一攫千金《いっかくせんきん》を狙う者などで、かなり数が少ないと聞いた。

「ニーナ、みんなのところに戻って、説明をしてくれないか？」

「……ん。わかった、よ」

ニーナがコクリと頷いて、たたたと走りギルドを後にした。

「私達はどうしようか？　今のうちから悪魔について調べる？」

「どうやって？」

「……気合で」

特に考えなしの発言だな？

「ひとまず待機だ。みんなを待たないといけないし……それと、一緒に組むパーティーを、ナタリーさんが連れてきてくれるみたいだからな」

ナタリーさんによると、もう一つのパーティーは決まっているらしく、すぐにでも紹介できるとのこと。早いうちに顔を合わせておいた方がいいと思い、ナタリーさんに紹介を頼んだ。

「おまたせしました」

ほどなくして、ナタリーさんが戻ってきた。その後ろに冒険者らしき二人組の男女が見える。

「よぉ、あんたらが『ホライズンの英雄』かい？　俺は、アクス・ギン。ちょっと特殊な武器を使ってる剣士だ。よろしく頼むぜ」

「私は、セル・マーセナル。よろしく」

男の歳は俺よりも上だと思う。たぶん、二十代半ばというところだろう。

逆立てた髪は赤く、紅蓮《ぐれん》の炎のようだ。彼の性格を表しているのかもしれない。

鍛え上げられた体を軽鎧《けいがい》で覆い、動きやすいようにされていた。腰に剣を下げているが、その鞘《さや》は、わずかに湾曲していた。特殊な武器だから、なのだろうか？

気さくな性格らしく、こちらが何も言わないうちに強引に握手を求めてくる。

女性は、男と同じくらいだろう。ショートにまとめた藍色の髪は彼女の魅力を引き立てていて、素直に綺麗《きれい》だと思う。たぶん、彼女に声をかけられて断る男なんていないだろう。

やや小柄ながらも、冒険者として鍛え上げられているのが見てわかる。筋肉質というわけではなくて、スラリとしている。

男とは対照的に、とても落ち着いた印象を受けた。暗いとか冷たいとかいうわけではなくて、冷静沈着。凛《りん》とした雰囲気だ。

明るい男と落ち着いている女性……対照的な二人だな。

「俺は、レイン・シュラウド。こっちは、仲間のカナデ。よろしく」

男……アクスの握手に応える。

「あと、英雄はやめてくれ。こそばゆい」

「へー、謙虚なんだな。英雄って呼ばれるくらいだから、もっと豪傑な男を想像してたが」

「想像と違ってがっかりしたか？」

「いや。これからしばらく、一緒に行動する仲間になるんだからな。気さくな方がやりやすいさ」

ニヤっと笑うアクスは、子供のように純粋に見えた。

俺が単純なだけなのかもしれないけど、アクスは良いヤツみたいだ。

「おっ、話は聞いていたが、そっちはホントに猫霊族なんだな。俺はアクスだ。よろしくな」

「うん、よろしくね」

「それにしても……すげえかわいいな。どうだい？　俺と一緒に夜のデートに行かないか？」

「にゃんですと⁉」

「忘れられない時間をプレゼントするぜ。絶対に楽しめるようにあいたぁっ⁉」

「やめなさい」

突然、ナンパを始めたアクスの頭を、遠慮なくセルが叩《たた》いた。

というか、今、セルは手にしていた弓で殴りつけたような……？

弓って頑丈にできているから、金槌《かなづち》で殴られるのと変わりないぞ？

「な、何するんだよ。俺はただ、カナデちゃんと楽しい時間を過ごそうとしただけでいてぇっ⁉」

すごい。もう一回、無言で殴ったぞ。

「恥ずかしい真似はやめなさい」

「そ、そっか……わりい。嫉妬してたんだな？　だが、安心してくれ。俺の本命は、セル、お前だけだ。これはちょっとした遊びというか男の悲しいさぐあっ⁉」

「それは、私に対しても彼女に対しても失礼よ」

「お、俺は……ただ、かわいい女の子が好きなだけでひぐぅっ⁉」

「ごめんなさい、は？」

「……ごめんなさい」

頭をたんこぶだらけにして、アクスが頭を下げた。

なんとなく、この二人の力関係がわかったような気がした。

カナデが、そっと耳打ちしてくる。

「……レイン、レイン。この人達、変だよ？」

「……ストレートに言うなあ」

「……ホントに、この人達と一緒に冒険するの？　大丈夫？」

「……それは、えっと」

「おっと、その心配はいらないぜ」

声を潜めていたはずなのに、アクスが俺達の会話に反応した。耳は良いらしい。

「こう見えても、俺達はAランクの冒険者なんだぜ」

「えっ、ホントに!?」

「そこまで驚かれると、ちょっと傷つくな……」

カナデの反応に、アクスががくりと肩を落とした。

「一応、本当のことですよ」

ずっと成り行きを見守っていたナタリーさんが、アクスの代わりに答えた。

「お二人は、『紫電』の二つ名を持つ、Aランクの冒険者ですよ」

「おー、かっこいいかも」

「だろ？」

「二人組なんだね」

「ホントはもうちっと増やしたいんだけどな。ただ、俺らについてこられるヤツが少なくてな……まあ、俺はセルと二人だけでもいいけどな。なにせ、将来を誓った仲だ。だからぐあ!?」

「しれっとウソを織り交ぜないように」

当たり前のように、セルがアクスを殴りつけた。

これも、二人にとっては当たり前の光景なのだろうか？

「アクスさんはこんな性格ですが、腕は確かですよ。きっと、頼りになると思います」

ナタリーさんが、そうフォローを入れた。

正直なところ、多少の不安はあるが、でも、腕が立つことは確かみたいだ。

一見すると、ふざけているようにしか見えないが、隙がない。不意をついて打ち込んだとしても、即座に反応して対応してくるだろう。

「にゃー……ちょっと軽そうだけど、でも、悪い人じゃないのかな？」

人一倍、人の悪意に敏感なカナデがそう言うのだから、信用してもいいと思う。

「できることならば、早速調査に赴いてほしいのですが……」

「準備があるし、さすがに即日というわけにはいかないが、明日なら大丈夫だ。そっちは？」

「ああ、俺も問題はないぜ」

「よかったです。事が事なので、早く動くに越したことはないと思うので。あ、こちら、今回の事件の資料になります。多くはありませんが……調査の役に立ててください」

ナタリーさんから資料を受け取った。

「なにかありましたら、私のところへ。よろしくお願いします」

ナタリーさんがぺこりと頭を下げて、それから、忙しそうに奥に消えた。

事件の影響で、色々とやらなければいけないことがあるのだろう。

「なあ。レイン、って呼んでもいいか？　街の英雄を呼び捨てにするなんて、バチが当たりそうだが……どうも、俺はそういう堅苦しいことが苦手でな。あと、これからしばらくの間、一緒に行動を共にする仲間になるだろ？　気さくな方がいいかと思うんだが……」

「ああ、構わないよ。というか、さっきも言ったが英雄はやめてくれ、普通に呼び捨てで構わないさ。というか、俺達が丁寧にしないとダメだよな。二人はAランクなんだし」

「おいおい、やめてくれよ。ランクが上だからって偉いわけじゃないぜ？　というか、街の英雄……レインなら、とっくにAランクになっててもおかしくないだろ」

「そんなことないと思うけどな」

「ま、ランクとか気にしないでくれ。レインって呼ばせてもらうから、俺のこともアクスでいいぜ」

「私もセルでいいわ」

「ああ。よろしくな、アクス、セル」

改めて、二人と握手を交わした。


俺達調査班の目的は、悪魔の素性や目的を調べること。そして、できることならば弱点を含めた、全ての情報を集めることだ。

それと同時に、交渉も任されることになった。

ギルドでは、悪魔との交渉も視野に含めているらしい。

村一つを壊滅させたという相手に、交渉が通じるのか、また、その必要性があるのか不明なのだけど……できることならば戦わずに済ませたいらしい。

まあ、半分は時間稼ぎのようなものだろう。

討伐隊は、騎士団と連携して事にあたるため、どうしても編成に時間がかかる。その間、俺達が悪魔のことを調べつつ、交渉を行い、時間を稼ぐ。

もしも交渉が成功すれば、それはそれでよし。失敗したら、できる限り時間を稼いだ後に、討伐隊をぶつける。そういう作戦と聞いた。

そんな風に、いくつかアクスとセルと話をして、情報を整理した後、俺達は一度家に帰った。

準備をしないといけないし、それ以前に、依頼の詳細を話さないといけない。

みんなは快く依頼を受けていいと言ってくれて、力になると張り切っていた。頼もしい。

それから旅の準備をして……そして、翌日。


「よぉ」

「おはよう」

街の南門に移動すると、すでにアクスとセルの姿があった。

「悪い、待たせたか？」

「いいや、そんなことないぜ。まあ、仮に待たされたとしても、気にしてないさ。セルと一緒だったから、甘く濃厚な時間を過ごしてぐほぅ⁉」

「はいそこ。くだらない戯言を言わないように」

セルがアクスの腹に、かなり痛烈に肘を叩き込んでいた。バイオレンスな関係だ。

「そちらは大所帯なのね」

セルがこちらを見て、ちょっと驚いたようにそう言った。

「カナデさんとは昨日ぶりね。他の方は、えっと……」

「あたしはタニアよ。ふふんっ、見ての通り、誇り高き竜族よ」

「ソラはソラと言います。知っているかもしれないのでバラしますが、精霊族です」

「我はルナなのだ！　同じく精霊族だが、普段は羽は隠しているぞ」

「ニーナ……です。神族……です」

「あんたら強そうやな。頼りにさせてもらうで！　うちは、ティナや！　よろしゅうな」

皆、簡単な自己紹介をして……最後に、ニーナの頭の上に載っているヤカンが元気よく喋《しゃべ》った。

「……私、夢でも見ているのかしら？　ヤカンが喋っているように見えるのだけど」

「セル、それは夢じゃないぞ。俺も同じ光景を見ているからな」

「そうなると、なおさら夢という確率が高いわね」

「どういう意味だよ⁉」

混乱する二人だけど、それも仕方ない。

ニーナの頭の上に載せたヤカンから、ティナの声が聞こえてくるわけだからな。

「あー……簡単に説明すると、ティナは幽霊なんだ」

「ゆ、幽霊……だと？」

「驚いたわ、そんな人まで仲間にしているのね。でも、どうしてヤカンから声が？」

「幽霊だから昼間は外に出ることができないんだ。そうなると、ずっと家で留守番してもらうことになる。それはどうかと思うから、一緒に行く方法を探してみたんだ。そうしたら……」

「ウチ、物に取り憑《つ》くことができるんやけど、その間は時間関係なく外に出られるみたいなんや。で、こうしてヤカンに取り憑いている、っちゅーわけや！」

「な、なるほど……それは……すごいのね」

「なんていえばいいかわからねえが、すごいことは確かだな」

驚きのあまり、二人の語彙が貧弱になっていた。アクスはともかく、セルも動揺しているらしい。

やはり、ちょっと衝撃的な光景だったかもしれない。

今朝、初めて見た時は、俺もしばらくまともに口をきくことができなかったからな。

「ティナさんについては理解したのだけど……どうして、頭の上にヤカンを載せているのかしら？」

「この方がよく見えるからだよー」

カナデがにこにこ笑顔で答えた。

取り憑いている間、視点の位置はヤカンと同じになるらしい。だから、高いところの方が気分がいいだろうと、カナデがニーナの頭の上にヤカンを載せたのだ。

そんなことを説明したら、二人はますます変な顔になる。

「世の中、俺の知らないことがまだまだあるんだな。自分が小さいことを思い知らされるぜ」

「そういうものと割り切りましょう」

ヤカンに幽霊が取り憑いていて、しかも、それを頭の上に載せている。自分でも何を言っている

かわからないくらい、それは奇妙な光景だ。

とはいえ、慣れてもらうしかない。ティナだけを置いていくわけにはいかないからな。

「そろそろ出発しないか？　時間が余っているわけでもないし、急いだ方がいいだろう」

「それもそうだな。よっしゃ、行くぜ！」

アクスが先頭を歩き、俺達がそれに続いた。


街の外に出て、まずはストライドブリッジへ。目指すところは、その先にある南大陸だ。

「にゃー」

隣を歩くカナデが、うずうずとした様子で尻尾をぴょこぴょこさせていた。

「どうしたんだ？」

「こんな時になんだけど、わくわくしているの。南大陸に行ったことがないから、楽しみかも」

「ちょっとカナデ、旅行じゃないのよ？　これは、ちゃんとした依頼なんだからね」

「うっ……それはそうなんだけど」

タニアにたしなめられて、カナデがシュンとなる。

でもまあ、気持ちはわからなくはない。一度も行ったことがないところに行くとなると、気持ちが高ぶってしまうのは仕方ないことだろう。

「レインは落ち着いているね。にゃー……やっぱり、私なんかとは違うね」

「元々俺は、南大陸の出身だからな。今回のことは、新しい場所に行くっていうよりは里帰りみたいなもんだから、それほどわくわくすることじゃないさ」

「あ、そうだった。レイン、南大陸の出身なんだよね」

「すっかり忘れてたわ」

以前に軽く触れた程度だから、忘れていても仕方ないと思う。

「じゃあさ、じゃあさ、今回の依頼が終わったら、観光をしない？　レインも、色々と立ち寄りたいところがあるんじゃないかな」

「そうだな……余裕があるなら、それもいいかもな」

「カナデにしては、良いアイディアじゃない」

「にゃふー」

カナデの尻尾が、ごきげんそうにフリフリと揺れた。

「それでそれで、できればレインと二人で……にゃあ♪」

何やら追加でつぶやいていたけれど、そちらはよく聞こえなかった。

「なあ」

先をゆくアクスが速度を落とし、隣に並んだ。

「こういうのもなんだけど、レイン達、けっこう落ち着いているな」

「ん？　どういう意味だ？」

「今回の依頼、かなり大きなものだ。並の冒険者なら、緊急依頼と聞いたらビビって顔を青くするものさ。それなのに、レイン達はのんびりしてるっていうか……あ、悪い意味じゃねえからな？」

「一応、依頼の重要性は理解しているよ」

村一つが壊滅した。その意味を理解できないほど、俺達はバカじゃない。

「ただ、変に緊張しても仕方ないだろう？　気を抜いていいわけじゃないが、適度にリラックスしておいた方がいいと思うんだ。緊張していたら、いざという時に思考も体も固まってしまう」

「なるほどな、道理だ」

「そのことはみんなもわかっているから、こんなふうなんだと思うよ」

「さすが、ホライズンの英雄だな。俺らとは考えが違う」

「だから、英雄はよしてくれ」

「褒め言葉なんだぜ？」

「あれはみんながいたからこそ、の話だ。俺一人で魔族を倒したわけじゃない」

「そうやって、謙遜できるのも良いところだと思うぜ。俺はレイン達のことが気に入ったぜ。特に、タニアちゃんだな」

「タニアを？」

まだ、二人はろくに言葉を交わしていないはずなのだけど……？

「なんといっても、あの美貌！　綺麗なお姉さんという感じで、スタイルも抜群！　俺の理想にぴったりだね。一度でいいから、蔑んだ目で踏まれてみたいぜ」

そういう意味か。というか、性癖がちょっと特殊すぎやしないか？

「そういうことなら、私が踏んであげましょうか？」

「げっ、せ、セル……⁉」

「踏まれたいのでしょう？　ほら、踏んであげる」

「セルはちょっと……美人なのは間違いないが、ただ、胸がちょっと足りなぐあああっ⁉」

「死になさい」

見事に地雷を踏み抜いたらしく、アクスがストンピングされていた。

アクスも緊張感がないけれど、俺達と同じような理由で心に余裕を持っているのだろう。

「ふぅ、ひでえ目にあったぜ」

ボロボロになったアクスが、再び隣に並んだ。一瞬で元気を取り戻している。すごい。

「セルのヤツ、ひでえと思わないか？　ちょっと口を滑らせただけなのに」

「自業自得の気がするが」

「つれないことを言うなよ。こういう時は、友をかばう、ってもんがお約束なんだぜ」

いつの間に友人になったのだろうか？

まあ、アクスとなら良い友人関係になれると思うけど。

「けっこう余裕なんだな、アクス達も」

「ま、腕に自信はあるからな。それに、今回は場所がいい。荒事になったとしても、うまくいけば簡単に終わらせることができるだろ」

「それは、どうして？」

「今、南大陸には勇者がいるんだよ」

「……なんだって？」

「だから、南大陸には勇者がいるんだよ。うまい具合に一緒になれるか、それはわからねえが……でも、一緒できたら安心できるだろ？　なんたって、あの勇者だ。緊急依頼を片付けるくらい、わけないだろうからな」

アクスは、そんなことを楽観的に話した。

勇者に対する世間一般の評価は高い。アクスは、一般的な価値観に則り、話をしているだけで他意なんてものはないだろう。

ただ、俺はどうしても複雑な気分になってしまう。

「アリオス……か。面倒なことにならないといいけど」

どうにもこうにも妙な胸騒ぎを覚えてしまうのだった。

タニアと出会った時のようにトラブルが起きるわけでもなく、俺達はストライドブリッジを無事に渡ることができた。

そのまま南下して、しばらくしたところで、南大陸最初の街、リバーエンドにたどり着いた。小さな街だけど、冒険者や商人が行き交う拠点になっており、宿には困らない。

移動で大半の時間を使ったため、すでに日が暮れかけていた。

今日はここで休むことにしよう……そう決まり、俺達は宿をとった。

「にゃー……」

宿を取り終えると、なぜかカナデが不満そうにしていた。

「どうしたんだ？」

「どうして私達、バラバラなの？　家買う前みたいに、みんな一緒の部屋がいいな」

「仕方ないだろう。部屋がないんだから」

大部屋を一つ、借りてもよかったのだけど、あいにくと全て埋まっていた。

残りは、二人用の小さな小部屋のみなので、そちらを四部屋借りた。

ちなみに、部屋割りは俺とアクス、カナデとタニア、ソラとルナ、ニーナとセルだ。ティナはヤカンがベッド代わりのようなものなので、ニーナと一緒にいることになった。

「タニアと二人きりだと落ち着かない、とか？」

「ううん、そんなことはないよ。ただ、せっかくならレインと一緒がよかったなあ……なんて」

「うん？　なんで、俺と一緒の方がいいんだ？」

「にゃ、にゃんでもないよ!?　な、ななな、なんとなくそう思っただけだから……深い意味はないの！　にゃいんだからね!?」

カナデはやたらと焦っているが、俺、そんなに変なことを言っただろうか？

スズさんがやってきてから、どうも、カナデの様子がおかしくなっているような気がするんだけど……うーん、心当たりがない。

「とりあえず、ごはんを食べに行こうか」

「にゃあ、ごはん♪」

今は体を休めないといけない。

宿の一階にある食堂に移動すると、すでにみんなは席についていた。

「よしっ、全員そろったな！　じゃあ、乾杯といこうぜ！　しばらくの間だけだが、俺達は一緒に旅をするパーティーだ。仲良くやっていこうぜ。今日は飲んで食べて、楽しい時間をぐぉう⁉」

乾杯の音頭を取るアクスを、セルが無言で殴りつけた。

「な、なにを……するんだよぉ……？」

「親睦会を開いてどうするの？　ごはんはついで。メインは、これからどう動くのか、どういう方針にするのか、について話し合う……でしょう？」

「そ、そうだな……でも、殴らなくてもいいんじゃないか……？」

「アクスは、これくらいしないとわからないでしょう」

「ごもっとも……」

この二人、仲が良いのやら悪いのやら、判断に迷うな。

「にゃー……二人は仲が良いんだね。息がぴったり」

「……やめてちょうだい。心外よ」

カナデの言葉を受けたセルは、心底という感じでうんざりした顔を作った。

本当、関係性がよくわからない二人だ。

「ま、まあ……仕切り直して、これからのことについて話すとするか」

　アクスが真面目な顔を作り、話を引っ張っていく。

「俺達の目的は、村を壊滅させたという『悪魔』についての調査だ。だから、まずは壊滅したという村へ行ってみようと思うが、問題ねえな？」

「それはどうかと思うぞ」

「あるわ」

　俺とセル、同時に反対されて、アクスが「えぇ」と言うような顔になる。

「揃って反対された……っていうか、どうしてダメなんだよ？」

「そんなところに行けば、悪魔と遭遇するかもしれないだろう？　犯人は現場に戻る、っていうし。そういう可能性がある以上、避けて通るべきだと思うが」

「悪魔と接触できるなら、それはそれでアリなんじゃねえか？　一気に調査が捗るだろ」

「あのね……悪魔は危険な存在だと思われているから、不用意に接触したくないのよ。情報なしに接触すれば、逃げられるかもしれないし……あるいは、逆に全滅させられるかもしれないわ」

「セルの言う通りだな。今回は、できる限り情報があった方がいい。情報がないうちに悪魔と接触するような事態は避けた方がいいだろうな」

「付け加えるのならば、まずは村の人たちに話を聞くべきでしょう？　もうギルドが聞き込みをしたみたいだけど、でも、あれから時間が経っているから新しい情報も出ているかもしれない。現地の調査をするのは、もっと後で問題ないと思う」

「むぅ……そう言われてみれば、そんな気もしてきたな」

「……アクスは、猪突猛進《ちょとつもうしん》な性格なのか？　こんなこと、子供でも考えつくと思うのだ」

「……しっ。ルナ、そういうことは気がついても口にしてはいけませんよ」

端の方で、ソラとルナが言ってはいけない本音をぶちまけていた。幸いというべきか、アクスには聞こえていないみたいだ。

「パゴスの村人に話を聞くとなると、目的地はジスの村かな？　確か、あそこが避難先になっているんだよな」

「ええ、そうね。今はあそこに、パゴスの村人が全員集められていると聞いているわ」

「ただ……少し遠いな。歩いていくとなると、一週間はかかりそうだ」

「馬車を使うことができれば、もっと短縮できると思うのだけど……ジスまでの道は荒れていて、まともに馬車を使うことができないらしいわ。使えたとしても、荒れた道のせいで乗り心地は最悪。かえって疲労が溜《た》まってしまうかもしれない」

「なら歩いていくしかないか。ここで旅に必要な道具を補充して、それから出発した方がいいな」

「ええ、それが一番ね」

俺とセルが今後についての話をして、それを見たアクスが、ぽかんとする。

「お、お前ら……なんで、色々と具体的なことを知ってるんだ？　俺、何も知らねえのに……」

「はぁ」

アクスの問いかけに、セルがため息をこぼした。

あからさまに呆《あき》れたと言うような感じで、アクスをきつく睨《にら》みつける。

「あなたは、事前に配布された資料を見ていないの？」

「え？　し、資料？」

「今回の依頼を請けるにあたり、ギルドから色々と資料が配布されたでしょう？　今の話は、その中に書かれていたことよ」

「俺、書類とか文字とか苦手なんだよな。そういうの、ついつい敬遠しちまうんだよな」

「するんじゃないの。情報は大事なのよ」

「ごめんなさい……謝るから、頭を踏まないでくれ……ぐあ!?」

「まったく……まあ、あなたの何も考えずに突き進むところは、今に始まったことじゃないからいいけど……いえ、よくないわね。今回はレインのパーティーと合同で依頼を請けているのだから。迷惑をかけないように、きっちりと勉強しなさい」

猪突猛進なところのあるアクスだけど、セルがきっちりとサポートしている。文句を言いながらもアクスを支えることをやめないのは、信頼している証なのだろう。

なんだかんだで、とても良いパーティーなのだろう。

俺も、二人のような関係をみんなと築いていきたい。

「せ、セル……いいぞ、もっと踏んでくれ……ああ、そうだ、もっと強く！」

「ホント、仕方のない駄犬ね……ほらっ、ほらっ」

……全部じゃなくて、一部、見習わなくていいところはあるようだ。

「ねえ……タニア。あれは？　二人は何をして、いるの……？」

「しっ……見ちゃダメよ。ニーナには、まだ早いわ」

ニーナの教育に悪いと、タニアが目隠しをしていた。

理解できないニーナは、とにかく不思議そうにするだけだ。そのまま純粋さを保ってほしい。

「ごめんなさいね。このバカ、頭が足りないのに仕切りたがるクセがあって。このようなことはもうさせないから、許してくれないかしら？」

「いや、それはいいんだけど……アクスは踏んだままなのか？　それ、けっこう痛そうに見えるんだけど」

「これは躾《しつけ》よ。必要なことなの」

「そ、そうか」

そこまできっぱりと言い切られたら、もはやなにも言えなかった。

アクスのことはスルーして、話を続ける。

「じゃあ、俺が話を引き継ぐが……最初の目的地は、ジスの村。そこで悪魔についての情報を集めて、その後の行動は、収集した情報によって判断するという感じか」

「ええ、それで問題ないわ」

「それでもって……歩きになるし、ジスは遠いから、明日一日かけて準備をしよう。それで明後日に出発する、ということで問題ないか？」

「それも賛成よ」

「ぐっ……レインの意見に賛成だ」

踏まれながら、アクスがうめくように言った。

痛いはずなのに、ちょっと喜んでいるように見えるのは気のせいだろうか？

「ねえねえ……あれは、なに……？」

「だから、見ちゃダメよ」

ニーナが再びタニアに目隠しされていた。

ちょっとカオスな会議になったのだけど、それなりに話は進んで、今後の方針は決まった。

明日から、また忙しくなりそうだ。今日は早く寝た方がいいかもしれないな。


……なんてことを思っていたのだけど、完全に日が暮れた後、俺は一人で外に出た。

空は黒一色に染まり、宝石をちりばめたように星が輝いている。

特に目的もなく、ぶらぶらと街を歩いていた。

「南大陸に戻ってきたんだよな」

今回の依頼は、おそらく、俺の過去となんの関わりもない。それでも、故郷のことを考えずにはいられなかった。故郷のある南大陸に足を踏み入れたことで、昔のことを思い浮かべてしまう。

なかなか眠ることができなくて……気がついたら外に出て、夜の空気で体を冷やしていた。

「ふぅ。もう、吹っ切ったつもりだったんだけど……やっぱり、そう簡単にはいかないか」

過去のことを思い返すと、今でも胸がざわついてしまう。

心の中で嵐が吹き荒れて、冷静ではいられなくなってしまう。

「こんなんじゃいけないんだけど……なかなか、割り切ることはできない……か」

少し街を散歩しよう。それで、頭を冷やしておこう。

今は大事な冒険の最中だから、ミスをするようなことは避けたい。

「……ん？」

夜の街を散歩していると、険を含む声が聞こえてきた。そちらに足を運ぶと……

「よぅ、嬢ちゃん。良い夜だと思わないか？」

「一人でどうしたんだ？　こんな時間に一人でいたら、悪い連中に絡まれたりするぜ？」

「例えば、俺達とかな」

「ふふふ……ねぇ、今宵の月は、とても綺麗だと思わないかしら？　わたくし、とても良い気分ですの。このように月がハッキリと見える日は、そうそうありませんからね。見ていると、穏やかな気分になりますわ」

漆黒のドレスを身にまとう女の子が見えた。

断定はできないが、歳は俺よりも下だろう。ソラとルナの少し上、という感じだろうか？

銀色の髪は長く、夜風に軽く揺れている。月明かりを反射してキラキラと輝いていた。

その身にまとう黒のドレスは、あちらこちらにリボンやフリルがついていた。いわゆる、ゴスロリというヤツだろうか？　かわいさ優先というデザインだ。

そんなドレスを着ているものだから、やや幼く見えてしまうが、不思議と女の子によく似合っていた。普通の服では彼女の魅力を引き出すことができない、という感じだ。

瞳の色は赤。燃えるような、血のような真紅。

どこかの貴族のお嬢様なのだろうか？　不思議な雰囲気を持つ子だ。

そんな女の子は、いかにもという感じの柄の悪い男達に囲まれていた。しかし、彼女に怯《おび》えた様子は一切なく、微笑みを浮かべていた。

余裕があるというか、男達を歯牙にもかけていないというか、とにかく普通の女の子がとる態度ではない。どういうことだ？

「そうだな。今日は良い夜だぜ」

「まったくだ、嬢ちゃんみたいな子に出会えるなんてな」

「どうだい？　記念に、一杯、飲んでいかないか？　おごるぜ」

「ふふふ」

女の子は答えない。ただただ、笑みを浮かべるだけだ。

一方で、男達は欲望を隠すことなく、下卑た表情を浮かべる。

「……いいな？　逃がすなよ」

「……わかっているさ。こいつは、かなりの上玉だ。へへっ、楽しみだな」

ただのナンパというのなら、知り合いのフリでもなんでもして、適当にやりすごしていただろう。ただ、男達は、こちらの予想以上にゲスなことを考えているらしい。

見逃せるわけがない。

俺は、女の子の方へ一歩を……

「楽しい夜になりそうですわ。さあ……踊りましょう？」

「っ⁉」

瞬間、ゾクリと背中が震えた。

なんだ、この感覚は……？　今まで味わったことのない、異質な気配を覚える。

猛禽類《もうきんるい》と相対したような……いや、そんなものじゃ足りない。

絶対的な終わり……死神と対峙《たいじ》しているかのようだ。

自分で言うのもなんだけど、それなりの修羅場を潜ってきたという自信がある。しかし、そんな自信なんて簡単に砕けてしまうほどに、俺は強い恐怖を感じていた。

「くっ……こんな、ことで……！」

今は、正体不明の恐怖に囚われている場合じゃない、女の子を助けないと。

震える体を叱咤《しった》して、無理矢理前に出る。

「なにをしているんだ？」

「え……あ？」

俺の声で、男達が呆《ほう》けた様子でこちらを見た。

男達も正体不明の恐怖を与えられて、動けなくなっていたらしい。

「あら？　あらあら？」

唯一、なんてことない顔をしているのが女の子だ。こちらを見て、驚いたような顔をした。

ただ、それはすぐに楽しそうなものに変化する。

新しい乱入者を歓迎しているような……この状況を、楽しんでいるように見えた。この子は、自分が置かれている状況を理解しているのだろうか？

「なんだ、てめえは？　邪魔するんじゃねえよ」

「ちっ……うせな。関係ないヤツは消えろ。帰り道はあっちだ」

俺が一人だということを理解すると、男達は途端に強気になり、圧をかけてきた。

でも、こんなもの大したことはない。今までに戦ってきた敵と比べたら、赤子みたいなものだ。

「消えるのはお前達のほうだ。つまらないことを考えないで、この子に手を出すのはやめろ」

ニヤニヤしていた男達から笑みが消える。

「……あー、そういうことか」

「ようするに、アレだな？　お前、うざいやつ決定だな？」

「俺達が誰かわかってんのか？　わかってねえな？　あの世で後悔するか？」

結局、こういう展開になるのか。もう少し、口がうまければ違った展開もあるのかもしれないが、まあ、ないものねだりをしても仕方ない。

それに、こういう連中に手加減は不要で、穏便に済ませる必要はない。今後、バカなことを二度としないように、ここで徹底的におしおきをする必要がある。

「君は下がってて」

「もしかしてもしかしなくても、あなたは、わたくしを助けようとしているのですか？　そういうことで、よろしいのですか？」

「もちろん」

「……ちょっと、予定がズレましたわね。久々の狩りを楽しもうと思ったのですが」

「今、なんて？」

「いえ、なんでもありませんわ。まあ、興が削がれてしまった部分はありますから……そうですね、わかりました。ここは、お任せ致しますわ」

女の子が後ろに下がる。俺は、かばうようにその前に立つ。

さてと……やるか！


「く、くそっ！　覚えていろよ」

テンプレな台詞を残して、男達は逃げ出した。あれだけの元気があるのなら、また変なことを考えるかもしれない。ちょっと手加減が過ぎたかもしれないな。

とはいえ、女の子を残して追いかけるわけにもいかないし……仕方ない。今日のところはこれでよしとしておこう。

「大丈夫か？　怪我はしていない？」

「ええ、問題ありませんわ」

俺の問いかけに、態度で示すように女の子はゆったりとした笑みを浮かべた。

続けて、小さく頭を下げる。

「助けていただき、ありがとうございます。ぜひ、お礼がしたいですわ」

「いや、当たり前のことをしただけだから、そんなものはいらないよ」

「ふふっ、殊勝な方ですのね。ふむ」

女の子はくすくすと笑い……それから、ぐいっと体を前に出して俺の顔を覗《のぞ》き込む。

「ど、どうしたんだ？」

顔が近くて、ついつい動揺してしまう。

それと妙に甘い匂いがして、ちょっとだけ頭がクラクラしてしまう。

「なるほど、なるほど……ふふふっ」

女の子は値踏みをするように、じっと俺の顔を見つめた。

ややあって、納得したように頷いた。

「あなた、とても綺麗な顔をしていますのね」

「そうかな？　そんなこと言われたの、初めてなんだけど」

「特に、瞳がとても綺麗ですわ。汚れを一切知らない純粋なもの。ふふっ、とてもおいしそう」

「えっと……ありが、とう？」

これは、褒められているのだろうか？　独自の価値観を持つ女の子だ。

ややあって、女の子が離れた。

「名前を教えてくださらない？」

「そういえば、名乗ってなかったか。悪い。えっと……俺は、レインだ。レイン・シュラウド」

「素敵な名前ですわ。わたくし、レインさまのことが気に入ってしまいました」

「気に入った、と言われても……」

「あなたを、わたくしのものにしてみたいですわ……どうですか？」

妖艶な表情と共に、そんな誘いをかけられた。

見た目は俺よりも下の少女なのに、その身にまとう気配はやけに大人びていた。

妖しい雰囲気にあてられて、ついつい、コクリと頷いてしまいそうだ。

「……冗談はやめてくれ」

「あら、どうしてそう思うのですか？」

「俺達は、出会って間もないんだぞ？　それなのに欲しいとか言われても、納得できるわけないだろう。からかっているとか、あるいは詐欺とか……そういう風に考えるのが普通だ」

「ですが、一目惚れ《ひとめぼ》という言葉がありますわよ？」

「……そうなのか？」

「ふふっ……さて、どうでしょうか？」

摑みどころのない女の子だ。

なんとなく、この子の手の平の上で転がされているような気分になる。

「そういえば、君の名前は？」

「あら。申し訳ありません、まだ名乗っていませんでしたね。レインさまがとても不思議な方なので、ついつい、名乗るのを忘れてしまいました」

女の子はスカートに手をやり、軽くお辞儀をする。

「わたくしは、イリスと申します。以後、末永くよろしくお願い致しますわ」

不思議な女の子だ。おしとやかな雰囲気をまとい、礼儀正しい。

ちょっと小悪魔のようなところが感じられるものの、年齢を考えれば、これくらいの女の子にはままあることだ。

一見すると、どこかのお嬢様のように見える。貴族の令嬢、と言われれば納得してしまう。

ただ、それだけじゃなくて、どこか異質なものを感じる。凶悪な獣が人の皮をかぶっているような、そんな違和感。

溢《あふ》れ出るオーラが、常人ではないのではないか？　と思わせてしまう。

「あら、どうしましたの？」

「えっと……」

女の子の不思議な感覚に囚われて、ついつい、じっと見つめてしまった。

その正体が気になるけれど……さすがに、初対面でじっと見つめるなんてまずい。

「ごめん。なんでもないよ」

「ふふっ。わたくしの自惚《うぬぼ》れでなければ、わたくしに興味があるのでは？」

「えっと、その……そんなことは」

「そのように情熱的に見られたら、その気になってしまうかもしれませんね」

「……からかうのはやめてくれ」

一瞬、ゾクリとした感覚を得た。

カエルが蛇に睨まれたような、絶対的強者と対峙したような、そんな恐怖を感じた。

この女の子を恐れている？

まさか……とは思うものの、世の中、常識が通用しない相手はたくさんいる。例えば、うちのパーティーにいるみんなとか。

害があるようには見えないんだけど……でも、注意した方がいいかもしれない。

「どうかしまして？」

「……いや、なんでもないよ」

「あら、そうですか。ふふっ」

「ところで、どうしてこんなところに？」

「少し散歩をしていました。夜の散歩は、とても気持ちいいのですよ？」

「なるほど。でも、こんな時間だから、女の子が一人で出歩かない方がいいよ。また、あんな連中に出会わないとも限らないし……そうだ。家まで送っていくよ」

「あら、うれしいですわ。レインさまのエスコートならば、とても安心できますわ」

「そう言ってくれるのはありがたいけど……えっと、俺が言うのもなんだけど、出会ったばかりの相手をそこまで信用するのはどうかと思うぞ」

「ふふっ……問題はありません。わたくし、信用はしていませんから」

それはどういう意味なのだろう？　信用していないのなら、どうして、そこまで気さくに接しているのだろう？

もしかしたら……何か問題が起きたとしても、自分一人で対処できるという、絶対的な自信がある？　そういうことなのか？

「えっと……どうする？」

「では、せっかくなのでお願い致します」

「任されたよ」

イリスと並んで夜の街を歩く。

静かな夜だった。イリスと二人、俺達しか世界にいないのではないかと、錯覚してしまうような静けさが漂っている。

それは、決して心地よいものではなくて……どこか不気味な静寂だった。

「ただ歩くだけというのは退屈ですわ。お話をしてもよろしいですか？」

「もちろん」

「では、一つお聞きしたいのですが……レインさまは何をされているのですか？」

「俺は冒険者だよ」

「あら、そうなのですか？　失礼ですが、そのようには見えなかったもので」

「はっきりと言うなあ」

ついつい苦笑してしまう。

ただ、彼女のストレートな物言いは不快じゃなくて、むしろ好ましく感じた。

「この街で活動を？」

「いや。拠点は中央大陸にある街だよ。ここに来たのは、ちょっとした依頼を請けて、その途中で……補給のために立ち寄っているんだ」

「なるほどなるほど。その際に、わたくしに出会ったのですね。ふふっ、運命を感じますわ」

「どんな運命なんだろうな。ちなみに、イリスはこの街に住んでいる？」

「いいえ。わたくしも旅をしていますの。なので、家も宿になりますわ」

「え、旅を？　本当なのか？」

「あら、疑っているのですか？」

「ごめん。イリスみたいな女の子が旅をしているなんて、あまり想像できないから」

「ふふっ、褒め言葉と受け取っておきますわ」

「ちなみに、どうして旅を？」

「ちょっとした目的がありまして……その目的を達成するために、あちこちの街を巡り歩いているのですわ。もっとも、旅は始めたばかりですが」

「もしかして一人で？」

「はい、そうですわ」

「それは……危険じゃないか？」

魔物に盗賊に、街の外はたくさんの危険であふれている。

見かけで判断してしまうけれど、イリスが一人旅をできるようには見えないのだけど……

「こう見えても、わたくし、それなりに力がありますから」

「そう、なのか？」

「ええ。とても強いのですよ？」

くすり、とイリスが笑う。その不敵な笑みを見ていたら、本当なのだろう、と思った。

人は見かけによらないというし、見かけによらない女の子達が身近にいるし……イリスは、一人で旅をできるだけの力を備えているのだろう。

「そうなのか……悪いな。なんか、侮るようなことを言ってしまって」

「いえ、気にしていませんから」

「ただ、その上で言わせてもらうんだけど……余裕があるなら、冒険者を雇うなりした方がいいよ」

「あら。やはり、信じてくれませんの？」

「いや。そういうわけじゃなくて、これは俺の経験則かな。イリスがどれだけ強かったとしても、一人だとけっこう厳しいからさ。誰かと一緒にいると、いざっていう時に助けてもらえるし……苦楽を共にする仲間を作ってもいいんじゃないかな、って……そう思ったんだ」

イリスが目を丸くした。こんなことを言われるとは思わず、単純に驚いているみたいだ。

ややあって、楽しそうにくすくすと笑う。

「ふふ……わたくしにそのようなことを言う人、初めてですわ。皆、わたくしのことを深く知ると、そのような考えを抱かなくなりますから」

「俺も、イリスのことはよく知らないからな……知らないからこそ、今みたいなことを言えた、っていうところはあるかな」

「レインさまならば、わたくしのことを知ったとしても、同じようなことを言いそうですね」

「そうかな？」

「ええ。まあ、これはわたくしの勘ですが」

イリスは歩みを止めて、ぐいっと身をこちらに寄せてきた。

そのまま、こちらの顔を覗き込む。

「ふふっ」

「い、イリス？」

「不思議な方ですね。レインさまは人間なのに……ですが、イヤな匂いがしませんわ。イヤな感じが一切しませんわ。不思議と心を許してしまいそう」

「えっと……？　それは、褒められているのか？」

「最上級の褒め言葉ですわ」

にこりとイリスが笑う。とても無邪気な笑みだ。

でも……気のせいだろうか？　無邪気さの中に、子供が時折見せるような、残忍なものが隠れているような気がした。

「あら？」

ふと、イリスが明後日の方向を見た。そちらは、今しがた、俺達が歩いてきた道だ。

「イリス？　どうかしたのか？」

「……見送りは、ここまででいいですわ。ありがとうございました」

「宿がこの近くに？」

「ええ。なので、ここでお別れですわ」

「……そっか。わかった」

嘘《うそ》をつかれている。直感的にそう思ったけれど、ここで食い下がるのはちょっと違う。

俺と一緒にいたくない、というよりは……ついてこられると困る、という方が正しいだろう。

気になるものの、わざわざ隠そうとしていることを、意味なく暴くようなことはしたくない。

「わかった。じゃあ、ここで」

「ありがとうございました。ふふ……また、会えるといいですわね」

「そうだな。その時は、のんびりと散歩をして、色々なところで遊ぼうか」

「ええ。約束ですわ」

イリスが手を振り、それに見送られるように俺はその場を後にした。

～ Another Side ～

夜の路地裏に、男達の荒い吐息がこぼれていた。彼らに女性が組み伏せられている。

服は乱れていて、涙を浮かべながら必死に抵抗をしようとしている。しかし、男達にがっちりと体を押さえつけられて、口を塞がれて……為す術がなかった。

「おい、早くしろよ」

「わかってるって。ちゃんとお前の分も残しておくから、焦るなよ」

「さっきは失敗したからな……へへ、楽しませてくれよ？」

男達は下卑た笑みを浮かべながら、ズボンを下ろそうと手を伸ばして……その瞬間、何かがその場を駆け抜けた。

ヒュンッ、と風切り音がしたと思うと、一時を置いて、何かが落ちた。女性にのしかかろうとしていた男が、そちらを見る。

腕が落ちていた。

「……あ？」

男は呆けたような声をこぼして……次いで、自分の腕がなくなっていることに気がついた。

「なっ⁉　あっ、ああああ、うあああああっ⁉」

男の腕から勢いよく血が吹き出した。男はその場で転がり、すぐに血溜《ちだ》まりができる。

「ひっ⁉」

男達の拘束が緩んだ隙に、女性は一気に逃げ出した。

それと入れ替わるように、新しい人影が現れる。

「ふふっ」

「てめえは、さっきの……⁉」

男達の前に姿を現したイリスは、うっすらと笑みを浮かべていた。

しかし、表情は冷たい。男達を見る目は無機質なもので、まるで感情を感じられない。

「ちょっと声が聞こえたので、様子を見に来たら……やはり、あなた達でしたのね。わたくしで発散できなかった性欲を他者にぶつけようとする。とてもわかりやすい図式ですわ」

「て、てめえっ、これはてめえの仕業なのか⁉」

「やはり、ゴミはゴミですわね。虫にたかられても迷惑なので、きっちりと掃除しておきませんと。ふふっ、目が覚めてから初めての狩りですわ。たっぷりと楽しませてくださいね？」

イリスはくすくすと笑い、その背中から翼を生やした。

◆

翌日、俺は一人でリバーエンドの街中を歩いていた。

ソラとルナ、アクスとセルが情報収集。残りのメンバーが水や食料などの調達という役割分担で動いていた。

俺の担当は水だ。うまい具合に良い店を見つけることができて、手配も済んだ。明日、旅に出る前に届けてくれるだろう。

「やることがなくなったな」

あっさりと用事が終わってしまい、手持ち無沙汰だ。みんなを手伝おうかと思うものの、どこにいるのかわからず、合流することができない。

「レインさま」

「イリス？」

どうしようか考えていると、ばったりとイリスと再会した。ちょっと運命的だ。

「ごきげんよう」

「ああ、こんにちは」

「このようなところで再会するなんて、運命的ですわね」

「俺も同じようなことを考えていたよ」

「あらあら。ふふっ、わたくし達、気が合うのかもしれませんね」

小さく笑うイリスは、そこらにいる街の人となんら変わりない。

昨夜感じた違和感などは、気の所為《せい》だったのだろうか？

「レインさまは何をしていたのですか？」

「特に何も。用事があったんだけど、それは終わって……ヒマをしていたんだ」

「でしたら、わたくしとご一緒しませんか？」

「え？　一緒？」

「お忘れですか？　わたくしとデートの約束をしたではありませんか」

「それは……」

デートかどうかはともかく。また会った時は……なんていう話はした。

都合のいいことに、今はヒマだ。それに、明日になればリバーエンドを出てしまうし、イリスと会えるのは今日限りかもしれない。

「……わかった。じゃあ、一緒しようか」

「ふふっ、それでこそレインさまですわ」

イリスはうれしそうに笑うのだった。


ちょうどいい時間なので、まずは昼を食べることにした。飲食店を一つ一つ見て回る。

「イリスはなにか食べたいものは？」

「そうですわね……がっつりとお肉が食べたい気分ですわ」

意外にも肉が好きらしい。

いや、意外でもないのかな？　イリスなら肉を食べているところが似合いそうだった。

「じゃあ、そこの肉料理専門店に入ってみるか？」

「……混んでますわね」

「まあ、この時間だからな」

「もうしわけありません。わたくし、人混みは苦手でして……」

「なるほど。それじゃあ、どうしようかな？」

この時間、混んでいない飲食店を探す方が難しい。そうなると……

「イリス、こっちへ」

「あっ」

イリスの手を掴み、そっと引いた。驚いたような声をあげるが、素直に後ろをついてくる。

ほどなくして、俺達は広場に出た。

この時間ならと思い来てみたのだけど、予想通り、屋台が並んでいた。ホットドッグにホットサンドにジュースに……色々なものがある。

「ここならどうだ？」

「いいですわね。ただ……レインさまは、意外と情熱的な方なのですね」

「え？　……あっ」

弾みでイリスの手を掴んでいたことに気づいて、慌てて離した。

「ご、ごめん。イリスを案内しようとしただけで……つい」

「ふふっ、気にしていませんわ。むしろ、うれしかったです。レインさまの手、温かくて大きくて
……また握ってくださいますか？」

「そんなことでいいのなら、いつでも」

「今度は、離さないでくださいね？」

からかわれているのだろうか？

イリスは笑みを湛えていて、なにを考えているのかよくわからない。

その後、たくさんの肉を使ったホットサンドとジュースを二人分頼み、ベンチに座る。

「「いただきます」」

ぱくりと、ほぼ同じタイミングでホットサンドにかじりついた。

「おっ、けっこううまいな」

「ですわね。お肉たっぷりで、パンもふかふかで……ふふっ、これは気に入りましたわ」

同じものを食べて、同じ時間を共有して……そして、笑顔を浮かべている。

なんていうか、とても大事で優しい時間のように思えた。

「……不思議ですわね」

イリスはホットサンドを見つつ、なぜか感慨深そうに言う。

「……まさか人間であるレインさまと一緒に、わたくしが食事をするなんて」

「うん？　今、なんて？」

とても小さな声なので聞き逃してしまった。

「いえ、なんでもありませんわ。大したことではないので、お気になさらず」

「そうか？」

そう言う割に、とても感慨深い顔をしているように見えるのだけど……まあ、しつこく追及して嫌われたりしたくないので、この辺にしておこう。

「ホットサンド、おいしいよな」

「え？　はい、おいしいですわ」

「俺もイリスも、おいしいって思っている。その気持ちは同じだよな」

「あ……」

イリスは驚いたように目を大きくした。

少しして、優しく笑う。

「そう、ですわね……同じですわね」

「この、おいしいっていう気持ちを大事にしていればいいと思うんだ。そうすれば、きっと良いことがあるさ。具体的に何が、って問いかけられたら困るけど」

「どのような良いことがあるのですか？」

「……イリス、わざとだろう？」

「ふふっ、すみません。レインさまの困り顔を見たくなり、つい」

「まったく」

俺は憮然《ぶぜん》としつつも、すぐに楽しくなり、笑った。

イリスもくすくすと楽しそうに笑う。

その笑顔はとても温かいもので、優しくて、ついつい見惚《みと》れてしまうのだった。


イリスと過ごす時間は楽しくて、気がつけば陽が傾いていた。少しずつ気温が下がり、どことなく寂しい雰囲気が街に漂う。

「よかったら、夕食も一緒しないか？」

「あら。レインさまは、わたくしとそんなに離れたくないのですか？」

「そうかもしれない」

まさか肯定されるとは思っていなかったらしく、イリスがきょとんとなる。

「なんだろうな。勝手なことだけど、イリスには親近感を覚えているんだ」

小さくよく笑うんだけど、でも、心の底からは笑っていない。楽しそうに見えて、でも、時折、寂しそうにしている。

そんなイリスの姿を見ていると、自分と重なるところがあった。

イリスは、故郷を失った時の俺に似ているような気がした。

なにもかもなくして、世の中に絶望して、ひたすらに重く暗い気持ちを抱えていて……あの時の俺を見ているような、そんな感覚を得ていた。

だから、親近感を覚える。だから、放っておけない。

いつか、心の底から笑った笑顔を見たいと思う。

まあ、俺の勝手な思い込みかもしれないし……事実だとしても、それはそれで、イリスからしたら余計なお世話かもしれないが。

「ふふっ、ありがとうございます。実は、わたくしもレインさまに親近感を覚えていますわ。他人事ではないというか……まるで、わたくし自身を見ているかのよう。失礼かもしれませんが、そういうところで、親しく感じているのかもしれませんね」

「俺も同じことを考えていたから」

「ふふっ。わたくしたちは、似た者同士なのかもしれませんね。だから、わたくしはレインさまに……いえ、なんでもありません」

その言葉の続きが気になったけれど、問いかけられる雰囲気ではなくて、口を閉じた。

「夕食のお誘い、ありがとうございます。ですが、この辺りで失礼させていただきますわ」

「なにか予定が？」

「いえ。ただ、これ以上レインさまと一緒にいたら、決意が鈍ってしまいそうなので」

なんの決意なのだろう？　問いかける間もなく、話は次へ移る。

「それに、わたくしが邪魔をするわけにもいかないので」

「邪魔なんて、そんなことはないよ」

「お気持ちだけいただいておきますわ」

一歩、イリスが後ろに下がる。

どうやら、ここでお別れみたいだ。残念だとは思うけれど、無理に引き止めるわけにもいかない。

それに、不思議とまた会えるという予感があった。

「それでは、レインさま。さようなら」

「……さようなら、はなしにしないか？」

「どういう意味でしょうか？」

「また今度、の方がいいと思わないか？」

「……ふふっ、そうですわね」

イリスは優しく微笑み、

「また今度ですわ」

ゆっくりと頭を下げるのだった。

◆

日付が変わり、ジスの村を目指してリバーエンドを出発した。

一週間ほどの行程になるだろうから、そこそこ長い旅になる。

しっかりと準備をしたから、補給などの心配はしていない。ただ、一週間分の食料や水を持ち運ばないといけない。かなりの量なので、熊を使役して荷物を運んでもらうことにした。

「おー、すっげえな。ビーストテイマー、便利じゃねえか」

荷物を運ぶ熊を見て、アクスがどことなく楽しそうに言う。

その隣を歩くセルは、アクスに冷たい視線を送っていた。

「子供みたいにはしゃがないでちょうだい。恥ずかしいわ」

「でも、すげえと思わないか？　ほら、この熊、きちんと荷物を運んでいるし……ビーストテイマーって、こんなことができるんだな。外れ職としか聞いてなくて、細かいところは知らなかったもんだから、すげえ意外な感じだ」

「ふふーん。そうなんだよ、レインはすごいんだよ。なにしろ、レインは私達のご主人様なんだからね！　特別なんだよっ」

「なんで、カナデが誇らしげにするんだ……？」

「ははっ、愛されてるんだな」

「にゃっ⁉　あ、愛なんて……その、えと……あぅ」

カナデが赤くなって、しどろもどろになる。

ただの軽口なのに、どうしてそこまで反応してしまうのか？

「ははーん」

慌てるカナデを見て、アクスが悪巧みするような顔になる。

「そういうことなんだな？　よし、カナデちゃん。そういうことなら俺も協力するぜ」

「ふぇ⁉　いやいやいや、それは、いいからっ！」

「そう言うなって。俺は女の子の味方だ。カナデちゃんと親しい仲になれないのは残念だが、それはそれ、これはこれ。力にならせてもらうぜ」

「い、今は現状維持でよくて……」

「甘い！　そんなこっちゃ、いつ、誰に取られるかわかんねえぞ？　俺に任せておけ！　なああ、レイン。お前さん、カナデちゃんのことをどう思ぐぇぇっ⁉」

セルが弓でアクスを殴りつけた。

ゴキィッ！　とものすごい音がして、アクスが悲鳴をあげた。

この光景に慣れつつある自分が怖い。

「な、なにするんだよ……？」

「そういうデリケートな問題を、あなたがスマートに解決できるわけないでしょう？　かき乱して、今まで以上に混乱させるだけなんだから、下手に口出ししないように」

「そ、そうか……俺がカナデちゃんのことを気にしてるから、ヤキモチを妬いてるんだな？　でも、安心してくれ。俺はセル一筋で、ちょっと火遊びをするだけだからぐほぉっ⁉」

「意味がわからないし、そもそも、堂々と浮気宣言をしてどうするのかしら？」

「にゃー……レイン、レイン」

こっそりと耳打ちされる。

「この二人、本当にAランクの冒険者？　本当は芸人じゃないの？」

「その気持ちはよくわかるよ」

日頃の姿だけを見ていたら、とてもAランクの冒険者には見えない。

そう見えないのは、たぶん、オンとオフでスイッチを切り替えているからなのだろう。年中、ピリピリしていられないから、そうしているのだろう。

……たぶん、なのだけど。

「おっ」

先頭を歩くアクスが、何かに気がついた様子で足を止めた。

「どうしたんだ？」

「ストップ。魔物だ」

街道は人が行き交うため、あまり魔物は姿を見せない。

魔物といっても、後先考えず、やたらめったらと人を襲うわけじゃない。たくさんの人がいれば警戒をするし、生きるために隠れるということもする。

ただ、この近辺に隠れる場所はない。せいぜい木陰や小さな茂みくらいだ。

魔物がいるようには見えないけれど、アクスは今までに見たことがない真剣な顔をしていて、すでに剣を抜いていた。

間違いないのだろう。アクスを信じて、みんなに足を止めるように伝えた。

「場所は？」

「はっきりとはわからねえが、二百メートルくらい先だな。嫌な気配がプンプンしやがる」

「にゃー……あっ！」

カナデが耳をぴょこぴょこさせて……ほどなくして、尻尾をピーンと立てた。

「レイン、レイン。アクスの言う通り魔物の気配がするよ！　ほら、見える？　あそこの木の上」

「えっと……なるほど、あれか」

遠くに木々が並んでいる。新緑の葉に隠れるようにして、鳥型の魔物が見えた。

あれは……確か、フレアバードだったか？　火を吐く魔物で奇襲を得意としている。

カナデなら、これくらいの距離があっても見つけられただろうけど……アクスは普通の人間なのに、よく見つけられたな。素直に感心した。

「蹴散らしてくるか」

みんなをここで待機させて、先を行き、フレアバードを殲滅《せんめつ》する。

そうしようとしたところで、アクスに手で制止された。

「ここはセルに任せておこうぜ。セル、大丈夫だよな？」

「ええ。これくらいの距離なら問題ないわ」

すでにセルは弓を構えていた。弦を大きく引き絞り、数秒の後、放つ。

風を切り裂いて矢が飛ぶ。まるで、そうなることがあらかじめ決まっていたように、矢は二百メートル先のフレアバードの頭部を貫いた。

まぐれでも偶然でもない。そのことを証明するように、セルは次々と矢を放つ。

どの矢も外れることはなく、吸い込まれるようにして、残りのフレアバードの頭部に突き刺さる。

「終わったわ」

「ほえー」

一部始終を見ていたカナデは、ぽかんとしていた。俺も似たような感じだ。

二百メートル先の魔物の気配を、カナデよりも先に感じ取り……そして、弓で射抜く。やろうと思えば、気配の探知くらいは俺達にもできるかもしれないが、それにしても、その時間が早い。そこは真似できないような気がした。

アクスやセルにとって、これくらいは簡単なことなのだろう。まだまだ余裕が感じられた。

これがAランクの実力か。すさまじいな。

「よっしゃ、掃除は終わりだ！　先に進もうぜ」

「魔石の回収をしてからよ」

魔石を回収した後、再び前に進む。

「それにしても、二人共すごいな」

「ん？　なんのことだ？」

「二百メートル先の魔物を感知して、超遠距離の狙撃で仕留める。普通できることじゃない」

「そうか？　俺達にとっちゃ、あれくらい当たり前なんだけどな。でないと、生き残れねえさ」

そんなことを言いながらも、アクスはニヤニヤしていた。褒められてうれしかったのだろう。

わかりやすいヤツだけど、それはそれで好感が持てた。

「最初はちょっと不安だったけど……今は、すごく頼りになる、って思っているよ」

「おうっ、任せておけ！　って……最初は不安だったのかよ！」

「悪い。何しろ、初対面がアレだったからなぁ……」

「アクス、あなたのせいよ」

「俺のせいなのか⁉」

「あなた以外に、誰に責任があるというの？」

「はい、俺のせいですね、すみません……」

氷のような冷たい眼差しでセルに睨みつけられて、アクスが縮こまる。もはやお約束の光景だ。

「なあ、聞いてもいいか？」

歩みを再開して、少ししたところでアクスが問いかけてきた。

「なんで、レイン達は今回の依頼を請けたんだ？」

「なんで、って言われてもな……それは、どういう意図の質問なんだ？」

「純粋な興味だよ。あと、好奇心」

アクスが、こちらを見定めるような視線を送ってくる。

「今回の依頼、報酬はいいが、その分、リスクも高いだろ？　何しろ、相手は村一つを壊滅させた正体不明の悪魔だ。どんな相手かわからないが……まあ、ロクでもないヤツってことは間違いねえな。怪我なんて生易しいものじゃなくて、死ぬかもしれない。それなのにどうしてだ？」

「大した理由はないさ。ただ、放っておけなかった。放置しておけるようなものじゃないし、俺達にできることがあるなら、何かしたいと思った。それだけだ」

アクスは、しばしの間沈黙して……

「ははっ」

気持ちよさそうに笑った。

「いいぜ、そういうの。嫌いじゃねえ。っていうか、俺の好みだ」

「そういうアクスはどうなんだ？」

「俺も同じだよ。村一つを壊滅させるような悪魔……そんな存在、放っておけるわけがねえ。間違ってることをしてるヤツがいるなら、それを正さないといけない。ま、一言で言うなら……俺は、正義の味方ってヤツだな」

すごくわかりやすく、至ってシンプルな理由だった。そしてそれは、ある意味で子供らしい。理想に生きているとも言える。青臭いと言われるかもしれないが、俺は好きだ。

アクスと一緒なら良い仕事ができそうだ。それに、良い友人になれるような気がした。

◆

旅は順調だ。道中、魔物に出会うことは少ない。出会ったとしてもアクスとセルが瞬殺していた。さすがAランク、頼りになる。

悪魔を探しているらしく、ところどころで騎士団の検問が敷かれていたものの、俺達には関係ない。あっさりと検問を通過した。

そのまま順調に行程を踏破して、ジスの村に辿《たど》り着いた。一週間の予定だったところを五日で済んだので、かなりのハイペースだ。今回の依頼は時間との戦いというところもあるから、日程を短縮できたことは喜ばしい。

村についた俺達は、さっそく聞き込みを始めようとしたのだけど……

「ふぅ、ふぅ……はぁ、ひぃ……す、少し休まぬか？　我は……疲れたのだ」

「そんなことを……ふぅ、ふぅ……言っているヒマなんて、ありませんよ……」

ルナとソラが見事にバテていた。

途中、飛行魔法などで体力の消費を抑えていたものの、それでも五日間、ずっと歩きっぱなしというのは厳しかったらしい。

「にゃー、どうする？」

「うーん……無理はさせられないから、二人は宿をとっておいてくれないか？　どちらにしろ、宿は必要だからな。で、タニアとニーナ。それと、ティナは付き添いを頼む」

「あたしも？」

タニアが微妙な顔になった。めんどくさそうだ。

「今のソラとルナを放っておくわけにはいかないだろう？」

「そりゃ、まあ……こんな有様だしね」

「ダメかな？」

「……それって、あたしを頼りにしてる、ってこと？」

「もちろん。頼りにさせてほしい」

「ふふーん、そういうことなら仕方ないわね。いいわ。ソラとルナ、ニーナとティナの面倒はきっちりと見てあげる♪」

頼りにされて悪い気分じゃないらしく、タニアは笑顔で引き受けてくれた。

後ろの方でカナデが「チョロインにゃ……」と言っているような気がしたが、気にしない。

「ニーナとティナも、先に宿に行っていてくれないか？」

「ん。それは、いいけど……私、元気……だよ？」

「ウチは疲労なんて関係ないからなー。ガンガン聞き込みできるで？」

「これから先、何があるかわからないからな。休める時に休んでおいた方がいい。ただの聞き込みだから、それほど人数はいらないさ」

なんてことを言うものの、半分は本音で、半分は別のことを考えている。

ニーナはまだ子供だから、聞き込みをしても、相手がちゃんと答えてくれるかわからない。

それに、聞き込みの内容が内容だ。ナーバスになっている人もいるだろうから、時に、きつい話を聞くことになるかもしれない。できることなら、そういうことからはニーナを遠ざけたい。

ティナは……見た目は、ヤカンだからなあ。ティナの話術には期待できるところはあるけれど、ヤカンではどうしようもない。

相手を驚かせてしまうだけだろうし、待機してもらおう。

「ん……レインが、そう言うのなら」

「わかったで。お言葉に甘えて、ウチらはゆっくりしとるわ」

「ああ、そうしてくれ。じゃあ、タニア……」

「ええ。任せておきなさい」

タニアはみんなを連れて、宿を探しに行った。

「にゃー、レイン。みんなとの打ち合わせ、終わった？」

「ああ、またせたな」

「そちらの準備はいいのかしら？」

俺達が話し合っている間、セルは律儀に待ってくれていた。

「って……あれ？　アクスは？」

「アクスなら、村の周辺の探索に行かせたわ」

「それはそうだけど……一人で？　言ってくれれば、こちらからも人を出したのに」

「いいのよ。もうギルドや騎士団などがあらかた調べ尽くした後だろうし、何か見つかる可能性は低いわ。本当のことを言うと、ただ単に、邪魔になるから追い払っただけよ」

「じゃ、邪魔って……」

「二人も、アクスの頭がアレということは、なんとなく理解しているでしょう？　聞き込みに付いてこられる方が迷惑だわ」

「にゃー……辛辣だね」

容赦ないセルの言葉に、カナデがたらりと汗を流していた。アクスも大変だなあ。

とはいえ、セルがアクスのことをなんとも思っていない、ということは感じられない。それに、セルの言うとおりに、迷うことなくアクスは探索に赴いている。

その間、セルはセルで、自分の役割をきっちりと果たそうとしている。

なんだかんだで、十分な信頼関係を築いているように見えた。

「そちらは、レインとカナデの二人？」

「ああ。あまり人数がいても仕方ないし、他のメンバーは宿を探してもらうことにしたよ」

「妥当な判断ね。それじゃあ、私達は聞き込みに行きましょうか」

「了解」

先頭をセルが歩いて、俺とカナデはその後に続き、聞き込みを始めた。

聞き込みを始めて、それなりの時間が経過した。

「ふぅ」

あまり表情を変えないセルだけど、それなりの疲労を感じているらしく、わずかに眉を寄せていた。カナデも、心なしか尻尾がへんなりとしていた。

二人が疲れるのも仕方ない。

聞き込みは順調で、こちらに避難してきたパゴスの村の人と面会することができた。そこで、色々な話を聞くことができた。時間が経ったことで、それなりの情報を手に入れることができたのだけど、それらの話はどれも悲惨なものだった。聞いていて眉をひそめてしまうほどだ。

そんな話をずっと聞かされていたら、精神的に参ってしまう。セルとカナデが疲れてしまうのも無理のない話だった。

「少し休憩しようか」

見かねて、俺はそんな提案をした。

「にゃー……賛成。ちょっと疲れちゃった」

「そうね……一通り、話を聞くことができたから、ひとまずまとめてみましょうか」

賛成を得られたところで、村の広場に移動した。

ちょうどいいところにベンチが設置されていて、そこに座る。

「私、レインの隣♪」

俺、カナデ、セルの順にベンチに座る。

カナデの距離がやけに近いような気がするんだけど、気のせいだろうか？

「少し疲れたわね」

セルが小さな吐息をこぼして、空を見上げた。その横顔には憂いが見てとれる。

「それにしても、色々と話を聞いたものの……わかるようで、わからない話ね」

「そうだな。情報が錯綜《さくそう》している」

セルの言葉に同意しながら、聞き込みで得られた情報を整理する。


事の始まりは、二十日ほど前のことだ。

パゴスの村の人達は、その日も、いつもと変わりのない日常を過ごしていた。大人は畑仕事に精を出して、子供たちは広場で遊び、穏やかな光景があったという。

しかし、それは唐突に失われた。

悪魔が現れたのだ。

悪魔は家を燃やし、人を襲い、家畜を薙《な》ぎ払った。

その力は圧倒的で、村の自警団はなんの役にも立たなかった。

具体的な話を聞くことはできなかったが、悪魔は常識を超えるほどの力を持っていたという。ランク分けしたら、Sランク相当ではないか？　という話がある。

その日、たまたま村にBランクの冒険者が滞在していたらしいが、悪魔にかすり傷一つつけることができなかったらしい。

まるで大人と子供。冒険者は悪魔に遊ばれるだけで、まるで相手にならなかったとか。

死者はいないが、それは運が良いわけではなくて、ましてや悪魔が優しかったからではない。

証言から推察するに、悪魔はパゴスの村の人々をいたぶることを楽しんでいた。わざと殺さないで、よりたくさんの痛みを与える方法を選んでいた。

狩りをするように。

恨みを晴らすように。

悪魔は蹂躙《じゅうりん》することを、破壊することを、なぶることを楽しんでいた。

そして……パゴスは壊滅した。

そのまま村人も全滅……と思いきや、冒険者らしきパーティーが現れて、悪魔を追い払った。故に、村人達は助かることができた。

それが今回の事の顛末《てんまつ》だ。

当初、ギルドは村人から詳しい話を聞くことはできなかったが、多少の時間が経っていることで、村人達も落ち着くことができたらしい。それなりの情報を得ることができた。

「色々な意味で厄介な相手になりそうね」

「そうだな」

セルの言葉に同意した。

とんでもない力を持つだけではなくて、その性格は極めて残忍だ。できることならば相手にしたくない。したくはないが……果たして、どうなるか？

「色々な情報を得られたけれど……一番大きいのは、その外見を把握できたことね」

「そう、だな」

パゴスの村人に聞いた話によると、悪魔は鳥のような翼を持つ女の子だという。

輝くような銀色の髪に、深い赤の瞳。死を象徴するような漆黒のドレス。

それらの情報を聞いた俺は、とある女の子のことを思い浮かべていた。

「……イリス……」

先日、リバーエンドで出会った女の子……イリスは、村人から聞いた話と特徴が一致してる。

もちろん、それだけでイリス＝悪魔、なんて判断をすることはできないのだけど、あの時に感じた違和感を無視することはできない。

外見は普通の女の子なのだけど、中身はまったくの別物と感じた。鋭い牙を隠し持っているような、相対していると自然と危機感を覚える。

でも、それだけじゃないんだ。違和感や危機感を覚えただけじゃないんだ。

イリスは優しく楽しそうに笑い、ホットサンドをおいしいと言って食べていた。その時のイリスは、確かに普通の女の子だったんだ。

いったい、どちらを信じればいいのか？　どの感覚が正しいのか？

わからなくなってしまい、軽く混乱してしまう。

普通に考えると、こんな偶然はありえないんだけど……でも、ありえないと断言することもできない。可能性はゼロじゃない。

「にゃー……レイン？　どうしたの？　こーんな顔してるよ？」

カナデが眉を寄せて、難しい顔を表現してみせた。

「えっと、それは……」

「もしかして、なにか心当たりが？」

セルがそう尋ねてきた。

鋭い。俺の変化を見抜いて、そんな結論に至ったのだろう。

さて、どうするか？

不確定な情報を出してしまうと、混乱させてしまう可能性がある。

しかし、イリスのことが重要な情報である場合、出し惜しみしてしまうことで、取り返しのつかない事態に発展してしまうこともある。

「……これは、根拠がない話だ。それでも、一応、話しておくことにするよ」

考えた末に、イリスのことを話しておくことにした。混乱させてしまう可能性はあったけれど、それでも、出し惜しみなんてしている場合じゃないと判断した。

「……と、いうわけだ」

「なるほど。リバーエンドで出会った女の子、ね」

「にゃー……レインってば、夜にそんなことをしてるなんて。しかもしかも、翌日に二人で、で、でで、デートまで……うにゃー」

セルは静かに頷いて、カナデは、なぜかジト目を向けてきた。

デートと言っているけど、そういうのじゃないから、そんな目はしないでほしい。一応、今は真面目な話をしているんだからな？

「セルはどう思う?」

「そうね……話を聞いた限りでは、その子は関係ないと思うわ。特徴と一致する女の子と偶然出会ったただけ。タイミングがよすぎるから、特別、意識してしまっているだけね」

「そっか。それじゃあ……」

「……って、普通ならそう言うところなのだけど」

セルはそこで言葉を一度切り、考えるような間を挟んだ。

ややあって、再び口を開く。

「調べてみる価値はあるかもしれないわ」

「怪しいと?」

「今は、どんな情報でも欲しいわ。手がかりが少ないから、もしも特定できるのなら、わずかな可能性でも賭けてみたい。それに……あなたがそう言うのならば、ある程度は信じることができるわ」

「レイン、こんなに早くセルの信頼を勝ち取ったの? にゃー……相変わらず、女の子からは、そういう風に好意を向けられるんだから」

だから、なぜ睨む?

「ふふ、安心してちょうだい」

なぜか不機嫌そうになるカナデに、セルがわずかに微笑む。

「私は、別に彼にたらしこまれたわけじゃないから」

「そ、そそそ、そんなことは私に関係ないし?」

「それに……正直なところ、レインのことは完全に信頼もしていないの。出会って間もないし、まだ気を許しているわけじゃないわ」

「にゃん？　なら、どうしてレインの言うことを信じるの？」

「彼の性格ではなくて、力を信じることにしたの」

今度は、セルはこちらに笑みを向けた。

「何人もの最強種を従えている……レインのその力は本物よ。そんなレインが警戒しているのだから、私も警戒する。そういうことよ」

「にゃるほど……うーん、わかるような、わからないような？　レインのことが認められることはうれしいけど、でもでも、やっぱりどこかで通じ合ってるような気がして、焦っちゃうというか……うにゃーん」

「ふふっ」

セルは、カナデの考えていることを理解しているのか、小さく笑う。

「安心してちょうだい。ただ単純に、力を信頼しているというだけ。別に、手を出そうと思っているわけじゃないから」

「にゃにゃにゃ、にゃんのことかな……？」

「それだけわかりやすいのに、肝心のことは伝わっていないみたいね」

「そうなんだよね……」

「何ができるかわからないけど、応援してあげる」

「わぁ……ありがとう！　セルって、良い人なんだねっ」

よくわからないけれど、友情が結ばれていた。

「とりあえず、この後はどうする？」

「そうね……レインの話があるから、一度、リバーエンドに戻りたいところなのだけど……」

「聞き込みは、まだ完全に終わっていないよな」

パゴスの村人に話を聞いて回ったのだけど、中には心に深い傷を負い、怯えるだけでまともに話せない人もいた。

もしかしたら、そういう人が重要な情報を持っているかもしれない。そう考えると、ここで情報収集を打ち切るのはどうかと思う。

「二手に分けてみるか？　ここで情報収集を続ける組とリバーエンドを探索する組」

「……それはやめておきましょう」

少し考えた末に、セルは首を横に振った。

「敵は、とんでもない力を持っているはず。私の想像では、おそらく……」

「最強種……か？」

「ええ、正解」

被害を受けた人から話を聞いて、俺もその可能性に思い至っていた。

Bランクの冒険者を難なく打ち砕く。村をまるごと一つ壊滅させる。

そんなでたらめな力を持つ存在は、最強種以外にありえない。

ただ、鳥のような翼を生やした最強種というのには心当たりがない。一つ、あるにはあるのだけど……でも、その可能性は普通に考えてないんだよな。

あの最強種は、もう存在しないはずなのだから。

「もしも敵が最強種だとしたら、パーティーを分けるのは得策じゃないわ。危険よ。討伐が目的ではないけれど、無用なリスクは避けた方がいいと思うの」

「そうだな……イリスが犯人だとして、パーティーを分散した状態で遭遇して、そのまま戦うことになったらまずいことになるか」

「今回の聞き込みで得られた情報と一緒に、犯人かもしれない女の子がリバーエンドにいるとギルドに報告しておくわ。今はそれで問題ないと思う。時間も限られているし、リバーエンドの調査を行うのは、ここの調査が終わってからにしましょう」

「わかった、それでいこう」

「にゃあ……結局、どういうこと？」

カナデが目をぐるぐると回していた。今の会話で知恵熱が出たらしい。

別に、大して難しい話はしていないのだけど、もう少し勉強をさせた方がいいのだろうか？

「ひとまず、ここで調査を続ける、っていうことだよ」

「にゃるほど！　私はなにをすればいい？」

一部を除いて、パゴスの村人から事情を聞くことはできた。

次にとるべき行動は……

「おーいっ」

聞き覚えのある声に振り返ると、アクスの姿があった。

慌てているらしく、こちらに駆けてくる。

「どうしたの？　周囲の探索は？」

「もしかして、何か見つかったのか？」

「いや、何も見つかってないぞ」

「……なら、どうして戻ってきたのかしら？　夕方まで、って決めていたわよね？」

「あ、いや。ちょっとしたことがあって、す、すぐに伝えた方がいいと思って……あの、セルさん？　どうして拳を握りしめているのですか？」

セルに睨まれて、アクスがしどろもどろに言い訳をした。というか、恐怖故なのか言葉遣いがちょっとおかしい。完全に尻に敷かれているな。

「ちょっとしたこと？　それは何かしら？」

「あー……実際に見た方が早いな。こっちに来てくれ」

「あっ……ちょっと？」

アクスがセルの手を引いた。その状態で、こちらを見る。

「レインとカナデちゃんも来てくれねえか？」

「どこへ？」

「村の入口だ。へへっ、ちょっとしたサプライズがあるぜ」

なんのことだろうか？

疑問に思いながらも、今はアクスの言う通りにすることにした。同じく小首を傾げるカナデと一緒に、村の入口へ向かう。


「ああ、そうだ。僕に任せるがいい。悪魔がここに現れたとしても、追い払ってやるさ」

「おおっ、さすがは勇者様！　なんて心強い！」

「なんて頼りになるのだろう、ありがたやありがたや……」

「あの悪魔が追いかけてきたらと怯えていたが、これで安心できる」

村人達に崇められるようにして、アリオスがいた。

どこかで遭遇するんじゃないかと思っていたが、まさか、こんなに早く出会うなんて。

「これはこれは……レインじゃないか」

こちらに気がついたらしく、挨拶をするようにアリオスが軽く手を挙げた。

ここで出会ったことは、向こうにとっても予想外のことらしく、目を大きくして驚いている。

ただ、その驚きはすぐに消して、余裕たっぷりの笑みに切り替わる。というか、村人達に崇められるようにしている自分を見せつけているかのようだ。

「やあ、久しぶりだね。元気にしていたかい？」

これだけの人がいる中、無視するわけにもいかない。ただ、愛想を振りまく気にはなれずに、素っ気なく答える。

「……それなりにな。アリオスは？」

「僕も元気だよ。すこぶる好調というヤツだね」

なぜかアリオスは機嫌が良い。

なにか良いことでもあったのだろうか？　それとも……よからぬことを考えていて、その企みがうまくいっているとか。ありえそうでイヤだ。

「どうして、アリオスがここに？」

「それは僕の台詞なんだけどな……まあいい。特別に教えてやろう」

アリオスは得意げな笑みと共に、ここにいる理由を告げる。

「ここにいるということは、レインもあの事件に関わっているんだろう？」

「パゴスの村……悪魔の件か？」

「ああ、そうだ。そして僕は、パゴスの村人達を救ったんだよ」

「どういうことだ？」

「最近はこの南大陸を中心に旅をしていたのだけど、偶然、パゴスに立ち寄る機会があってね。そうしたら、村が悪魔とやらに襲われていたから、僕が撃退したのさ」

「アリオスが……？」

「にゃー……ウソっぽい」

話を一緒に聞いていたカナデが、半眼でアリオスを睨みつけた。

「あんたなんかに悪魔と戦える力があるわけないもん。ウソだよ」

「ちっ……相変わらず失礼な獣だな」

「アリオス、カナデを獣と……」

「一緒にするな、って言いたいんだろう？　わかっているさ。ただ、今回の場合は彼女に非があるんじゃないか？　僕は真実を告げただけなのに、いきなり疑ってきたのだから」

「それは……」

納得はしたくないが、しかし、もっともな話だった。

カナデはアリオスのことを嫌っているから、それ故に、疑問の眼差しを向けてしまったのだろうけど、普通に考えたら非はカナデの方にある。

とはいえ、俺もカナデと同じようなことを考えていたりする。

アリオスが悪魔と渡り合えるかどうか？　それは、なんともいえない。以前にやりあった時からそれなりの時間が流れているし、アリオスも強くなっているかもしれない。

だから、アリオスの力はそれほど疑ってはいない。

ただ……引っかかるものがある。

悪魔が現れて壊滅したパゴスに、偶然、足を運ぶなんてことがあるのだろうか？

もちろん、可能性はゼロじゃない。ただ、タイミングが良いというか、都合が良すぎるというか、どうにも気になるんだよな。

「まあいいさ。僕は寛大だからね。つまらない戯言くらい許してやるさ」

「にゃー……この勇者、上から目線でむかつくにゃ」

「カナデ、落ち着いて」

「フシャー！」

カナデが尻尾を逆立てて、歯をむき出しにしていた。

落ち着くように頭を撫《な》でると、少しだけリラックスした様子で、逆立っていた尻尾が下に下りた。

「僕の言っていることは本当だよ。なんなら、彼らに聞くといい」

アリオスが、近くにいるパゴスの人たちを指した。

彼らは先程と同じように、アリオスに対して尊敬の念、感謝の念を表していた。演技であるとは思えないし、そんなことをする理由もない。

アリオスがパゴスを救ったというのは、紛れもない事実なのだろう。

「アッガス達は？　姿が見えないが……」

「みんなは今、別行動をとっているよ」

「どこにいるんだ？」

「おいおい、どうしてそんなことをいちいちレインに言わないといけないいんだい？　君は僕のなんだい？　仲間じゃないだろう？」

「……そうだな。余計なことを聞いた」

「わかればいいのさ。それで……レインはどうしてここにいるんだい？　まだ聞いていないよ」

そういえば話していなかったか。

特に隠しておくことではないので、素直に答える。

「俺が冒険者になったことは知っているだろう？　それで、今回の悪魔の件が緊急依頼として発行されたんだ。それを請けてここに来た、というわけだ」

「ほう、緊急依頼か」

アリオスの目が細くなる。おもしろいことを聞いた、と言っているみたいだ。

「それはつまり、君が悪魔を討伐する、ということかい？」

「いや。俺は調査班だ。討伐隊は別にいる」

「ふーん、そうなのか……でも、残念だったね。君の行動は無駄になるよ」

「どういうことだ？」

「ここには僕がいる。悪魔の調査も討伐も、僕に任せるといい」

アリオスの言葉に違和感を覚えた。

どうして、今回の事件に深く関わろうとする？　アリオスの性格を考えると、余計なことに手は出さないはずなのだけど。

それとも、今回の事件は、関わらないといけない何かが存在するのだろうか？　例えば、魔王討伐に必要なこと……とか。

……ダメだ。

考えてみるものの、答えに辿り着くことができない。情報が圧倒的に不足している。

悪魔のことだけじゃなくて、アリオスに関することも調べた方がいいかもしれない。

「ここは僕に任せて、レインはホライズンに帰るといい」

「そういうわけにはいかない。こっちも依頼を請けた身だ。勝手に放り出すことはできないさ」

「僕がいるというのに？」

「それは関係ないだろう？　上から正式な命令が下りてこない限り、俺が手を引くことはない」

「ちっ」

アリオスは不機嫌そうに舌打ちした。

俺と一緒、ということが不快なのかもしれない。

「……まあいいか。よくよく考えてみれば、僕の力を見せつける機会でもあるな。あの時とは違うということを教えてやるよ」

「ずいぶんな自信だな？」

「僕を誰だと思っている？　勇者だぞ？　君と僕……どちらが上なのかハッキリとさせてやろう」

その手の勝負に興味はないのだけど、アリオスはすっかりその気になっているらしく、不敵な笑みを浮かべていた。

面倒なことにならないといいのだけど。でも、運命の女神のいたずらなのか、そんな風に考える時に限って面倒なことになるんだよな。

「それじゃあ、僕はこれで失礼するよ。村人達の慰問に、悪魔の対策の打ち合わせ。色々とやらないといけないことがあるからね」

「ああ。悪いな。引き止めたみたいで」

「くく……お互いにがんばろうじゃないか？　なあ、レイン」

アリオスは、最後になんともいえない笑みを見せて立ち去った。

「にゃー……やっぱり、あいつ嫌い！　レインのこと、すっごいバカにしてたよっ」

「俺も、アリオスのことは好きになれそうにないよ」

「ヤッちゃう？」

「こらこら」

カナデのことを制止しながらも、一瞬、それもいいかなあ……なんて思ってしまう俺だった。

それくらいに、アリオスと関わることはめんどくさい。というか、気が乗らない。

一緒にいると苦い過去を思い出してしまうから、なるべく距離を置きたい。

しかし、アリオスはそうは思っていないらしい。

今の言動を見ると明らかなのだけど、どうにもこうにも、俺と白黒ハッキリさせたいと思っているらしい。前にやりあった時、おもいきり殴られたのを未だ根に持っているのかもしれない。

勇者なのだから、そんなことを気にしていないで、やるべきことを優先してほしいのだけど……

言っても聞かないんだろうな、たぶん。

好き勝手していたら、そのうちツケが回ってくるのに。

そういうリスクを考えたことはないのだろうか？　ないんだろうな、あんな性格だし。

「まあいいか」

アリオスの心配をする必要なんてない。俺は俺のことを考えないと。

「っと……悪い。つい立ち話をしちゃって……」

アリオスに気をとられて、セルのことを忘れていた。

一緒に行動しているのに、彼女を無視するようなことをしてしまった。

気を悪くしていないといいんだけど、どうだろうか？

「……」

セルはぽかんとしていた。

落ち着いているところしか見ていないから、こういう彼女の反応は新鮮だ。

「あなた……勇者と知り合いだったの？」

「そうだけど、言ってなかったっけ？」

「言ってないわ。初耳よ」

「悪い。でも、わざわざ言うようなことでもないだろう？　自慢してるみたいになるし」

「それもそうね。でも、事前に知らせておいてくれたら、こんなに驚くこともなかったわ」

「それは、なんていうか、悪い」

それもそうだと思い、ぺこりと頭を下げた。

それから、ちょっと苦い顔をしつつ、言い訳をする。

「アイツの関係者っていうことは、あまり知られたくないんだ。聞かれたら答えるけど、自分からは言わないようにしてて」

「勇者の関係者であることを、自分から隠していたの？　不思議なことをするのね……普通は、一生、自慢できることなのに」

「まあ、そうなのかもしれないけど……俺の場合色々あって、良いことはなかったんだ」

「……そうなのね」

色々の部分を聞くと、セルが納得顔をした。

俺とアリオスの間に、一言で済ませられないような何かがあると察してくれたみたいだ。

「言いたくないこともあるみたいだし、深くは聞かないでおくわ。私は」

「ありが……私は？」

「ごめんなさい。私は気にしないのだけど、こっちはそうもいかないみたいで……」

セルの視線の先には、アクスがいた。

そういえば、アクスのことも忘れていた。

「お前、勇者の知り合いなのか⁉」

ぐぐっと詰め寄られる。

「ま、まあ、そうなるけど……どうしたんだ、いきなり？」

「頼むっ、サインをもらってきてくれないか⁉」

「アクスは、勇者の大ファンなのよ……はぁ」

面倒なことになった、という感じで、セルがため息をこぼした。

俺も、ため息をこぼしたい気分だった。

人目があったため、アクスを連れてその場を離れた。

それから村の外れに移動して、そこで話を再開する。

「えっと……それで、勇者のサインだっけ？」

「そう、サインだ！　もらってきてくれるのか⁉」

「悪い。たぶん、それは無理だ」

アクスのためなら、頼むくらいはしてもいいんだけど……たぶん、俺が頼んでもサインを書いてくれないだろう。

「ぶっちゃけてしまうと……俺とアリオスは仲が良くないというか、むしろ悪いんだよ」

「マジかよ……くぅううう、勇者のサインをもらえるチャンスなのに」

アクスは肩を落として、とても残念そうにしていた。

それほどまで、勇者に対して強い憧れを抱いているのか。意外と言えば意外だ。

「そんなにアリオスのサインが欲しいなら、直接もらってきたらどうだ？」

「む、無理言うなっ。勇者に話しかけるなんて……そんなの恥ずかしいだろ⁉」

「乙女かにゃ？」

なかなかにめんどくさい男だった。

セルがため息をこぼす。

「ごめんなさい。アクスがバカなことを言って。こんなことがないように、しっかり躾《しつ》けておくわ」

「男を躾けるなんて、セルはエロいな。そんなこと言われたら、ちょっとこうふぐはぁ⁉」

毎度のように、アクスはセルに弓で殴りつけられていた。

懲りる、という言葉を知らないのだろうか？

「でもでも、なんであんな勇者のことが好きなの？」

カナデが不思議そうに尋ねると、アクスは当たり前のような顔をして答える。

「うん？　だって勇者だぞ？　勇者なんだぞ？　色々な武勇伝を聞くし……そうそう、この前は四天王も倒したみたいだな。そんなことを聞いたら、普通、憧れるだろう」

「でも、中身はロクでもないよ？」

「そんなことはない。勇者なんだから、清廉潔白で高潔な人に違いない」

「にゃー……恋は盲目って言うけど、それと似たような状態なのかな？」

カナデは不思議そうにしているが、でも、アクスの反応が一般的だ。

魔王を倒す使命を帯びて、日々、魔物と戦う。弱きを助け、悪をくじく救世主。それが世間一般の勇者に対するイメージだ。

直接会った人なんて少ないだろうから、どんな性格をしているのか、どういう言動をするのか、そんなことは知らない。

結果、イメージがどんどん美化されて……人によっては、アイドルのように慕うようになる。アクスがちょうどいい例だ。

俺とアリオスの会話を聞いて、口が悪いと思ったかもしれないが、まだ憧れているのだろう。どうかと思うが、アクスの問題なので、俺がどうこう言うことはやめておこう。

「アクスは勇者のどこに憧れているんだ？　よかったら、具体的に教えてくれないか？」

口を出すつもりはないけれど、興味はあるので、そんな質問を投げかけた。

「そうだな。武勇伝に憧れた、っていうのもあるが……俺、一度だけ、勇者に会ったことがあるんだよ。いや、まともに話をしていないから、会った、っていうのはおかしいかもしれないが」

「それは、どういう？」

「ずっと前……冒険者になったばかりの時だったかな？　その頃はセルとも知り合ってなくて、一人で行動してたんだよ。ちと恥ずかしいんだが、自分はとんでもない才能を持っている、と本気で信じ込んでる痛いヤツでな。けっこうな無茶をしたもんだ」

「アクスは今でも痛いわ」

「そのツッコミの方がいてえよっ⁉」

「にゃー、アクスとセル、息ぴったりだね」

「やめてちょうだい。そんな風に見られるのは不快よ」

「そこまでボロボロに言うのはやめてください……」

アクスが泣きそうになるものの、セルは相変わらずの無表情だ。

カナデが後ろの方で、「セルはツンデレ……」と言っていたが、違うと思う。セルにはまったくデレがないぞ。言うなれば、「ツンツンツン」かな？

「話が逸れたな。で……当時の俺は調子に乗ってて、無茶ばかりしてた。当然、すぐにツケが回ってきて、ピンチに陥ったんだよ」

「一人で魔物の巣に突っ込んで、勝手にピンチになったのよね」

セルが補足するように、そう言った。相方なので知っているらしい。

「あの時は、さすがに死を覚悟したぜ」

「どうやって乗り越えたんだ？」

「勇者に助けてもらったんだよ」

「……アリオスがアクスを助けた？」

「ちょうど、近くを通りかかったらしくてな。で、俺の無茶な行為を止めるために追いかけてきてくれて、そのまま魔物と戦い、助けてくれた……っていうわけだ」

アリオスは、そんなことをしていたのか？

こう言ってはなんだけど、そういうことをするようなヤツには見えないのだけど。

「俺が礼を言うと、勇者は笑いながら、気にしないでいい。それよりも君が無事でよかった、って言ってくれたのさ」

「にゃー……？」

カナデも俺と同じ疑問を覚えたらしく、小首を傾げていた。

その顔は、それ本当にアリオス？　と言っているかのようだった。

「俺は感動したな。世の中、あんな人がいるなんて思ってなかった。で……後に、俺を助けてくれた人が勇者って知ったんだ。誰かのために体を張ることができて、誰かのために力を振るう。同じ男として、尊敬できるぜ」

「それで、勇者に憧れるように？」

「ああ。俺もあんな人になりたい、って憧れを抱いた。俺が助けられたように、俺も誰かを助ける。そう思うようになった。それが新しい行動理念になって、今の俺を形作った、ってところか」

「なるほど」

「意外と真面目なところがあるんだね」

「おいおい、俺はいつでも真面目だぞ」

カナデのツッコミにへこたれることなく、アクスは笑顔で返した。

いつも真面目なようにはとても見えないが、ツッコミは野暮というものだろう。

それにしても……アクスから聞いたアリオスの印象が、俺の知っているものとずいぶん違う。

話を聞く限り、まだアッガス達がいなくて、一人で行動していたみたいだから、かなり前の話になるのだろう。

今のアリオスは、色々と問題があるように思えるが……だけど、昔のアリオスは、勇者と呼ばれるにふさわしい人格を備えていたということなのか？　だとしたら、どこでそれが歪《ゆが》んでしまったのだろう？

思わぬところで興味深い話を聞くことができた。

「さあ、雑談はここまでにしましょう。勇者のことは気になるかもしれないけれど、私達には私達のやるべきことがあるわ。このまま調査を続けましょう」

「でもでも、一通り、聞き込みは終わったんだよね？」

カナデが不思議そうにしながら疑問を投げかけた。

「そうね。だから、聞き込みはもうおしまい。この後は……」

「聞き込みで得た情報をもとに、さらなる情報を発掘してく、ってところだな」

セルの言葉を引き継いで、アクスがそう言った。

台詞を取られたセルは、少し不機嫌そうにしたものの、話を続ける。

「悪魔の正体については、ある程度近づくことができたけど……その目的や、どんな攻撃手段を持っているのか、そういうところは相変わらず不明なまま。今後は、その辺りを中心に調べていこうと思うのだけど……どうかしら？」

「異論はないよ」

「私もー！」

「決まりね」

満場一致で、次の方針が決定した。

特に問題はないと思うから、この場にいないタニア達も納得してくれるだろう。

「でも、どこをどう調べるのかな？　新しい情報を発掘、って言われても……うーん？」

「一応、心当たりがあるわ」

カナデの疑問をあらかじめ想定していたように、セルがジスの村周辺の地図を取り出して、中央を指差す。

「ここが、今私達がいるジスよ。そして、さらに南下した場所にあるここ……パゴスがあるわ」

「山の麓にある、ここだね」

「今度は、直接、村を見てみようと思うの。現場を調査することで得られることもあると思うわ」

「にゃるほど」

「そうだな。うん、いいんじゃないか」

カナデとアクスが頷いて、続けて俺も頷いた。

「それから、パゴスのすぐ近くにある山に登ってみようと思うの」

「ん？　どうして山登りなんてするんだ？　観光か？　それとも俺とデートか？」

「そんな愚かでくだらないことをするわけないでしょう。アクスは黙ってなさい」

「愚かでくだらない……」

アクスが涙目になるものの、セルはまったく動じることなく話を続ける。

色々な意味で強い。

「パゴスの人に話を聞いたところ、この山に悪魔が封印されていたらしいの」

「なるほど、そういうことか」

「にゃん？　レインとセル、二人でわかったような顔をしているけど……ど、どういうこと？」

「山を調べることで、再び悪魔を封印する方法を得られるかもしれない、っていうことだ。そこまでうまくいかなくても、なにかしらの情報を得られる可能性は高いと思う。封印の方法は別の班の仕事だけど、ついでに調べておいて損はないだろう」

「にゃるほど」

「反対意見は……ないみたいね？　なら次の目的地は、パゴスとその近くの山で問題ないかしら？」

みんなは問題ないというように頷いた。


いつ悪魔が再来するかわからないし、今は時間が惜しい。すぐに次の調査へ移ることにした。

タニア達と合流してから、休憩を挟み、ジスの村を後にした。

そのまま南下すること数日……特に問題なく、パゴスの村に到着した。

「これは……ひどいな」

村に足を踏み入れて、俺は眉をしかめた。他のみんなも同じような感じだ。

家屋の半分は燃えた跡があり、炭になっている。残り半分は、巨人がいたずらに拳を振り下ろしたかのように、粉々に破砕されていた。

他にも、小さなクレーターができていたり、大地に深い亀裂が走っていたり……いったい、どれだけのことをすれば、こんな風になるのか?

常識を覆すような破壊の嵐が吹き荒れた跡が見えた。

「まるで、天変地異に巻き込まれたみたいね」

タニアが、そんな感想を漏らした。ソラとルナがこくりと頷いて、それに同意する。

「そうですね……レイン達から話を聞いて、ひどいとは思っていましたが……まさか、ここまでとは。想像以上ですね」

「うむ。我もここまでとは思わなかったぞ。これだけの力に晒《さら》されながら、村人達はよく生き残ることができたな……あ、いや。生き残ったことは喜ばしいことで、悪いと言うつもりはないぞ？」

「ちょっと不謹慎だけど、あたしも似たようなことを思ったわ」

「そうだな……」

ルナとタニアに同意する。

重傷者がいるとはいえ、村人達が誰一人欠けることなく生き残ることができたのは、不幸中の幸いとして喜ぶべきことだ。

ただ、これだけの破壊の跡を見せつけられると、いくらアリオスの助けがあったとはいえ、生き延びることは難しいと思うのだけど……どういうことだろう？

聞き込みで得られた情報のように、悪魔はわざと村人達を見逃して、人間狩りを楽しんでいたのかもしれない。

だとしたら、相当に凶悪な相手だ。絶対に油断はできない。

今一度、俺は気を引き締めた。

「にゃー……これだけのことができるなんて、やっぱり最強種なのかな？」

「可能性は高いだろうな」

「どう、して……？」

断じた理由がわからないらしく、ニーナが小首を傾げた。

「こんなことを人がしようと思ったら、大規模な軍隊が動く必要がある。でも、その痕跡が残されていないんだよ」

「こん……せき？　足跡なら……ある、よ？」

ニーナが、そこらに見える足跡を指差した。

でも、それらは浅い。村人達のものだろう。軍隊……鎧《よろい》を着ている者が踏み込めば、もっと深い足跡ができるはずだ。

そんなことを説明した。

「なる、ほど……」

「それと村人から、たった一人でやった、って聞いているからな。一人でこんなことができるのは、最強種以外には考えづらいよ。Sランクの冒険者でも難しいはずだ」

「魔族……は？」

「なくはないけど、その可能性は低いんじゃないかな。それなら、悪魔じゃなくて魔族が封印されている、って伝えられているはずだ。わざわざ表現を変える意味がわからない。まあ、可能性がゼロってわけじゃないけど、俺としては、最強種が犯人だと考えているよ」

「なる、る」

どこでそんな返事を覚えたんだ……？　ニーナの将来が心配になる。

「っていうことは、やっぱり、最強種が怪しいのね」

「にゃー……私達の看板に泥が塗られちゃう」

カナデが不満そうにつぶやいた。

それから、ちょっと怯えたような感じで、こちらを見る。

「……レインは、最強種が怖くなった？」

「うん？　どうして、そんな話になるんだ？」

「だって、こんなことをしたのは、たぶん、最強種だから。こんなことをする最強種がいるわけで……だから、もしかしたら私達のことが怖くなったんじゃないかな、って」

カナデは、犯人と自分を重ねて見ているみたいだ。

自分自身に恐れを抱いているのか、体を抱きしめるようにしていた。

「そんなことないさ」

「にゃ」

ぽふっ、と頭を撫でてやる。カナデが気持ちよさそうに目を細くした。

「カナデは……それにみんなも、こんなことをした犯人とは違う。まったくの別人だ。そんなことをするわけがない、っていうことを誰よりも深く理解しているよ」

「……レイン……」

「怖がる理由なんてないさ。カナデはカナデだ」

「うん、ありがと♪」

にっこりと笑い、カナデの尻尾がうれしそうにひょこひょこと左右に揺れた。

俺はまったく気にしないが、なにも知らない人は、最強種を恐れても仕方ないと思う。今回のことがきっかけで、最強種が迫害されることになるかもしれない。

そんなことにならないように、俺にできることを全力でやらないと。

「それにしても、変な話やなあ」

ニーナが頭の上に載せているヤカンから声が聞こえた。ティナだ。

自力で歩くことはできないから……魔力を使えば飛べるらしいが、疲れるので長続きはしないらしい……こうしてニーナが、頭の上にヤカンを載せて運んでいる、というわけだ。

どうでもいいことだけど、ヤカンを頭の上に載せて歩いているのに、まるで落とす気配がない。ニーナは、その絶妙なバランス感覚をどこで身につけたんだろう？

「にゃん、変な話って？」

「コレをやったのは最強種、って話やろ？」

「そだね」

「で、その最強種は悪魔って呼ばれてる。ウチ、それなりに長いこと生きてる……うん？　生きてる？　それも変な表現やな、とっくに死んでるし……まあ、ええわ。とにかく、長いこと存在しとるけど、そんな最強種、聞いたことがないで。カナデは知っとるか？」

「うーん……女の子で、黒いドレスを着てて、鳥のような翼が生えているんだよね？　それでもって、悪魔って呼ばれている……ダメ。知らないなあ」

「一番の特徴は、鳥のような翼やろな。でも、そんな最強種ウチは知らんよ。レインの旦那は？」

「……心当たりはある」

「えっ、マジで⁉」

ヤカンの蓋がぱかっ、と勢いよく開いた。

驚いた時の反応なのだろうか……？

「レインの旦那、その最強種、なんて言うん？」

「んー……確定ってわけじゃないから、保留にしておきたいんだよな。曖昧な情報のせいで、思い込んでしまうこともあるし……それは避けておきたい」

「それはまあ、せやな」

「あと詳しくは知らないから、どんな能力があるかとか、そういうことはさっぱりわからないんだ」

「レインの旦那も知らないなんて、相当なもんやな。ウチ、レインの旦那なら、知らない動物とか最強種とか、そういうもんはないと思ってたで」

俺を辞書かなにかと勘違いしていないか？

「確信が持てたら、その時に話すよ」

「オッケーやで」

「おーい」

声をかけられて振り返ると、アクスとセルの姿が見えた。

二人は村に入るとすぐに別行動をとり、悪魔が封印されていたという山を調べに行ってもらっていた。戻ってきたということは、調査は完了したのだろう。

ちなみに、俺達は村の調査を担当していた。

「おかえり。残念ながら、俺達の方はこれといった手がかりはなかったよ。そっちはどうだ？」

「いや、これといって特にないな。強いて言うなら……今回の犯人は化け物、っていうことか。山の方もあれこれと荒れていてな。とんでもない破壊の跡が見つかったぜ。こんなことができるなんて、化け物以外の何者でもねえよ」

「アクス、話が逸れているわ」

アクスをたしなめるように、セルが頭を殴る。ゴンッ、とかなり強烈な音がする。

「ぐえっ⁉　い、今のはひどくねえか……？」

「愛の躾よ」

「ならいいか！」

いいのか……？

「えっと……それで、アクス達の方はどうだったんだ？」

「祠《ほこら》らしきものを見つけたぜ」

らしきもの？

アクスの言い回しに、引っかかるものを覚えた。

「実際に見てもらった方がいいわ。村で調査をすることはまだ残っているかしら？」

みんなの顔を見ると、一斉に首を横に振った。

「今のところはないな」

「なら、一緒に来てくれる？」

「わかった」


一度、村を離れた。それから、アクスとセルの案内で山を登る。

途中、獣道などを歩くことになるが、ほぼほぼ一本道なので迷うことはなかった。

そして、山に入って三十分ほど……目的地に到着した。

「あれが祠よ」

セルが指差した先を見ると、平べったい石の上に、無数の木材が散らばっていた。それと、わずかに石材も見えた。何者かに壊されたらしい。

さらによく観察してみると、祠の土台の部分はかろうじて原形を保っていた。

さほど大きくないみたいだ。たぶん、元は俺の腰くらいの高さしかないだろう。破片に埃《ほこり》がついていたり、汚れが付着しているところを見ると、長年、野ざらしにされていたのだろう。

パゴスの村の人達は、祠の存在を知っていたけれど、本当に悪魔が封印されているなんて思ってもいなかったらしく、放置していたようだ。

「にゃー……自然に壊れたのかな？」

「ボロボロですし、それもあるかもしれませんね。あるいは、魔物の仕業とか」

カナデとソラが、砕けた祠の跡を見て、そんな感想をこぼした。

しかし、それに対してアクスが首を横に振る。

「いや、違うな」

「にゃん？　どうして？」

「こいつを見てくれ」

アクスが、壊れた祠の一部を手に取る。祠の骨組みのようだ。

雨風にさらされた影響でボロボロになっているが、一部分が綺麗に切断されていた。

「自然に朽ちたのなら、こんな傷はつかねえ。剣か斧《おの》か……刃物で壊されたんだろうな」

「おー、ナイス推理だね。アクスって、物を考えることができたんだ」

「意外ですね。まさか、アクスがそんなことを見抜けるなんて」

「ひでえこと言わないでくれるか⁉」

女の子からの口撃には弱いらしく、アクスはちょっぴり涙目になっていた。

アクスは、いじられ役が似合っているのかもしれない、と失礼なことを考えてしまう。

「それ、間違いないか？」

「おいおい、レインまで俺を疑うのかよ。しまいには泣くぞ？　コラ」

「ただの確認だよ。他意はないって」

「一応、アクスの言っていることは正しいわ」

フォローをするように、セルがそう言った。

その手には、宝石のような石が握られている。

「それは？」

「この祠を魔物から守っていた結界……の成れの果て、ね」

「結界なんてものが？」

「この近辺には魔物がいるわ。それらから守るために、結界が張られていたみたいね。もっとも、雨風はしのぐことができず、ボロボロになっていたみたいだけど……」

「つまり……結界があるから、普通は、魔物が手を出すことはできない。祠を壊すことができるのは、人だけ……と？」

「そういうことになるわ。斬られた跡もあるし、間違いないと思う」

誰が祠を壊したのか？

単なる愉快犯なのか、それとも、悪魔が封印されていることを知った上での行為……悪意に満ちた確信犯なのか。

祠を調べることで多少の情報を得られたけど、わからないこともたくさん残されていた。

「他に手がかりらしきものは？」

「それらしいものは見当たらねえな。セルは心当たりはないか？」

「こちらもダメね。壊れた祠の残骸以外、見当たらないわ」

「そっか……無駄足だったかな」

祠は人為的に壊されたかもしれない、ということはわかったけれど、悪魔に関する情報がない。

ここに来れば、封印方法などがわかるかもしれないと期待していたが、そんなことはなくて、空振りだったみたいだ。

「……いや、無駄足ということはないぞ。結論を出すのは早いのだ」

「ルナ？　それはどういう意味なんだ？」

「それはタニアに聞いてみるといいのだ。というか、祠ばかりに注目して、周囲を調べることを疎かにしてはいけないのだ」

「レイン、みんな。こっちに来てちょうだい、気になるものを見つけたわ。あっ、ニーナはそこで待機。ティナはニーナの様子を見ていてちょうだい」

タニアが少し離れたところで手招きをしていた。ルナが言うように、なにかを見つけたらしい。

でも、どうしてニーナは留守番なのだろう？

「え、と……わかった、よ」

「よくわからんが、ニーナと留守番しとけばいいんやな？　オッケーや」

二人は異論ない様子で、その場で待機した。

俺達は、少し離れたところにある、急勾配になっている山の斜面に移動した。

足場が危ういから、ニーナを待機させたのだろうか？

そんなことを思うが、すぐにそれが思い違いであることを知る。

「これは……」

「レイン達は祠を調べていたでしょ？　だから、あたしとルナは、念の為に周辺を調べていたんだけど……そうしたら、この人を見つけたの」

タニアの視線の先……山の斜面に引っかかるように、人の死体があった。

「うっ、これは……」

「……ひどいわね」

アクスとセルが顔をしかめた。

Aランクの二人は、死体と出会うことも少なくはないはずだ。

そんな二人が顔をしかめてしまうほど、死体は損壊が激しかった。

「うにゃ……これは……ちょっと、きついね」

「なかなか、くるものがありますね……」

死体は何日も放置されていたのだろう。虫が湧いていて……獣か魔物によるものなのか、あちこちが損傷していた。

「うにゃあ……」

こんなものをニーナに見せるわけにはいかない。遠くに待機させた理由を理解した。

ひどい有様の死体を見て、カナデが顔を青くした。ソラも同じような顔色になっていた。

そんな二人を見て、タニアが心配そうに声をかける。

「二人共大丈夫？　きついなら、ニーナと一緒に休んでた方がいいわよ」

「タニアは平然としているね……すごいにゃ」

「平気ってわけじゃないわ。ただのやせ我慢。本音を言うなら、すぐにでもここから離れたいわ」

「なら、私も我慢するよ。タニアだけにきつい思いはさせられないからね」

「そ、そう……まあ、二人がそうしたいならいいけど。でも、ホントにきついなら無理しないように。いいわね？　べ、別に心配してるわけじゃないんだからねっ？」

なんだかんだ言いながらも、タニアはちょっと余裕がありそうだった。

「あれは……斬り傷か？」

「ええ。おそらく、剣によるものね。短剣ではなくて、傷口のサイズから長剣みたいね」

アクスとセルは冷静に死体を観察していた。見ているだけなのに死因を突き止めたらしい。

セルがあごに手をやり、考えるような仕草をとる。

「どうして、こんなところに死体があるのかしら？」

「わからねえが、悪魔と無関係とは考えにくいな」

「ええ、そうね。人為的に壊された祠に、その近くにある死体……なにかしら関連があると考えるのが自然でしょうね」

二人に習い、俺も頭の中で情報を整理してみる。

壊された祠と、その近くで見つけられた死体の関連性は？

「……目撃者、とか？」

「にゃん？　どういうこと、レイン」

不思議そうなカナデに、ふと思いついた可能性を教える。

「いや、確証はなにもないんだけど……こんなところで倒れるなんて、あまりにできすぎているだろう？　壊れた祠との関連性があると考えるのが普通だ」

「うん、そうだね」

「なら、どういう関連があったのか？　この人が祠を壊したのか？　でも、見たところ武器は持っていないし、壊してから自殺、なんてことをするのもわけがわからない。なら、犯行現場を目撃して、それがバレて口封じに殺された……と考えてもいいのかな、って思ったんだ」

「なるほど、興味深い推理ね」

俺の話を聞いていたセルが、深く頷いた。

「ただの推理で、根拠なんてなにもないぞ？」

「一応、筋は通っているわ。可能性の一つとして考えるのに問題はないと思う」

「それに、あの死体は明らかに他殺だからな」

アクスがそう補足した。

「どうしてわかるんだ？」

「斬り傷が背中にあるんだよ。自殺するのに、そんな面倒なことはしないだろ？　誰かに後ろから斬られた、って考えるのが自然だ」

「そんなことがわかるのか？　あんなにひどく損傷しているのに？」

「俺らぐらいになると、たまに探偵みたいなこともするからな。簡単になら検死もできるんだよ」

さすが、Ａランクの冒険者だ。

スズさんに鍛えられたことで、俺達はそれなりに成長したと思っていたが、こういう知識や経験などはまだまだ足りていない。

二人を見習い、もっと精進しないといけないな。

「どうする？　もうちっと、周囲を調べておくか？」

「この辺にしておこう。これ以上、調べるところはなさそうだ。それに、あまり時間をかけてしまうと日が暮れてしまう。なにも用意していないから、山中で夜を明かすようなことはしたくない」

これ以上、調べるものは何もない。一度、パゴスに引き返して、そこで情報を整理しよう。

そんなことを思うのだけど、

「レインよ。我らがあの死体の記憶を見てやろうか？」

ふと思いついた様子で、ルナがそんなことを言い出した。

「そっか、その手があったか。二人なら魔法で記憶を探ることが……いや、待てよ？　あの魔法って、死体相手にも使えるものなのか？」

「ちと面倒だが、できないことはないぞ。我らが力を合わせれば、ちょちゃいのさいだ」

噛《か》んでいた。威厳もなにもあったものじゃない。

「じゃあ、頼めるか？」

「任されたのだ！」

「任せてください」

ソラとルナは張り切った様子で、光の羽を展開して、魔法の詠唱を始めた。

そんな二人を見て、アクスとセルが驚く。

「おぉ、すげえ。マジで精霊族だ」

「話は聞いていたけれど、本当なのね。さすがに驚いたわ」

「ふふんっ、崇めるがいいぞ！　なんなら、握手をしてもいいのだ。一回、銀貨十枚で……」

「無駄口をたたいていないで、ちゃんと魔法を唱えなさい。駄目妹」

「駄目妹⁉」

コントのようなことをしているところを見ると、それなりに死体に慣れて、余裕を取り戻すことができたのだろう。

死体を見て大丈夫なのかと心配していたが、これなら問題なさそうだ。

「『メモリーサーチ!!』」

二人が魔法を唱えて、光が死体の中に吸い込まれていく。

「むぅ～」

「……」

ルナは奇妙なうなり声をあげながら。ソラは静かに息をしながら、魔力をコントロールする。

ややあって、二人はそっと目を開けた。

「どうだった？」

「その……ちゃんと、死体の記憶をサーチすることができました。それで、犯人が見えたには見えたのですが……」

「うん？　なんか、歯切れが悪いが……どうしたんだ？」

「レインよ。聞いて驚くなよ？　この人間を殺した犯人……それと、そこの祠を壊した犯人は同一人物だった。そして、そいつは……勇者なのだ」

みんなが言葉を失う。

アリオスがこの人を殺した？　それだけじゃなくて、祠も壊した？

突然のことに頭が混乱して、うまく言葉を紡ぐことができない。

他のみんなも同様で……特に、アクスは大きな動揺を見せていた。アリオスに対して強い憧れを抱いていたから、それだけにショックなのだろう。

「詳しいことを教えてくれないか？」

努めて冷静になりながら、ソラとルナに尋ねた。

とにかく、今は情報が欲しい。二人が見たものを教えてほしい。

「詳しいことと言われても……難しいですね」

「時間が経っているせいで、魂の欠片しか残っていなくてな。全ての記憶を覗くことができた、というわけではないのだ」

「それでもいい。見えたこと、全部を教えてくれ」

「うむ、わかったのだ」

ソラとルナは、己が見た光景を語り始めた。


男は冒険者で、アリオスに雇われて一緒に行動していたこと。

そのアリオスと一緒に、この山に登ったこと。

祠を壊したのが……アリオスであること。

その後、なにかしら問題が発生して……アリオスに斬られたこと。


「……以上が、ソラ達が見たこの人の記憶です」

「嘘偽りはない、真実なのだ」

言葉が出てこない。

仲間を疑うような真似はしたくないんだけど、でも、本当なのだろうか？　と思ってしまう。

いくらなんでも、アリオスが人を斬るなんて……勇者ともあろうものが、そんなことをするだろうか？　盗賊などならいざしらず、相手は冒険者だ。

それとも……冒険者が、なにかとんでもない問題行動を起こしたのだろうか？　斬られても仕方ないだけの理由があったのだろうか？　その理由に、祠は関係しているのだろうか？

ソラとルナによれば、祠はアリオスが壊したらしい。

なぜ、そんなことをしたのかわからないが……冒険者がそのことを咎《とが》めて、トラブルになったとか？　それで、カッとなったアリオスが剣を……って、ダメだ。

こんなのはただの邪推であって、推理ですらない。

予想外の事実を示されて、混乱しているみたいだ。

思考を中断させて、少し頭を冷やそう。

「そ、そんなことあるわけねえだろ⁉」

我を取り戻した様子で、アクスが大きな声をあげた。

尊敬する勇者が人殺しをしていたなんて、認めたくないらしい。

ソラとルナに掴みかかるような勢いで、声を荒げる。

「なにかの間違いだ！　勇者がそんなことをするなんて……あるわけねえよ！」

「ソラ達は、この人の記憶を見たんですよ？　断片的なので、全容はわかりませんが……しかし、この人間が勇者に斬られたことは事実です」

「アクスは勇者を尊敬しているのだったな？　奇特な者だ。まあそれはいいとして……受け入れがたいかもしれぬが、これは事実だぞ。我らは、このようなことでウソはつかないのだ」

「何かの間違いだ！　魔法に失敗したとか、そういうオチが待ってるんだろ、そうだろう⁉」

「ソラ達は魔法のエキスパートです。落ち着いて魔法を使うことができるこの状況下で、ミスするなんていうことはありえません」

「万が一にもないな」

ソラとルナがきっぱりとアクスの言葉を否定した。

その態度に、アクスが怯《ひる》んでしまう。

「そんなバカなことが……」

なかなかソラとルナの言葉を受け入れることができないらしく、アクスは混乱した様子で、ぶつぶつとつぶやいていた。そんな相方の肩を、セルがそっと叩く。

「アクス」

「セル……俺、俺は……勇者がこんなことを、でも、いや……」

「落ち着きなさい」

「ぐはぁっ⁉」

セルは無表情で、淡々とした口調で、アクスをおもいきり殴りつけた。あまりに突拍子がなくて、あまりに大胆な行動に、みんなが、えぇ⁉　というような顔になった。

「にゃ、にゃんですと？」

「今、おもいきり殴りつけたわよ……？」

「な、なんで殴りつけたのだ……？」

「冷静さを欠いているみたいだったから。正気に戻ってもらうために、ね」

恐る恐る問いかけるルナに、セルはいつもの調子で、淡々と返した。

「ですが、なにも、殴らなくてもいいのでは……？」

「このバカには、これくらいがちょうどいいのよ」

「そ、そうですか……」

きっぱりと言われて、ソラは、それ以上はつっこめない様子だった。

様子を見ていた俺も、口を挟むことができない。

「なにすんだよっ⁉」

頬を赤くしたアクスが、涙目でセルに抗議した。

「殴ったのよ」

「事実を教えろって言ったわけじゃねえよ⁉」

「こうでもしないと、落ち着くことができないでしょう？　少しは冷静になることができた？」

「あ……」

「荒療治になったことは謝るわ。でも、仕方ないじゃない。それに、これが一番手っ取り早いわ」

「仕方ないからって、普通、愛する相方を殴るか……？」

「え？　愛していないけど？」

真顔で言われて、アクスが傷ついたような顔をした。

それから、はあ、と大きなため息をこぼす。

「ったく。ちっと納得はいかねえが……まあ、落ち着いたよ。サンキューな」

なんだかんだで、この二人は強い絆《きずな》で結ばれているみたいだ。そのことがよく伝わってくる。

「あー……取り乱して悪かったな。あと、失敗しただろうとか、そういうことを言って悪かった。気分を悪くしていたら謝るよ」

「いえ、ソラは気にしていませんから」

「うむ。アクスは勇者に憧れていたのだろう？　ならば、仕方ないことなのだ」

ソラとルナは、アクスの謝罪を受け入れて、さらっと水に流した。なかなかできることじゃない。

二人の懐の深いところを、改めて知ったような気がした。

「その……繰り返しになってわりぃが、もう一度、確認しておきたい。疑うわけじゃねえが、二人が言ったことは本当のことなんだな？」

「ええ、間違いありません」

「うむ、間違いないのだ」

「そっか……そうなのか」

「全容はわからないので、あの勇者にも何かしらの事情があったのかもしれません。この人間が、実は盗賊だったとか、そういう裏事情があるかもしれません」

「まあ、我はそんな可能性はないと思うけどな。勇者とは少ししか顔を合わせていないが、気に食わないヤツだったのだ」

「ルナ！　あなたは、もう少し言葉を選びなさい」

「我は本当のことを口にしただけだぞ」

ソラがフォローをしようとして、でも、それをルナに潰されて……ちょっとしたコントのような展開が繰り広げられていた。

おかげで、というのもおかしいかもしれないが、場の空気が少し和んだ。

アクスもちょうどいい具合に肩の力が抜けたらしい。

「しかし……どういうことだ？　感情抜きに考えても、勇者が冒険者を斬るなんて意味がわからねえぞ。しかも、二人の話によれば、勇者自身が雇ったんだろ？」

「一度、情報を整理してみよう」

周辺を調べたことで得た情報と、ソラとルナの証言を照らし合わせて、確かなものを並べていく。

「ソラとルナが見た記憶の中には、アリオスが祠を壊す、というものも含まれていた」

「それと、祠は剣のようなもので壊された跡があったんだよね」

「っていうことは、祠を壊した犯人は勇者で間違いないわけね」

俺のフォローをするように、カナデとタニアがそう続いた。

二人に頷いてみせながら、言葉を続けて、推理をしていく。

「ああ、それは間違いないと思う。問題は、どうしてそんなことをしたのか、だ」

「祠に封印されている悪魔を解放したかった……などでしょうか？」

「あの勇者のことだから、単なる憂さ晴らし、っていう説もあるのではないか？」

「いや。さすがにそれはないと思う」

ソラとルナがそんなことを言うけれど、それは否定しておいた。

一時期、アリオス達と一緒に旅をしていたからわかるのだけど、アリオスは名声を強く欲するタイプで、勇者の名前に傷がつくことを極端に嫌う。

悪魔を解放しようとしたり、憂さ晴らしに神聖な祠を壊すようなことをしたら、どんな結果を招いてしまうか？　それがわからないほどバカではないだろう。

「ってことは……祠を壊すことこそが目的だった？　あるいは、祠の中にあったかもしれない、何かを欲していた？」

「あるいは、悪魔の力を得ようとしていた、かしら？」

「そうだな……少しずつ、真実に近づいているような気はする」

アクスとセルの推理は、なかなか核心をついているように思えた。

それでも、根拠がない。証拠もない。

ここであれこれ話し合っていても埒《らち》が明かないな。

「……よし、決めた」

「にゃん？　どうするの？」

「一番、手っ取り早く、確実な方法をとる」

「っていうと……勇者をヤルのね⁉」

「違うから」

どうして、タニアの発想は、いちいち物騒なんだろう……？

竜族って、みんなこうなのだろうか？

「そんなことはしないさ。まだ、なんともいえない状況だからな……あくまでも穏便に、だ」

「ふむふむ。というと……？」

「基本は話し合いで。時と場合によっては強引に。そんな感じで、直接、アリオスを問い詰める」

～ Arios Side ～

日が暮れて、一日が終わる。

アリオス達は宿へ移動した。ジスの村人が用意してくれたところで、村一番の宿だ。とはいえ、場所が場所なので豪華というわけではないが。

「あー、疲れた……さっさと風呂に入りたい気分だわ」

「そうですね。今日は色々ありましたから、さすがにゆっくりしたい気分ですね」

リーンがうんざりした様子でぼやいて、ミナがそれに追随した。

パゴスの村人の慰問を行い、その後、悪魔への対抗策を一緒に話し合った。悪魔に怯える村人達に声をかけて回る。

それらの地味な作業に、リーンを始め、勇者パーティーは辟易《へきえき》としていた。

「ねえねえ、こんなことホントにしないといけないの？　地味すぎてイヤになるんですけどー」

「そのようなことを言ってはいけませんよ。力なき人々を導くことも、私達の使命なのですから」

「でもさー……今まで、そんなことしてないじゃん」

リーンの指摘はもっともだった。アリオス達は魔王討伐を最優先にしているため、そのレールから外れるような些事《さじ》に構うことはない。

さすがに、目の前で魔物に襲われている人がいれば、仕方なく助ける。しかし、遠くで村が襲われていると聞いても、足を運ぶことはない。

それなのに、今回は別だった。わざわざパゴスまで足を運び、悪魔と戦い、村人を救う。

いつもと違うアリオスの行動に、リーンは疑問を抱いていた。

「その件については、以前に話しただろう？」

アッガスが説明するように口を開いた。

「ホライズンの一件で、俺達の評判が下がってしまったからな。このままでは旅に支障をきたすかもしれない。事実、物資の補給に手間取った」

「だから、たまには善行を積んでおこう、っていうわけだよ」

アッガスの言葉を引き継いで、アリオスがそう言った。

「ま、それは聞いたけどねー。やっぱり、実際にやるとめんどくさいってゆーか。あたし達がやるべきことじゃない、ってゆーか」

「いいじゃないですか。簡単に終わったことですし」

「でも、めんどくさいですけどー」

「確かに面倒ではあるが、でも、簡単な仕事だろう？　なにしろ、悪魔は僕達の味方なんだから」

アリオスは、とんでもない事実をさらりと言ってのけた。

アリオスが天の指輪を手に入れた時に出会った女の子……彼女こそが悪魔だった。

具体的に言うと、絶滅したと言われている天族の少女だ。

人に強い恨みを持っている様子で、放置すれば大きな被害が出るだろう。

しかし、アリオスは彼女を止めるようなことはしなかった。むしろ、利用しようと考えた。

彼女は、パゴスを襲うと宣言した。

そのことを聞いたアリオスは、彼女の好きにさせた。その上で、取引を持ちかけた。

「君の目的に協力しよう。その代わり、僕達の引き立て役になってくれないか？」

そんな取引を持ち出されるなんて、女の子は夢にも思っていなかったらしく、話を聞いて大いに笑った。

まずは、女の子はアリオス達のことを気に入り、協力関係を築くことに決めた。

まずは、宣言した通りに女の子がパゴスを襲う。

ある程度したところで、アリオス達が乱入する。激しい立ち合いを演じてみせて、適当なタイミングで女の子は撤退する。

こうすることで、パゴスの村人達を救った英雄アリオスの誕生……というわけだ。

全て、悪魔と裏で繋がっていたからこそできた芸当だ。

おかげでアリオスの名誉は回復された。さすがは勇者と称えられて、たくさんの人の命を救った英雄と呼ばれることになった。


「まあ、確かに楽な仕事よねー。ちょっと小芝居をするだけで、すごいすごいって、そこらの人がみーんな、あたし達のこと称えてくれるんだから」

騙《だま》される方が悪いと言うように、リーンが楽しそうに笑う。

「少し罪悪感はありますが……まあ、仕方のないことですね」

ミナも、計画の発起人であるアリオスを咎めることはない。むしろ仕方ないと割り切っていた。

ホライズンの一件で、勇者パーティーの評価が落ちてしまった。それを回復しなければいけない。そのためなら、手段を選んではいられない。

それが、ミナの出した結論だった。

「いいタイミングで彼女に出会うことができた。運がいいな」

「せっかくだから、もっかい暴れてもらう？　でもって、適当なところであたしたちが助けに入るの。そうすれば、今以上にすっごい感謝されるよ」

「私達の名前を広げることは、後々、役に立つでしょう。必要ならば、もう一度……というのも検討してもいいかもしれませんね」

アリオスもリーンもミナも、自らの行いを恥じることはない。

何をしても許される。それこそが、自分達に付与された特権だ。そのように考えていた。

……ただ一人を除いて。

「やはり、まずかったのではないか？」

アッガスが重い口調で言う。

そんなアッガスに対して、アリオスは、またかと言うような感じでうんざりした表情を見せた。

「話を蒸し返さないでくれよ。みんなで決めたことだろう？」

「アリオスが勝手に話を進めて、引き返せないところまで進んでいたせいだろう？　反対しようにも、すでに手遅れという状況だった」

「それでも、最終的にはみんなが納得した。君も含めて、だ」

「それはそうだが……」

「ねえねえ、なにが不満なの？　あんな簡単なことで、あたし達の名前を売ることができたんだから、すっごいお得じゃん」

アッガスも、楽をできるのならばそれに越したことはないと思っている。

それに、ホライズンの一件で落ちた評判を元に戻さないといけないと考えていたため、なにかしらの行動に出ないとまずいとは思っていた。

しかし、だ。

本当に、イリスに手を貸してよかったのだろうか？

アッガスは、イリスと名乗る女の子のことが気になっていた。

あれは、本当に悪魔ではないのか？　こちらの予想以上に、恐ろしい相手ではないのか？　そんな存在と手を組んでしまって大丈夫なのだろうか？

嫌な予感は消えてくれなくて、気がつけば、反対意見を口にしていた。

「アッガスはなにが不満なんだい？　村人達を騙すようなことをしたのがダメなのかい？」

「いや、それは大して気にしていない」

アッガスは、アリオスの計画そのものに反対はしていない。反対しているのであれば、イリスを解放した時に止めている。

そうしないところを見る限り、アッガスの性根もなかなかに腐っていた。

「なら、なにが引っかかる？」

「……イリスのことだ」

アッガスは腕をさする。その腕には、鳥肌が立っていた。

「アリオスは、この後、イリスをどうするつもりなんだ？」

「うん？　どうする、とは？」

「このまま放置しておくのか？　それとも、適当なところで討伐するのか？」

「そうだな……」

少し考えた後、アリオスは笑みと共に言う。

「彼女は、まだまだ利用価値がある。もう少し協力してもらおうじゃないか」

「やめた方がよくないか？　あれは危険な気がする。いつまでも利用しようとしないで、タイミングを見て、始末した方がいいかもしれん」

アッガスはイリスの笑みを思い返した。

イリスの冷たい笑みからは、強烈な殺意を感じた。ひどく人間を恨んでいるのだろう。

そんなイリスが、人間を対等な存在に見ているなんていうことは、絶対にない。なにかがあれば簡単に裏切るだろう。

裏切るだけなら、まだいいかもしれない。時と場合によっては牙を剝いてくるだろう。

アレは、そういう存在なのだ。パゴスの村人達が口にしていたように、本物の悪魔なのかもしれない。それだけの脅威と凶悪さを、アッガスは感じ取っていた。

そんな相手と手を組んでしまった。力を貸してしまった。解放してしまった。

今更ながら、とんでもないことをしたのではないか？　と、体が震えてくる。

「まあ、アッガスの忠告は受け止めておくが……それでも、彼女には利用価値がある。しばらくは、僕達の都合のいい駒になってもらおう。それでいいね？」

「……わかった。アリオスがそう言うのならば、文句はない」

「大丈夫さ。アッガスは心配性だな。僕達がイリスと手を組んでいることが知られることなんて絶対にないし……それでも心配というのならば、きちんと彼女をコントロールすればいいだけのこと。そうだろう？」

「……ああ、そうだな」

アリオスの言葉に同意するものの、悪い予感はいつまでも消えることはなかった。

～ Another Side ～

とある男が、リバーエンドの小さな路地を駆けていた。汗を流し、涙をにじませながら、全力で逃げていた。

どうしてこんなことに？

男はまっとうな職業についていない、裏の世界の人間だ。弱いものを脅し、時に暴力をふるい、金を搾取する。恐喝に始まり、誘拐、殺人、人身売買……ありとあらゆる犯罪に手を染めてきた。

それでも、男が捕まることはなかった。

巧妙に騎士の捜査をかいくぐり、時に、金を握らせることで難を逃れてきた。

だから、男はこれっぽっちも考えていなかった。自分が追う立場から、追われる立場になるなんて、欠片も想像したことがなかった。

しかし、今、男は追われていた。

「な、なんだよ、あの化け物は……！」

簡単な仕事のはずだった。街を散歩ついでに練り歩き、いつものように上玉の商品を拉致する。リバーエンドは人の行き来が盛んなので、よく上玉を見つけることができるのだ。

この場合、上玉というのは女性のことだ。金持ちの好事家などに奴隷として提供すれば、かなりの額を稼ぐことができる。

もう何度も繰り返してきたことなので、だいぶ手慣れていた。

ただ、用心することは忘れない。念のために複数の部下を連れていた。いずれも手練の者で、Cランクの冒険者並の実力がある。よほどのことが起きない限り、問題はないはずだった。

しかし、その考えが甘かったということを、男は思い知らされることになる。

どこからともなく現れた女の子が、男達を駆逐した。一方的に蹂躙した。

どうすることもできず、部下がやられている間に逃げるのが精一杯だった。

「はぁっ、はぁっ……振り切れたのか？」

男は足を止めて、恐る恐る背後を振り返った。

そこには誰もいない。

「ふぅ……」

男は安堵《あんど》の吐息をこぼした。

激しい動悸《どうき》を落ち着けるように胸に手をやり、それから、ギリギリと奥歯を噛む。

「どこのどいつか知らねえが、ふざけたことをしやがって。くそっ、俺に楯突《たてつ》くやつは殺してやる。今すぐに、残りの部下を集めて……」

「ねえ。残りの部下って、この連中のことかしら？」

「え……？」

男の前にナニカが落ちてきた。ころころと地面を転がり、赤い液体を撒《ま》き散らす。

それは、人の生首だった。

いずれも苦悶《くもん》の表情を浮かべていて、凄惨な最期を迎えたことが想像できる。

「ひっ……!?」

男は腰を抜かした。

そんな男の前に、空から女の子が降り立つ。

翼でも生えているように、ゆっくりと降下して……そっと、地面に足をつけた。

「ごきげんよう」

「なっ、あっ……て、てめえは……」

男は声を震わせた。

この女の子は見た目通りの存在ではない。中身は悪魔といっても過言ではない。

屈強な部下達を一瞬で皆殺しにできる、圧倒的な力を持つナニカだった。

「ど、どうして、こんな真似を……俺が、誰だと……」

「ふぅ……つまらないですわね」

「な、なに？」

「もっと、色々な言葉を聞かせてくれると思ったのですが、とてもつまらないですわ。ありきたりな言葉だけ。もっとわたくしを楽しませてくれませんか？」

「な、なにを……」

「あなたはもういりませんわ。さようなら」

「……あ……」

女の子が手を軽く横に振る。

その軌跡に従い、鋭いものが宙を駆け抜けた。男の胴体と頭部が切り離されて、最後まで自分に何が起きたのか理解できないまま、男の意識は消えた。

「ふぅ」

イリスは、血溜まりの中でつまらなそうにため息をこぼした。

男の生首をおもちゃのように手の平で転がしながら、ぼやく。

「人間を狩れるのですから、これはこれで構いませんが……やはり、歯ごたえがありませんね。このようなゴミばかりを相手にしているというのは、さすがに退屈ですわ。やはり、ただ殺すだけというのはつまらないですわね。やるなら、生きるか死ぬかの絶妙のラインを見極めて、徹底的にいたぶる……それが一番ですわね。まあ、ダメと言われましたが」

子供がいらないおもちゃを捨てるような感じで、イリスは、ぽいっと男の生首を投げ捨てた。

「とりあえず、掃除をしておきましょうか。証拠を残すな、と言われていますし」

イリスがパチンと指を鳴らした。その音に反応して、イリスの影が不自然に広がる。

男達の死体が影に触れると、その中にゆっくりと沈んで……そして、ぐちゃぐちゃ、と咀嚼《そしゃく》する音が聞こえる。

食われているのだ。男達の肉も、骨も、血も。魂さえも、全てを食らっている。

十分ほど経った頃には、全て、綺麗さっぱり消えていた。

「はい、お掃除完了ですわ。ふふっ」

イリスは汚れを落とすように、軽くスカートをはたいた。

それから、恍惚《こうこつ》とした表情を浮かべる。

「ん……つまらない人間でしたが、それでも、断末魔の表情は素敵でしたわ。わたくしの心を揺さぶる悲鳴……できることならば、もっと聞きたかったですわね」

ぺろりと、舌なめずりをする。

「ですが……やはり、この程度では足りませんわね。もっと質の良い悲鳴を」

おぞましい行為をしているはずなのに、イリスの表情に罪悪感は欠片も見当たらない。

そうすることが当たり前。

そう言っているかのように、自然な顔をしていた。

「さて……どうしましょうか？」

あごに手をやり、イリスは考える仕草をとる。

イリスは、とある人間と取引を交わした。自分を解放してくれた礼に、しばらくの間、その人間の言葉に従うというものだ。彼の言葉に従い、パゴスの村の人間は殺さないでおいた。それから、人間と戦うフリをして撤退した。

それからリバーエンドに行き、人間からの指示を待っている状態だ。

待っている間、大きな事件は起こさないという約束が交わされている。なので、イリスは、こうした軽いつまみ食い程度にとどめている。

本来なら、我慢なんてしたくない。パゴスを破壊したように、人間の街なんて蹂躙してやりたい。街に住む人間を一人残らず絶望の底に叩き落としてやりたい。

そうするだけの権利が自分にはあるのだから。

「よくよく考えてみれば、最初のお願いで義理は果たしたと考えても問題はありませんわね」

しばらく考えた末に、イリスはそんな結論を出した。

所詮、人間なんかと交わした約束だ。それを律儀に守り続ける理由なんてない。どうせ、そのうち殺そうと思っていた相手だ。約束を破り、責められたとしても気にすることはない。

「そうですわね、そうしましょう。わたくし、なんてつまらないことをしていたのかしら」

にぃ……と、イリスの顔に凶悪な笑みが作られる。

「さて、さてさてさて。そうと決まれば、この後はどうしましょう?」

このリバーエンドを食らい尽くしてやろうか?

それとも、もっと大きな街で暴れてみようか?

人間の悲鳴が聞きたい。絶望に満ちた顔が見たい。泣き叫び、無様に命乞いをしてほしい。その上で、容赦なく殺してやりたい。

その時のことを想像したイリスは、恍惚感すら覚えた。

「そうですわね……それに、食べ残しはいけませんわね」

パゴスの村人達は、全員、生きている。そのままにしておくなんてことはできない。

彼らは、自分の封印に関わった、憎き人間の子孫なのだ。許すという選択肢はない。

アリオスの言葉に従い、命を奪うことなく、遊び半分にいたぶるのも楽しいと言えば楽しい。しかし、やはり物足りない。殺さなければ満たされることはない。

「ふふっ。とても楽しみですわ」

どんな声で鳴いてくれるだろう？

どんな顔を見せてくれるだろう？

そんなことを考えながら、イリスは翼を広げた。

今、悪意と狂気の塊が飛翔《ひしょう》した。

4章　災厄、再び

山を下りて、パゴスの村跡へ。

念のために、山で得た情報をもとにもう一度調査をしてみたものの、新しい手がかりを得ることはできなかった。

やはり、鍵はアリオスが握っているみたいだ。

ソラとルナが教えてくれた、冒険者の記憶が気になる。

アリオスは、いったい、なにをしでかしたのか？

直接、問い詰めないといけない。


「にゃー……なんか、久しぶりな気分」

戻りは早く、四日でジスの村に到着した。

パゴスの村との往復に一週間以上をかけているため、カナデがそんな感想を抱くのも無理はない。

「でも……なんか、雰囲気がおかしくない？」

タニアが小首を傾げた。

ソラとルナはコクリと頷《うなず》いて、それに同意する。

「そうですね。妙な雰囲気というか……以前、訪れた時とは違っていますね」

「なんというか、ピリピリしているのだ」

「なにか……あった、のかな？」

村に流れる刺々しい空気に怯《おび》えるように、ニーナが体を小さくした。

そんなニーナの頭を撫《な》でて、安心させてやる。

「ん……レイン。あり、がと」

「大丈夫。俺がいるし、みんなもいるから」

「うん……えへへ」

「それにしても……ソラとルナの言う通り、様子がおかしいな？　どうしたんだろう？」

「おーい」

先に村の様子を見ていたアクスとセルが戻ってきた。

ひどく慌てていて、いつも冷静沈着なセルも顔色を変えていた。

「なにかあったのか？」

「大変だ！　悪魔が出たらしいぜっ」

「なっ……」

俺達が村を離れている間に……？

まさか、そんなことになっていたなんて。

俺達は討伐組ではないものの、それでも、悪魔から村人を守りたいという気持ちはある。入れ違いになって被害が出ていたとしたら……

「アクス、言葉が足りないわ」

「おっと、そうだな。すまん」

「えっと……どういうことだ？」

「あー、つまりだ。道を戻った先にある、なんつったっけな……？」

「リバーエンドよ。なんで、一度通った街のことを忘れるのよ」

「し、仕方ねえだろ。とにかく、だ。そこに悪魔が現れたらしいぜ」

「リバーエンドに？　どうして、そんなところに」

「それはわからねえが……最近、不可解な失踪事件が頻発してたらしい。それで調べてみたら……」

「悪魔にたどり着いたらしいわ」

「あっ、俺のセリフ!?」

アクスが拗《す》ねたような顔になるが、セルは構わずに話を続ける。

「偶然、その場に居合わせた討伐組の一部が交戦したらしいわ。ただ、向こうに戦う気はなかったらしく、逃げられたわ。悪魔はそのままリバーエンドを離れて、このジスに向かっているみたい」

「この村に？　それは確かなのか？」

「討伐組が、悪魔が飛び去る方向を見ていたの。途中で軌道を変えたりしなければ、ここに来ると思うわ。討伐組の中に、通信魔法を使える人がいて、そのことを教えてもらったのよ」

「ただ、情報統制が甘くてな。そのせいで、この村の人達も知ることになってな」

「なるほど、だからこの雰囲気というわけか」

道理で、村全体がピリピリとしているわけだ。

パゴスの村を壊滅させた悪魔が近づいてきている。怯え、恐怖してしまうのも無理はない。

パニックになっていないのが不思議なくらいなのだけど……？

「ギルドに確認したら、このジスの周辺で悪魔を迎え撃つ方針らしいわ。今、討伐組を集結させて、こちらへ移動しているみたい」

「それは間に合うのか？」

「わからないわ。悪魔にどれだけの機動力があるのか不明だから……もしかしたら、討伐組よりも早くここに到着するかもしれないわ」

「その時は、俺達がやるしかないか」

討伐組がいないのは痛いけれど、でも、俺達だって負けてはいない。

みんながいるし、悪魔が相手だとしても、ある程度のところまでは食い下がれるはずだ。

ただ、相手は正体不明の存在だ。どれだけの力を持っているのか？　そこが気がかりだ。

できることなら、みんなを危険な目に遭わせたくないんだけど……

「ちょっと、レイン」

「うん？」

ちょんちょん、とタニアに肩を叩《たた》かれた。

タニアと一緒に、ルナが真面目な顔をしてこちらを見ている。

「今、くだらないことを考えてなかった？」

「我らを危険な目に遭わせたくないとか、そんなことを考えていたに違いないのだ」

すごいな。二人は心を読むことができるのか？

「見くびらないでちょうだい」

「我らは、どんなことがあろうとレインと一緒にいるのだ」

ルナの言葉に、他のみんなが頷いてみせた。

「確かに、危険なことかもしれないな。悪魔とやらは、我ら最強種と同じ存在か。あるいは、魔族か。どちらにしても、相当な力を持っていることは間違いないのだ。でも、だからといって、逃げるわけにはいかないぞ」

「っていうか、危険なんてことを言い出したらキリがないでしょ？　簡単な依頼だとしても、思わぬ危険に遭遇するかもしれないし」

「そういうことを気にしていたらキリがないのだ。というか、気にしてほしくないのだ。我らは仲間なのだろう？」

「心配してくれるのは、その、まあ……うれしくなくもないけど？　でもね？　そこは、心配するんじゃなくて、信頼してほしいわ」

「我らになら任せることができる。背中を預けて戦うことができる。そう思ってくれた方が、何倍もうれしいのだ」

「また同じことを言わせるつもり？」

「あっ……そっか、そうだよな。まいったな、また同じ失敗をするところだったのか」

少し前に、同じようなことを言われたのに……なにをしているんだか、俺は。成長していないというか学習していないというか、恥ずかしい。

ようやくできた俺のパーティー。大事な仲間。それを失いたくないと思うあまり、また勘違いをしていた。

危険から遠ざける、なんてことをしていたら、本当の絆《きずな》を結ぶことはできない。どんな時も一緒にいるからこそ、生まれてくるものもあるだろう。

「ごめん。確かに変なことを考えていた」

「まったくもう……しっかりしなさいよね？　レインはあたしのご主人様なんだから、もっと、強気にドーンと構えてなさい」

「うむ。主殿は、もっと図々しくなってもいいと思うぞ？」

「はは。図々しくなれるかどうか、それはわからないけど……まあ、やってみるよ」

「ただ、気にする必要はないわ。その考えの根幹にあるものは、あたしらを心配してくれている、っていうことだから……ま、悪い気分じゃないわ」

時に道を間違えてしまう俺だけど、今は、それを正してくれる仲間がいる。

それは、とてもうれしいことに思えた。

「話はまとまった？」

セルがどこか柔らかい表情で問いかけてきた。俺達のやりとりを聞いて、そんな顔になっているのだろう。やや恥ずかしい。

「っと……悪い。話を脱線させて」

「いいわ、気にしていないから。直前でごたごたするよりは、今、こうして話し合える方がいいわ」

「えっと……話を戻すけど、いざという時は俺達で悪魔を迎撃しよう。悪魔がやってくるまで、どれくらいの時間が残されていると思う？」

「そうね……リバーエンドの出来事がつい先日のことらしいから、数日くらいの猶予はあると思うわ。悪魔とはいえ、人の足で一週間もかかる道を一日以下で踏破できるとは思わないもの」

「そうだな。そこは俺も同意見だ」

「その間に、討伐隊が間に合えばよし。間に合わなかった時は、私達が迎撃にあたりましょう」

「了解だ。ただ、他にもやらないといけないことはたくさんあるな。住民の避難に、火事の備えに……商人がやってこれなくなるし、食料の備蓄もしておきたいところか。忙しくなりそうだ」

「ねえねえ、レイン」

くいくい、とカナデが俺の服を引っ張る。

「悪魔のことはいいんだけど、勇者の方はどうするの？」

「……そこなんだよな」

頭の痛い問題だ。

「勇者が悪魔を封印していた祠《ほこら》を壊したんだよね？　で、そこにいた冒険者も殺しちゃったんだよね？　絶対、なにか悪いことを企んでいるよ！　問い詰めないとっ」

「いや……今は、それはダメだ」

「え？　なんで？」

こちらの答えが予想外だったらしく、カナデが不思議そうな顔をした。

他のみんなも、なんで？　というような顔をしている。

「真偽はわからないが……アリオスは、ここにいる人達にとって英雄だ。そんな者が、実は裏で悪いことを企んでいました、ってことがわかったらどうなると思う？」

「えっと……怒る？」

「大体、正解。普通なら、みんなでアリオスを問い詰める流れになって、大混乱が起きる。それは、今はまずい」

悪魔の襲来に備えなければいけないのに、そのような騒ぎが起きたら悪魔どころじゃなくなる。迎撃をするどころではなくなり、下手をしたら自滅してしまう。

「じゃあじゃあ、勇者は放置しておくの？」

「矛盾しているかもしれないけど、できれば、それはしたくないんだよな」

騒ぎにするつもりはない。しかし、放置しておくつもりもない。

仮に、アリオスがなにかしらの証拠を持っていたとして……時間が経てば、それを処分してしまうかもしれない。他にも、時間が経てば経つほど、手がかりが失われてしまうかもしれない。そういう可能性があるんだよな。

なので、それは避けたい。できることなら、先に悪事の証拠を摑《つか》んでおきたい。

村人達に見つかることなく、アリオス達を問い詰めることはできないだろうか？　いや……それは難しいか。今や、アリオス達はこの村の英雄だ。悪魔が迫っている今、誰もがアリオス達を頼りにしているだろう。

そんな状況で、こっそりというのは無理がある。

「ひとまず、アリオスのことは後回しにしよう。今は悪魔の迎撃を最優先に考えないと」

「にゃー……スッキリしないにゃ」

「我慢してくれ。一段落ついたら、必ず問い詰めるっていうことで……」

「うわあああああっ、悪魔だ⁉　悪魔が出たぞ――――‼」

静寂を切り裂くように、村人の悲鳴が聞こえてきた。

「悪魔って……どういうことだ⁉　おい、セルっ。数日はかかるはずなんだろ⁉」

「そ、そのはずだけど……予想以上に敵の動きが早い？　それでも、ある程度は余裕を含めて計算しておいたのに……私達の想像を遥《はる》かに超える力を？」

慌てるアクスはセルを問い詰めた。

しかし、セルも困惑しているらしく、明確な回答は持ち合わせていないようだ。

とにかく、なぜ？　と議論している場合じゃない。

「考えるのは後回しだ！」

「声は村の入り口の方から聞こえてきたよ！」

カナデが先頭を行き、みんながその後に続いた。

動揺する村の中を一気に駆け抜けて、入り口へ移動する。

「あらあら、千客万来ですわね」

以前、リバーエンドで出会った銀髪の女の子がそこにいた。

ジスの村の人達など、詳しい事情を知らない人は、イリスを見て不思議そうにしていた。

しかし、パゴスの村の人達は、彼女を見て悲鳴をあげていた。恐怖に囚われて、へたりこんでしまう人もいた。その反応で全てを理解する。

イリスが……悪魔だ。

「ふふっ、サプライズで登場した甲斐《かい》はあったみたいですわね」

恐怖に震える村人達を見て、イリスは笑っていた。虫を見るような冷たい視線を向けて、そんな人々の状態を、楽しそうに笑っていた。

リバーエンドで出会った時、異質な感じはしたものの、強烈な違和感を覚えることはなかった。

しかし、今は違う。

はっきりとした悪意と狂気を感じることができる。イリスという悪魔の本質が見えた。

まさか、これほどのものを抱えていたなんて。なんていう女の子なんだ。

「あら？」

ふと、イリスの視線が俺を捉えた。

「あらあら？　あなたは……」

「……久しぶり、だな」

「ええ、久しぶりですわね、レインさま。ごきげんよう」

イリスはスカートの端を指先でつまみ、礼儀正しく頭を下げた。

場が場でなければ、貴族の令嬢と間違えていたかもしれない。

「ふふっ、このようなところで再会するなんて、これはもしかして運命でしょうか？」

「運命か……うん、そうかもしれないな」

「あら、素直に認めるので？」

「いくらなんでも、タイミングがよすぎるからな。そういう考えもしたくなるさ」

「ふふっ。やはり、不思議な方ですわね。わたくし、レインさまは嫌いではありませんわ」

イリスは優しく笑う。

それでも警戒を解くことができない。むしろ、嫌な予感ばかりが膨らんでいく。

みんなも同じように危機感を抱いているらしく、いつでも動けるように身構えていた。

「レイン、レイン。あの子が以前に会ったっていう？」

カナデがこっそりと、小声で尋ねてきた。

イリスの方から目を離さず、頷くことで応える。

「ああ。あの子がイリスだ」

「にゃー……なんていうか、運命的なものを感じるね」

「なんだ、この騒ぎは？」

ジスの村の警備についている冒険者が、騒ぎを聞きつけてやってきた。

冒険者は、騒ぎの元凶がイリスと判断したらしい。

ただ、その脅威は判定できなかったらしく、無防備に歩み寄る。

「おいっ、待て!? 　うかつに……」

アクスが慌てて止めようとするが、遅い。

「君がこの騒ぎの原因か？　いったい、なにをしているんだ？」

イリスが悪魔とは思ってもいないらしく、冒険者が彼女の肩に触れた。

瞬間、イリスの顔が険しくなる。まるで、汚物に触れられたというような態度だ。

「触らないでくれますか？」

「なんだって？」

「人間ごときが、わたくしに触らないでくれません？」

「なにを……ぎゃっ!?」

イリスが、蚊を払いのけるように、無造作に冒険者の手を振り払う。

たったそれだけの行為で、冒険者は数メートルも吹き飛んだ。

背中から村を囲う柵に激突して、そのまま気絶する。

「あら、まだ生きていますのね。虫と同じで、しぶといですわね」

イリスは手を振り上げて……なにをするかわからないが、トドメを刺そうとしていた。

まずい！

慌ててナルカミを起動して、ワイヤーをイリスの腕に絡ませて、その動きを止めた。

「……どうして、邪魔をするんですの？」

「するに決まっているだろう。イリス。お前……その冒険者を殺そうとしたな？」

「ええ、ええ。もちろんですわ」

イリスはにっこりと笑う。邪気がまるでない。

つまり……そうすることが正しいと、心から信じているのだ。自分の行いが悪いことなんて、欠片も思っていないのだ。

この女の子は危険だ。いや、危険なんて生易しいものじゃない。破滅的だ。

今になって、ようやくそのことを確信する。

「汚いものに触ったら消毒をするでしょう？　でも、わたくしはそれだけでは我慢できません。汚物の根本を消滅させないと、気が済まないのです」

イリスが軽く手をひねる。なにをしたのかわからないが、たったそれだけで、腕に絡みついていたワイヤーが切断されてしまう。

ただ、イリスの注意をこちらに向けることには成功したらしく、彼女はこちらをじっと見つめていた。もう冒険者のことは気に止めていないようだ。

「レイン様は、このようなところで何を？」

「最近、世間を騒がせている悪魔に関する調査をしてて……それでここに来た」

「まあ、そのようなことを。それで、成果はありましたか？」

「それなりにな。悪魔を封印する方法を見つけたところだ」

「にゃん？　レイン、そんなことはむぐぅ⁉」

「しー、黙ってなさい」

後ろで余計なことを言おうとしたカナデが、タニアに口を塞がれるのが見えた。

カナデには申し訳ないけど、正直、ありがたい。

封印方法を見つけたなんて、もちろんウソだ。そんなものは知らない。

でも、イリスが俺の話を信じたとしたら、意味が出てくる。単純なハッタリなのだけど、多少の牽制《けんせい》はできるかもしれない。

「そうですか。封印方法を……それはどのようなものなのか、教えていただけませんか？」

「俺よりも、イリスの方が詳しいんじゃないか？」

「と、いうと？」

「……イリスが、悪魔なんだろう？」

「ええ、そうですわ」

あっさりと、イリスは悪魔であることを認めた。拍子抜けしてしまうほどだ。

ごまかされるか、とぼけられると思っていたんだけど……こうして堂々と姿を見せているところから察するに、もう隠す必要なんてない、と考えているのかもしれない。

「確か、目的があって旅をしている、っていう話だったよな？　どうしてここに？」

「わたくしの目的に関連しているため、ですわ」

「イリスの目的について、聞いてもいいか？」

「パゴスと呼ばれていた村の人間たちを探すこと、ですわ。どちらに逃げたかまでは把握しておらず、少し時間がかかってしまいました」

「村人を見つけて、どうするつもりなんだ？」

「もちろん、決まっていますわ」

にっこりと笑いながら、イリスは無慈悲に告げる。

「殺します」

「お前……」

「前回、村を訪れた時は、ちょっとした理由があって途中で引き上げてしまったのですが……よくよく考えたら、やはり、殺しておかなかったのは間違いだと思いまして。その間違いを正しに来た、というわけですわ」

「こいつ、ふざけたことを……」

隣のアクスが声に怒りをにじませていた。その気持ちは、わからないでもない。

イリスは、人の生死に対して、なにも思うところがない。殺すことを悪いことと思っている様子はないし、殺すことこそが正しいと思い込んでいる雰囲気すらある。

そんなイリスに対して、怒りを覚えるアクスは正しい。

それでもまだ、イリスに対して、親近感を抱いている俺の方がおかしいのだろう。この期に及んでなお、彼女でなければ、と思ってしまう。

「確認するぞ？　イリスがパゴスを壊滅させたんだな？」

「残念ながら、誰も殺せませんでしたが……ええ、ええ。そうですわ。その通りですわ」

「それから、リバーエンドでも事件を起こした」

「ええ、ええ。何度か、ゴミ処理をいたしましたわ。大きな騒ぎを起こすなと言われていたため、つまみ食い程度に留めておきましたが」

起こすなと言われていた？

引っかかる言い方だけど、今は後回しにしよう。

「もう一度、聞くが……イリスが悪魔と呼ばれている存在で間違いないな？」

「ええ、ええ。認めますわ」

くすり、とイリスが笑う。

「そのようなこと、改めて確認して、どうされるつもりなのですか？　わたくしは人間の敵……それはもう理解しているでしょう？」

「そうなんだけど……な」

心のどこかで、イリスと敵対することを望まない俺がいる。

これは、どうしてなのだろうか……？

「ですが、リバーエンドでレイン様に語った言葉……あれは、全て真実ですわ。わたくし、あなたのことは気に入っていますわ。なので、積極的にレイン様と敵対することはいたしません。ここから立ち去るというのならば、そのまま見逃してさしあげますが……どういたしますか？」

「うれしい申し出だけど、ここで逃げるわけにはいかない」

「やはり、そうなりますか」

一瞬だけ、イリスが寂しそうな顔をした……ような気がした。

本当に一瞬だったから、それが確かなことだったのか自信がない。

「イリスの方こそ、引き返してくれないか？　無駄に争う必要はないし、こっちはイリスを封印することもできるぞ？」

「そのようなウソ、わたくしが信じると思いまして？　断言してもいいですわ。レイン様は、わたくしを封印する方法を知らない。だって、そのための準備がまるで整っていませんもの」

「やっぱり、騙《だま》せないか……ここで引き下がってくれたら楽なんだけどな」

「そのようなことは無理ですわ。わたくしは人間を殺したい。レイン様達は人間を守りたい。ならば、答えは一つでしょう？」

「……仕方ない、か」

できることなら、と思っていたけれど、そんな甘い考えは通用しないみたいだ。

覚悟を決めないといけない。

「……これは、どういうことだい？」

「アリオス？」

ようやく覚悟を決めたところなのに、さらに場を混乱させるように、アリオスが現れた。

アリオスはどこか憮然《ぶぜん》とした表情で、イリスを睨《にら》みつけていた。

「あら？　あなたは……」

アリオスの姿を認めて、イリスがちょっと気まずそうな顔になった。

いたずらが見つかった子供みたいだ。

一方のアリオスは、不機嫌そうだ。

アリオスに限らないけれど、不機嫌な時、人は強気になったり攻撃的になるものだ。そのせいなのか、明らかに異常な状況にもかかわらず、臆することなく強気に告げる。

「なぜ、君がここに……いや、まあいい。僕が追い払ったはずなのに、また姿を見せるとはね。よほど度胸があるのか、それとも、考えが足りないのか」

「……」

「まあいい。無用な争いは好まないから、今なら見逃してあげよう。村人達に手を上げることは許さない。すぐに消えろ。でなければ、パゴスの時と同じように痛い目にあってもらうよ」

「……はぁ」

強気な姿勢を崩さないアリオスの言葉に、イリスは、呆《あき》れるようなため息を返した。

その態度が予想外だったらしく、アリオスがわずかにうろたえる。

「な、なんだ、その態度は？　もしかして、僕が手を出さないと思っているのか？　だとしたら、とんだ勘違いだ。僕は村人たちを守るためならば、どんなことでもしよう」

「なら、わたくしと戦いましょうか」

「……なんだって？」

アリオスがぽかん、と間抜けな顔を見せた。

そんなアリオスのことを、イリスはくすくすと笑う。

「いくらわたくしを解放してくれたとはいえ、所詮は人間。しかも勇者。そのような者に、いつまでもわたくしが従うと思いまして？」

「なっ……き、貴様！　ふざけるなっ、話が違うぞ！」

「解放してくれたお礼にあなたに協力をする。確かにそういう約束でしたが、もう飽きました。そろそろあの村の者は殺したいと思っていたので、協力関係はここまでにいたしましょう」

「なっ、ぐっ。き、貴様……この恩知らずが！　よくもそんなことが言えるな。貴様は、この僕が解放してやったんだぞ⁉　それなのに裏切るつもりか⁉」

「約束は破るためにあるものですわ」

「ぐううっ……！」

アリオスは怒り心頭といった様子で、顔を真っ赤にするけれど、こいつ、自分で何を言っているのか理解していないのか？　どう考えても、今の話は聞き捨てならないぞ。

「おい、アリオス。今の話は本当か？　アリオスがイリスを解放したとか、協力関係にあったとか」

「い、いや、それは……ぐっ、そんなわけがないだろう！　僕の名誉を貶《おとし》めようと、デタラメを口にしているだけだ！」

……どういうことだ？」

「デタラメ、ねぇ……」

「なんだ、その顔は⁉　貴様ごときが、僕を疑うつもりか⁉」

「……後で、しっかりと確認させてもらうからな」

アリオスを問い詰めたい気持ちはあるが、今は、それだけの時間はなさそうだ。

イリスに視線を戻すと、笑みが深くなっていた。

まるで、大好きなごちそうを目の前にしたような、そんな顔。イリスは愉悦を表に出しつつ、闘気を……殺気をぶつけてきた。

「さあ……そろそろ、始めましょうか。ふふっ、いっぱいいっぱい楽しみましょう？」

イリスが自分を抱くような仕草をとり、続けて、天を仰ぐように両手を大きく広げた。

すると、その背から八枚の翼が生える。

「やはり、天族なのか……？」

「さあ、存分に殺し合いましょうか！」


「イグニートジャベリン！」

もはや言葉はいらないというように、イリスはいきなり魔法を撃ってきた。

炎が巻き上がり、草木が吹き飛ぶ。

イリスの魔法は相当な威力で、村の入り口に作られていた簡易門が一撃で吹き飛ばされてしまった。少し離れたところで様子を見守っていた村人達は、悲鳴をあげて逃げ出した。

それを開戦の合図とするように、イリスが突貫してきた。

「アリオス、協力しろっ！」

「ちっ、なぜ君なんかと……！」

文句を言いながらも、アリオスはイリスに手の平を向けて、魔力を収束させる。

俺も魔力を集めて、それを一気に解き放つ。

「ファイアーボール！」

「ギガボルト！」

特大の火球と紫電が同時にイリスに向かい、生き物のように食らいついた。

爆炎の嵐と雷撃の嵐が吹き荒れる。衝撃波が広がり、視界が粉塵《ふんじん》で塞がれる。

そんな中、イリスの禍々しい気配が急速にこちらに迫る。

「レインっ！」

横からカナデに突き飛ばされた。

その直後、粉塵の中からイリスが現れて、手を剣のように振るう。

シュンッ！　という鋭い音がして、さきほどまで立っていた大地に鋭利な亀裂が入る。

おそらく、魔力を刃のように編み込み、見えない攻撃としたのだろう。

「アリオスっ！」

「これは、どういうことなのですか⁉」

騒ぎを聞きつけたらしく、アッガスとミナが駆けてくるのが見えた。リーンもいる。

「え？　なんでそいつと戦ってんの⁉　そいつ、あたしらの駒になったんじゃなかったの？」

「もしかして、裏切ったのですか？」

「くっ……やはり、このような事態になったか。だから、俺は反対だったんだ」

「文句は後で言え！　今は君達も手伝え！　撃退するぞ！」

今の話を聞く限り、イリスのことはアッガス達も知っていたらしい。問い詰める対象が増えた。

とはいえ、この場を乗り切らないことには、話をすることも問い詰めることもできない。

「ったく、なんであたしがこんなことを……」

「こうなった以上、仕方ない。いくぞ、リーン、ミナ」

「はいっ！　ホーリーアロー！」

先にミナが動いて、光の矢を放つ。

「レッドクリムゾンっ！」

続けて、リーンが魔法を解き放つ。

二人の魔法は、以前に見たものと違い、威力が桁違いに増していた。

唱えている魔法は上級だけど、実質、超級くらいの威力はあるかもしれない。

なんだかんだで、あれから相当な鍛錬を積んでいたらしい。

「ふふっ」

二人の魔法を目の前にしても、イリスは余裕の笑みを崩さない。

迎撃をするわけでもなく。避けるわけでもなく。魔法に対して、無防備に体を晒《さら》している。

そういえば、さっきの俺とアリオスの魔法も効果がなかったみたいだけど、どうやって防いだのだろう？

疑問に思い、その瞬間を見極めるために、俺はあえて手を出さず、様子を見る。

ゴォッ！　と轟音《ごうおん》が響いて、リーンとミナの魔法がイリスに着弾した。

紅蓮《ぐれん》の業火がイリスを包み込んだ。続けてミナの魔法がクリーンヒットして、炎を包み込むように光があふれて、全てを浄化する。

炎と光で、少しの間視界が塞がれる。

これならば、と思う痛烈な一撃だ。最強種だとしても、それなりのダメージを与えることができただろう。

そう考えるのだけど……しかし、イリスは健在だった。

まるでダメージを負っている様子がなくて、変わらずに笑みを浮かべている。

「なっ⁉　ど、どういうことなのですか？」

「ちょっと待ちなさいよ、なにそれ⁉　どんな手品を使ったのよ！」

ミナとリーンは驚きを隠すことができず、ついつい大きな声をあげてしまう。

そんな様子が滑稽と言うように、イリスは楽しそうにしていた。

「今の……見間違いか？」

他のみんなは気がついていないみたいだけど、俺は、確かにその瞬間を見た。

ミナとリーンが放った魔法は、イリスに触れる手前で爆発したような気がする。まるで、イリスの周りに結界が張られているような。

だとしたら厄介だ。

戦いながら結界を張ることができるなんて、とんでもない力を持っていることになる。そんなことができる種族なんて、最強種でもほとんどいないはずだ。

「魔法がダメなら、こちらはどうだ⁉」

二人の魔法の爆炎を隠《かく》れ蓑《みの》にして、アッガスがイリスに接近していた。

巨大な大剣を直上から振り下ろす。タイミングは完璧、間合いも完璧、威力も申し分ない。

しかし……

「あら？　今度は、あなたがわたくしと遊んでくれるのかしら？」

「なっ⁉」

イリスは、大剣を片手で受け止めた。巨大な質量を受け止めたというのに平然としている。

そんなこと、ありえるのだろうか？

カナデなら同じような芸当はできるだろうけど、それでも、大剣の質量や威力に体が押されてしまうはずだ。

それなのに、イリスにはそういう感じがない。鳥の羽を受け止めたというようだ。

「さあ、踊ってちょうだい」

「ぐっ……おおおおぉっ⁉」

イリスが、とん、とアッガスの腹部に手を添えた。そっと、触れただけのように見えた。

しかし、実際は違ったらしく、相当な威力が秘められていたらしい。

アッガスが悲鳴をあげて、その巨体が紙のように吹き飛ぶ。

十メートル以上を飛んで、木々をなぎ倒して、何度も何度も転がり、ようやく止まる。

「あなた達には、これをプレゼントしてあげますわ」

「こ、これは……⁉」

「きゃあああっ⁉」

イリスがぱちんと指を鳴らした瞬間、ミナとリーンが吹き飛んだ。

詠唱はしていないから、魔法ではないと思うが……いったい、どういうことだ？

イリスの不可解な能力……そして、底が見えない圧倒的な力を目にして、俺は冷や汗をかいた。

「アッガス！　リーン！　ミナ！」

「くっ……大丈夫だ、問題ない」

アリオスの声に反応するように、アッガスが立ち上がる。

リーンとミナも、ふらふらしていたものの、致命的なダメージは負っていないみたいだ。

さすが、勇者パーティーというべきか。とてもタフだ。アリオスだけではなくて、他の三人も、あの時に比べるとかなりレベルアップしているみたいだ。

「おい、レイン」

「なんだ？」

「僕にタイミングを合わせろ。一気にやるぞ」

「……わかった」

アリオスにあれこれ指示されるのは気に食わないが、そんなことを気にしている場合じゃない。

イリスという災厄にどのようにして対処するか。

そのことだけを考えないと……下手したら死ぬ。

「みんなっ」

「うん！」

カナデを始め、みんながいつでも動けるように構えた。

「俺達もいるぜ！」

アクスとセルも、それぞれ武器を構えた。

「あら、あら。か弱い乙女を相手に、数の暴力で押し切ろうなんて恥ずかしくないのですか？」

「くっ、どの口がか弱いなどと！　貴様が余計なことをするから、この僕が、こんなつまらない戦いに巻き込まれているというのに……ふざけたことを！」

アリオスがイリスを睨みつけた。

殺気すら感じられる鋭い眼差しに、しかし、イリスはまったく臆することがない。

まるで、そんなものは慣れている、と言いたげだ。

「さて、さて。勇者パーティーに熟練の冒険者達。そして……わたくしと同じ最強種ですか。さすがに、少し厄介かもしれませんね」

「……そう思うのなら、投降してくれないか？」

「おいっ、レイン！　勝手なことを言うな。あの女はここで殺して……」

「戦力の差は理解しているんだろう？　なら、無理をする必要はないと思わないか？」

アリオスが口を出してくるが、無視した。イリスと手を組んでいたみたいだから、生きていられるとまずいと思っているのだろう。

まあ、それについては後回しだ。今は、イリスの脅威をなんとかしないといけない。

うまい具合に戦うことなく、この場を終わらせることができれば、一番良いパターンだ。一応、交渉することも俺達調査班の役割だ。

それと……違和感があるというか、覚悟が定まっていないというか。イリスと戦うことにためらいを覚えている自分がいた。

「投降？　わたくしが？　人間に？」

イリスは、きょとんとして……次いで、狂ったように笑う。

「ふふっ、うふふふ……あははははっ！　わたくしが人間に投降なんて……そのようなこと、するとでも？　するわけがありませんわ！　なぜ人間などに……人間なんかにっ!!」

「くっ」

狂気を孕《はら》んだ笑みと、燃えるような殺意が乗せられた瞳。その二つを向けられて、ゾクリと背中が震えた。一瞬、気が遠くなってしまうほどだ。

なぜなのか、理由はわからないけれど、イリスは人間に敵意を持っている。深い憎しみを抱いている。そのことがよく感じられた。

「……失礼。少し取り乱しました」

小さく咳払《せきばら》いをして、イリスは仮初の笑顔を顔に貼りつけた。

取り乱しているところを見られたくないと思っているのか、あるいは、自分の心を見せるような真似をしたくなかったのか。

「レイン様はご厚意で言っているのでしょうね。しかし、投降するなどということはありえませんわ。断言できます」

「なら、ここで引き返すことは？」

「レイン様は、目の前においしそうな料理があるのに、手を出すようなことはしないのですか？」

「……料理、っていうのは、パゴスの村人達のことか？」

「ええ、もちろんですわ」

「趣味が悪いな」

「あら、納得していただけないのですか？　残念です。ですが、レイン様とは種族が違いますので……価値観も異なったとしても、不思議ではありませんね」

「種族の問題じゃないと思うが……まあ、それはいいか」

「おい、レイン」

アリオスが苛立った様子で口を挟んできた。

「いつまでくだらない会話をしている？　さっさと仕留めるぞ」

「……わかっている」

心のどこかで、イリスと戦うことに抵抗感を覚えているけれど、だからといって、ここで退くわけにはいかない。俺達の後ろには、なんの罪もない人達がいるんだ。

みんなも同じ気持ちらしく、強くイリスを睨みつけて、それぞれ身構えた。

「あら、あら。怖いですわね。そのように睨みつけられたりしたら、わたくし、泣いてしまいそうですわ。怖いので……応援を呼びたいと思いますね」

「応援だと？」

「ふんっ、ハッタリだ。この周辺には、僕達と村人以外、誰もいない」

アリオスはそう断じてしまうけれど、災厄と恐れられて悪魔と呼ばれているイリスが、そんなハッタリを口にするだろうか？

「他に味方がいるというのなら、見せてほしいな」

「では、お披露目いたしますね」

芸を見せるように、イリスはまず最初に、わざとらしく一礼してみせた。

それから、綺麗《きれい》な声で呪を紡ぐ。

「我は汝《なんじ》。汝は我。この右手に集うは力。この左手に集うは印。力を与えよう。故に、現界するがいい。我が呼びかけに応じるものよ……今ここに顕現しなさい！」

イリスの足元に魔法陣が広がる。

それは時間が経過すると共に広がり、周囲の地面を覆い尽くした。

「なんだっ⁉」

「こ、これは……」

アリオスが驚きに目を大きくした。

たぶん、俺も似たような顔をしていると思う。

「ふふっ……おいでなさい、地獄の死者達よ」

イリスの声に応えるように、魔法陣から魔物が出現した。

スケルトン、ケルベロス、デーモン……ありとあらゆる魔物が現れ、その場を埋め尽くしていく。

「なんで、魔物が……どういうことだ⁉」

「レインっ、あれは召喚魔法です！」

警告するように、ソラが鋭い声を発した。

「召喚？　以前やりあった、魔族が使っていたような……？」

「あれは自分の分身体を生み出していたものなので、ちょっと違います。分身体は、召喚主を倒せばそれで消えますが、召喚魔法の場合はそういうわけにはいきません。術者を倒したとしても消えることはありません」

「マジか……」

「それだけではありません。雑魚を生み出すだけではなくて、より強い力を持った高位の存在を呼び出すことができます。しかも、数の制限なしに」

「それは反則じゃないか……？」

「はい。反則に近い魔法ですよ。それ故に、使えるものは限られていました。過去に絶滅した天族しか使えないはずなのですが……やはり、彼女は天族なのですか？」

「俺も実際に見たことはないから、なんとも言えないが……たぶんな」

「ふふっ。そこの精霊族の子、詳しいですわね」

複数の魔物を従えたイリスが笑う。それから、講義をする教師のように言う。

「ですが、もう一つ、大事な情報が抜けていますわ」

「大事な……？」

きょとんとするソラに、イリスは丁寧に解説をしてみせる。

それは、余裕の表れなのかもしれない。

「せっかくなので、教えてさしあげますわ。別に、知られて困るものでもありませんからね」

イリスは楽しそうにしつつ、俺達にとって絶望的な事実を告げる。

「召喚する対象にも制限はありませんわ。場所、距離を飛び越えて……それこそ、時間や世界すら飛び越えることができるのです。それが、天族が持つ独自の魔法……召喚魔法の力ですわ」

「なにが言いたい？」

「つまり……こういうことですわ。おいでなさい、わたくし」

イリスの足元にもう一度、魔法陣が広がる。

そこから現れたのは……

「イリスが……二人⁉」

イリスとまったく同じ姿をした女の子が現れた。

その女の子は、いったいどうなっているのだろう？　と現状を観察するように、キョロキョロと周囲を見回した。

やがてイリスと目が合うと、自分が置かれている状況を理解したらしい。

「ごきげんよう、わたくし」

「ええ、ごきげんよう」

「ずいぶんと久しぶりの召喚ですが……まあ、そちらの事情は問いませんわ。そういうルールですからね。それにしても、またですの？」

その女の子は、イリスとまったく同じ声で、そう言った。

「また、ですわ」

「あなたとわたくしは、多少は異なる部分はありますが、基本的に同じ存在。力を貸すことはやぶさかではありませんが、都合よく使われることは、少し納得いきませんわね」

「ごめんなさい。そこは反省していますわ」

「どうでしょうか？　本当に反省しているのですか？」

「反省していますわ。なので、わたくしが好みそうな状況に呼びました。ほら、たくさん人間がいるでしょう？　いくらでも殺していいのですよ」

「そうですわね……それならば、文句を言うのはやめにいたしましょう。確かに、わたくし好みの状況ですわね」

「あなたは、わたくし。わたくしは、あなた。自分の好みなら理解していますわ。ふふっ」

「そうですわね、ふふっ」

二人のイリスが笑う。

これはどういうことだ？　夢でも見ているんだろうか？

「レイン……気をつけてください。あれも、本物のイリスですよ」

ソラが顔をこわばらせながら、そう忠告してくれた。

「二人とも本物、っていうわけか？　しかし、どういう原理なんだ……？」

「おそらく、並行世界の自分を召喚したのかと」

「並行世界……？」

「えっと……こんな状況なので細かい説明は省きますが、行き来することはできませんが、この世界と同じような世界がたくさん存在している、と考えてください。イリスは、その無数の世界の中から、自分を召喚したのかと」

「それは……言い換えると、もっとたくさんの自分を召喚できる、っていうことにならないか？」

「ふふっ、それもできますわ」

俺達の会話を聞いていたイリスが、笑みと共に答えた。

「ただ、全てのわたくしが協力的とは限りませんからね。異なる可能性の世界なので、中には心変わりしたわたくしもいるので、無限というわけにはいきません。とはいえ、あと十人くらいなら召喚できますわ。もっとも、魔物達ともう一人のわたくしで十分だと思いますが」

どうやら、これ以上の召喚は行わないらしい。

こちらを侮っているのか、それとも、適正な判断なのか。

どちらにしても、そこに付け入る隙があるかもしれない。

「では……改めていきますわよ？　簡単に死なないでくださいね？　ふふっ」

二人のイリスと魔物の群れが一斉に襲いかかってきた。

「アリオスっ、そっちでイリスを一人頼む！　アクスとセル、それとソラとルナは魔物の群れを！もう一人のイリスは俺とカナデとタニアが迎え撃つ！」

「君の指示など……！」

「そんなことを言っている場合か！」

「くっ、仕方ない！」

アリオスは舌打ちを一つした。それから、アッガス達を連れてイリスの迎撃にあたる。

イリスの力は底が知れないけれど、アリオス達は勇者の名を持つパーティーだ。相手を侮ることなく、冷静に戦うことができれば、最強種が相手でもなんとかなるはずだ。

「アクスとセルは……」

「おうっ、魔物の相手だな？　レインの指示に従うぜ」

「横やりは入れさせないわ。私達に任せて」

頼もしい返事が返ってきた。

「頼む。ソラとルナをそっちに回すから……ソラ、ルナ。いけるな？」

「はい。問題ありません」

「ふふん、我らだけで問題ないくらいだが……まあ、たまには援護に回るのも悪くないぞ」

二人は大丈夫というように、しっかりと頷いてみせた。

それにしても、最近、ルナの態度がタニアに似てきた気がする。感化されているのだろうか？

最後に、カナデとタニアに声をかける。

「俺達はイリスを迎え撃つぞ！」

「にゃんっ！」

「ええ、了解よ！」

「カナデとタニアは、俺と一緒に前衛だ。卑怯《ひきょう》かもしれないが、数の利を活かして戦うように。

ニーナとティナは二人ワンセットで行動！　合間を縫って、サポートを頼む」

「ん……がん、ばる！」

「任せとき－！」

ニーナはヤカンをしっかりと抱えながら、強い顔をした。

出会った頃は儚《はかな》く簡単に消えてしまいそうに見えたけど、今はとても頼もしい。

「いくぞっ！」

「「「おうっ!!」」」

～ Another Side ～

「へへっ、ようやく俺の活躍を見せる時が来たな」

アクスは腰に下げている剣に手を伸ばした。

鞘《さや》に収められている状態でも、刀身が普通のものより細いのが見てわかる。また、わずかに湾曲しており、独特の形状をしていた。

東大陸だけで作られているという特殊な剣……カタナだ。

迫りくる魔物の群れを前にしたアクスは怯《ひる》むことなく、むしろ、楽しそうに笑う。

カタナの柄を握り、納刀した状態で構える。

軽く前かがみに。それでいて、いつでも踏み込めるように片足は前に。

同じく東大陸のみに伝わる剣技の抜刀と呼ばれる技術だ。

「ここで良いところを見せれば、セルも俺の魅力に気づいて……よし、やる気が出てきたぜ！　見ていろよ、魔物共！　ここから先は通さねえよ！　この俺がいる限り……」

「『ドラグーンハウリング!!』」

なにやらアクスが前口上を口にしたところで、横からソラとルナの魔法が炸裂《さくれつ》した。

竜の咆哮《ほうこう》に似た衝撃波が魔物の群れを飲み込む。

「俺の出番が……」

なにやらアクスが肩を落とすけれど、そのことに気がついた様子はなく、ルナが高笑いする。

「ふっはっは！　見たか、我らの力を！」

「ルナ、油断してはいけません。あまり効いていないみたいですよ」

「むぅ？　なかなかやるではないか。雑魚ばかりではないということか」

「次は威力を収束させますよ」

「がってんしょうち、なのだ！」

「インフェルノバースト！」

「テンペストエッジ！」

再び、ソラとルナの魔法が炸裂した。炎の竜巻が魔物の先頭集団を飲み込み、さらに、そこへ真空の刃が乱舞する。

双子の合体攻撃に、今度こそ魔物は沈黙した。

しかし、それは一部にすぎない。後方には山程の魔物の群れがいた。

「むぅ、めんどくさいのだ。超級魔法でまとめて吹き飛ばしてもいいか？」

「ダメですよ。そんなものを使ったら、村まで巻き込んでしまいます」

「地味にやっていくしかないなんて、めんどうなのだ……でも、やるしかないのだ！」

「その意気ですよ」

ソラとルナは小さく笑顔を交わして、それから魔物の群れを睨みつける。

「アブソリュートストライク！」

魔物達の進軍を制止するように、空から氷塊が降り注いだ。魔物達を押しつぶして、氷漬けにして、その足を止める。

それでも、全ての魔物の足を止めることはできない。着弾を免れた魔物達は、悶《もだ》え苦しむ仲間達を振り返ることもなく、ソラとルナへ突撃する。

しかし、それはルナの予想の範囲内だった。

「ふふーん、単純なヤツらなのだ。ソラに誘導されて、とある箇所に集められているとも知らず」

「解説はいいから、早くしてください」

「うむ。任せろなのだ！」

ルナの手に光が集まる。それを魔物達に向けて、力ある言葉を紡ぐ。

「フラッシュインパクト！」

光と衝撃波が炸裂した。それらは突出していた魔物の先頭集団を飲み込む。

ルナがよく好んで使う広範囲魔法だ。複数の相手を光と衝撃波で打ち倒すことができる。

ただ、今回ルナは、魔法をアレンジしていた。

範囲を通常よりも狭く絞る。その結果、通常の何倍もの威力を叩き出していた。

ただ魔法を唱えるだけではなくて、その構造式に手を加えて、内容をアレンジする。スズとの特訓で身につけた力だった。

そして、ソラも新しい力を手に入れていた。

右手を魔物に向ける。

「ヴォルテクスランス！」

左手を魔物に向ける。

「イグニートランス！」

紫電と紅蓮の槍《やり》が放たれた。

複数の魔法の同時使用……それが、ソラの得た新しい力だ。常人には考えられない力だ。

魔法を使うには、構造式を頭の中で構築する必要がある。それは膨大な精神力が必要とされて、普通は、一つを構築するので精一杯だ。

しかし、ソラは同時に複数の魔法式の構築をやってのけた。精霊族だからということもあるだろうが、それ以上に、個人の才能が関係しているのだろう。

ちなみに、ソラが使用した同時詠唱は、レインが使用する連続詠唱とはまた違う力だ。

あちらは一つの魔法を一度に複数展開する力。

対するこちらは、複数の魔法を一度に展開する力……ということになる。

これも、スズとの特訓で得た成果だ。

「ぬわっ、なんなのだ、それは⁉」

ソラの同時詠唱を目の当たりにして、ルナが驚いた。

そんな妹の反応に、ソラはニヤリと笑う。

「ふふふ、これがソラの切り札ですよ」

「複数の魔法を同時に使用……？　まさか、そのようなことが……」

ルナは驚きのあまり、ついついぽかんと口を開けてしまう。

同じ精霊族のルナでさえ驚くほどの技術だ。

「ど、どうすればそんなことができるのだ⁉」

「教えてほしいですか？」

「教えてほしいぞ！」

「でも、教えません」

「むきゃ――――、なのだ！」

じたばたと暴れるルナを見て、ソラは優越感に浸る。

日頃、なにかと小生意気な妹に、姉としての威厳を見せつけることができた。ああ、なんて気持ちいいのだろう。

戦いの最中だというのに、そんなことを考えていた。

「グルァッ！」

そんな二人の隙を狙うように、犬型の魔物が飛びかかる。

ソラとルナは身構えた。襲いかかる魔物を迎撃するべく、無詠唱で魔法を……

「ふっ！」

瞬間、魔物が横に両断された。

やったのはアクスだ。神速の勢いでカタナを抜刀して、そのまま魔物を切り伏せた。

速い、とソラとルナは目を大きくした。

ソラとルナは魔法の専門家ではあるが、最強種なので動体視力にも優れている。

そんな二人でも、アクスの斬撃を視認することができなかった。

一陣の風が吹いた。そう思った次の瞬間には、魔物が絶命していたのだ。

「しっ！　せいっ！」

抜刀したアクスは、そのまま次々と魔物を切り倒していく。いずれも一撃だ。

また、流れるような動作で、一切の隙がない。

「おぉ……すごいのだ。ちゃらんぽらんな男ではなかったのだな」

「さすが、Aランクですね。ちゃらんぽらんな男ではないのですね」

「そういうことは余所で話してくれないか⁉　聞こえてるんだよっ」

アクスは魔物と戦いながら、器用にツッコミを入れた。

「それはまあ……」

「聞こえるように言っているから、当たり前なのだ！」

「あのなっ！」

怒鳴り声を上げながらも、アクスの動きに乱れはない。研ぎ澄まされた刃を冷静に振り続けて、襲いかかる魔物を見事な動きで屠《ほふ》る。

しかし、敵の数が多い。それだけではなくて、ある程度の知能を有しているらしく、魔物達はアクスを取り囲むように展開した。

それでもアクスは慌てることはない。落ち着いたまま、目の前の敵を切り捨てていく。

なぜそんなことができるのか？

彼には、頼りになる相棒がいるからだ。

「ふっ！」

後方にいたセルが弓を引き絞り、矢を放つ。

矢は吸い込まれるように、アクスを襲おうとしていた魔物の頭部に刺さる。頭部を貫通するほどに深く刺さり、魔物は悲鳴をあげることもできず絶命した。

「グァッ！」

仲間がやられたことで、魔物達がセルのほうを向いた。数匹の魔物がセルに襲いかかる。

セルの得物は弓だ。遠隔戦闘でこそ真価を発揮するが、距離を詰められたらどうしようもない。

どうしようもないはずなのだけど……

「ふっ！　はっ！」

セルは慌てることなく、自分に向かう魔物に向けて矢を放つ。その正確無比な射撃に、二匹の魔物が地に沈んだ。

仲間の死に足を止めることなく、魔物がセルに迫る。

セルは三本の矢を同時につがえて、まとめて一気に放つ。矢は意思を持つ鳥のように飛翔《ひしょう》して、それぞれ魔物の頭部を貫いた。

それでも、生き残りの魔物が存在していた。仲間を犠牲にすることでセルに肉薄した。

セルは弓を棍《こん》のように回転させて、魔物を殴りつけた。そして、怯んだ隙にゼロ距離からの射撃を叩き込んでいく。

近距離、遠距離共に優れた戦闘を披露して、セルに襲いかかろうとしていた魔物は全滅した。

「うわ……すごいのだ。どうやれば、あんな動きができるのだ？」

「この前の超遠距離射撃もすごかったですが……近接戦闘ができる遠隔職なんて、聞いたことがありませんよ。どうなっているんでしょうか？」

ルナとソラが唖然《あぜん》とした。それくらい、セルの戦いは常識の外にある。

そんな戦いを見せつけられて、二人は奮起する。

「姉よ！　我らも負けていられないのだっ、いくぞ！」

「ええ、そうですね！」

アクスやセルに負けていられない。

やる気をさらに出した二人は、新たな魔法を詠唱した。

◆

「ぬぅんっ！」

アッガスの大剣が唸《うな》りをあげてイリスに襲いかかる。

しかし、イリスは涼しい顔をしたままだ。先程の光景を再現するように、眉をピクリとも動かすことなく、片手で受け止めた。

その手に傷がつくことはない。また、やはりというか、圧に体が押されるということもない。

「ちっ、なんなんだこの頑丈さは⁉」

「ふふっ、その程度なのですか？　だとしたら、残念ですわね」

「アリオス！」

「わかっている！」

アッガスは剣を握る手にさらに力を込めた。そのまま薙《な》ぎ払うようにして、イリスを吹き飛ばす。

そうして体勢が崩れたところに、アリオスが魔法を叩き込む。

「ルナティックボルトっ！」

極大の雷撃が降り注いだ。まるで、天から巨大な神の拳が落ちてきたみたいだ。

圧倒的な光がイリスを包み込み、破壊の嵐をもたらす。地面が抉《えぐ》れ、周囲の草木が吹き飛んだ。

「貴様……化物か？」

「ふふっ」

イリスは健在だった。大したダメージを負っている様子でもなく、笑みを浮かべている。

「そういえば、あなたは勇者でしたのね」

「それがどうした？」

「いえいえ、さすがと思っていたのですよ？　わたくしの結界を吹き飛ばすなんて」

「……なんだって？」

「わたくしは普段は結界を展開しておりまして……その結界は、召喚魔法を応用したもので異なる次元、時間に語りかける力をベースに、わたくしの周囲の空間を歪曲《わいきょく》させるというもの。これにより、普通の攻撃ではわたくしにかすり傷一つつけることはできません。もっとも、限度がありますけどね。今のような痛烈な攻撃を食らうと、結界が耐えきれず、崩壊してしまいます」

「ペラペラと……そのようなことを喋《しゃべ》っていいのかい？」

「わたくし、最近になって思うところがありまして」

ニヤリ、とイリスが凶悪な笑みを浮かべる。

「一方的な殲滅戦《せんめつせん》はつまらないと思いまして。ああ、いえ。勘違いしないでくださいまし？　人を殺すのは大好きですわ♪　虐殺ができると思うと、達してしまいそうになりますわ。しかし、しかしですね？　あまりに抵抗がないと、それはそれで寂しいというもので……」

「この悪魔め……！」

「ふふっ、せいぜい抵抗してください。そして、わたくしを楽しませてくださいな？」

「生意気な……その余裕いつまで続くか試してやる！」

アリオスは剣を抜いてイリスに斬りかかる。

結界を破壊されたという言葉にウソはないらしい。イリスは、今度は素手で受け止めるような真似はしないで、魔力で刃を生成してアリオスの剣を受け止めた。

「くっ、この……！」

アリオスはイリスを両断しようと全力で立ち向かうものの、刃がこれ以上進んでくれない。

イリスの魔力刃に阻まれてしまい、ピタリと、そこで拮抗《きっこう》してしまう。

「コイツ、なんて力だ……！」

「ふふっ、伊達《だて》に最強種は名乗っていませんわ」

「なら、これはどうだっ！」

体勢を立て直したアッガスがアリオスに加勢する。

しかし、イリスは余裕の笑みを崩さない。

もう一本、魔力刃を生み出して、左右からの剣撃を受け止めてみせた。

「くっ、これでもダメか……！」

「アッガス、もっと力を入れろっ！」

「やっている！」

「くすくす、言い争いをしている場合ではないのでは？」

「なに？」

「わたくし、このような状態でも魔法を使えますからね？」

イリスは二人の剣を受け止めた状態で呪を紡ぐ。

「来たれ。異界の炎」

アリオスとアッガスの足元から、黒い炎が立ち上がる。それは竜巻のように渦を巻き、二人の体を焼き、吹き飛ばした。

「うおおおおおっ⁉」

「ぐぅうううううっ！」

二人の悲鳴が重なる。

そこへ、さらに追撃が放たれる。

「来たれ。滅びの旋風」

「このっ……ルナティックボルト！」

アリオスは迎撃の魔法を唱えた。

二つの魔法が激突して、巨大な爆発を引き起こす。

戦いはまだまだ終わらない。

◆

少し離れたところで嵐が巻き起こる。

視線をチラリとやると、竜のように荒れ狂う風がアリオス達を飲み込むところが見えた。

大丈夫だろうか？　気に食わないヤツではあるが、今、この場で倒れられたら、二人のイリスを同時に相手にすることになってしまう。

せめて、こちらをなんとかするまでは保ってほしい。

「ふふっ、どちらを見ているのですか？」

「くっ!?」

気がつけば、イリスが目の前に接近していた。

アリオスの方を見ながらも、イリスに対しての警戒は怠っていなかったはずなのに。

なんて速度だ。ほんの一瞬の間で距離を詰めてきた。

その身体能力は、猫霊族に匹敵するかもしれない。

「うにゃあああああっ！」

カナデが空高くジャンプして、そのままくるくると回転しながら突貫した。

隕石《いんせき》のごとく着弾して、強烈な襲撃をイリスに見舞う。

「あらあら。元気ですわね」

「むっ、にゃあああ……！」

イリスはカナデの突貫を両手で受け止めた。さすがに片手というのは無理だったらしいが、それでも、ダメージを受けている様子はない。

まだ笑みを打ち崩すことはできていない。

「まだまだ終わらないよーっ！」

カナデはくるっと回転して、器用に地面に着地した。

間髪容れず、砲弾のごとく突進。右拳、左拳を連続して叩き込む。さらにそれらの流れを汲《く》むようにしながら、その場で回転。イリスの首を狙い、鋭い回し蹴りに繋《つな》げた。

ここを逃す手はない。挟み込むようにして、俺も、反対側からイリスに蹴りを叩き込む。

「ふふっ」

涼しい笑みと共に、またしても攻撃が防がれてしまう。

イリスは、今度は手を使うことなく、無防備な体で俺達の攻撃を受け止めた。分厚いゴムを叩いたような感触が伝わってくるだけで、手応えはない。

やはり、イリスの体は結界のようなもので包まれているみたいだ。それがどのようなものによるか、よくわからないが……耐久力以上の攻撃をぶつけてやれば相殺できるはずだ。

「ニーナ！」

「んっ……！」

ひゅんっ、と転移して、ニーナがすぐ隣に現れた。

そのまま、俺とカナデにタッチ。俺とカナデを連れて、イリスから離れたところへ転移する。

「うちもやるでーっ！」

ティナ……正確にはヤカンなのだけど……が叫ぶ。

「んむむ……せいやーっ！」

「あ、あら？」

ティナが叫ぶと、目に見えてイリスの動きが鈍くなった。

憑依《ひょうい》能力を応用した、相手の動きを止める魔法だ。これは、幽霊であるティナにしか扱うことができない。

イリスの結界は攻撃のみを防ぐものらしく、ティナの魔法の影響を受けていた。

チャンスだ。

「タニア！」

「待ってたわよっ！」

「方角には気をつけてくれ！」

「わかってるわよ、村を巻き込むようなヘマはしないわ！」

タニアのドラゴンブレス。一瞬、世界が白に染まる。

巨大な光の奔流が放たれて、イリスを飲み込む。

「ぐっ……⁉」

スズさんとの特訓でとことん鍛えられたタニアが放つ、必殺の一撃だ。

これはさすがにたまらないらしく、イリスの顔が苦しそうに歪《ゆが》む。

そして……キィンッ！　という甲高い音と共に、何かが砕け散る。

「ふぅ……まさか、本体であるわたくしの結界を力任せに打ち破るなんて。竜族は、あいかわらずすさまじいのですね」

「やっぱり結界の類だったか」

「これで、私達の攻撃が通じる、っていうこと？」

「ふふんっ、あたしのおかげね」

「さっすがタニア♪」

得意げにするタニアを称賛するカナデ。

こんな時になんだけど、二人の仲が良いところにほっこりとする。

「まだやるつもりか？」

問いかけると、イリスは不敵に笑う。

「ふふっ。結界を破った程度で、わたくしに勝ったつもりなのですか？　甘いですわよ。むしろ、これからが本当の殺し合いですわ」

「……殺し合い、か」

「どうかしまして？」

「それ、どうしてもやらないとダメか？」

「あら？」

問いかけると、イリスはわけがわからないという様子で眉をひそめた。俺が未開の地の言葉を喋っているかのように、変な目を向けてくる。

それでも、俺は諦めずにはいられない。

相手は災厄をもたらすと言われている存在で、悪魔と呼ばれて封印されていた。そんなイリスを説得するなんて、無謀な行為なのかもしれない。というか、意味のない行為なのかもしれない。

すでにイリスは何人も殺している。たぶん、封印される前も、相当に暴れたのだろう。

宣言したように、これからさらにたくさんの人を殺すのだろう。

間違いなく悪と呼ばれる存在だ。

なんだけど……なぜか、俺にはイリスが単純な悪とは思えなかった。

リバーエンドで一緒に過ごした時間を思い出す度に、そう考えてしまうのだ。

あの時のイリスは、俺と同じものを食べて、おいしいと笑っていた。そんな子が、理由もなく暴挙を繰り返しているとは思えない。心の底からの悪とは思えない。

だから……できることならば、話し合いで解決したい。

「イリスの目的は、本当に人を殺すことなのか？　それしかないのか？」

「……」

「すでに犯した罪は消えないけど……でも、これ以上、罪を重ねることはないだろう？」

「……」

「すれ違いがあったのかもしれない。勘違いがあったのかもしれない。認識の違いがあったのかもしれない。だから……まずは、話し合うことはできないか？」

「……」

イリスはきょとんとして、次いで、くすりと笑う。

「ふふっ、うふふ……驚きました。この期に及んで、そのようなことを言うなんて。レイン様は、わたくしが思っている以上にお人好しなのですね」

「レインだからね！」

なぜかカナデが誇らしげに胸を張った。タニアやニーナも、カナデと似たような顔をしている。

それはつまり、俺のやることに賛成してくれているということ。

みんなに認められているみたいで、そのことが素直にうれしい。

「お人好しのレイン様……ふふっ。あなたのような人間は初めてですわ」

「そうなのか？　俺みたいなヤツ、どこにでもいると思うけど」

「いませんわ。あなたのような人間は極少数……残りは、ゴミ以下のクズですわ」

そう言うイリスの言葉には、ハッキリとした憎しみの感情があった。

深い深い憎しみ……ドス黒く、底のしれない闇に飲み込まれるような悪寒を覚える。

イリスが放った憎悪は、全体の一部にすぎないだろう。ほんのわずかな一端に触れただけだ。

それなのに、逃げ出したくなるほどに体が震えてしまう。

「レイン様と、そのお仲間を見逃してほしい、というのならば交渉に応じても構いませんわ。しかし、しかしですね？　その他の人間を見逃してほしいというのならば、応じることはできませんわ」

イリスは悪意に満ちた笑みを浮かべる。

「人間は殺して殺して殺して殺して殺して殺して殺して殺して殺して殺して殺して殺して殺して殺して……殺し尽くさないと気がすみませんの」

イリスという女の子は、どこまでも深い憎しみを抱えていた。人間に対する圧倒的な憎悪を抱いていた。狂気を孕んでいるほどだ。

いったい、何があればこんな風になるのだろう？　どんな経験をすれば、これほどの狂った念を抱くことができるのだろう？

イリスの底知れない憎悪に触れて、わずかに気後れしてしまう。

「……それでも」

ここで俺が退くわけにはいかない。

ここで退いたら村人達が殺されてしまう。そんなことは許せない。見逃すことはできない。

たとえ、イリスにどんな事情があるにしても、放っておくことはできない。

村人を救うために。

そして……イリスを救うために、俺は戦う。

「交渉は決裂か」

「ふふっ、残念ですわね。それで、どうされますか？　わたくしと殺し合いますか？」

「戦うが……殺し合いはしない。イリス……お前を止めてみせる」

「まあまあ、本当におもしろい方ですわ。いいですわ、できるものならやってみてください」

イリスが構えを取り、第二ラウンドが開始される。

結界はすでに破壊済みで、こちらの攻撃は届く。

しかし、未だにイリスの力の底は見えない。

召喚魔法を使うという情報はあるものの、それが全てではないだろう。

他にどのような力を持っているのか？　どのように戦うのか？　どのような戦術を好むのか？

それらの情報が圧倒的に不足している。

迂闊《うかつ》に仕掛けるのは危険なのだけど、しかし、受け身に回っていてはダメだという勘があった。

「カナデとタニアは力を溜《た》めておいて、良いタイミングを見つけて一気に頼む！　ニーナとティナは、そのまま援護を！」

「ラジャー！」

カナデが頷くのを見てから、俺は駆けた。

まずは俺が切り込み、隙を見つける。それから、カナデとタニアにトドメを刺してもらう。

それが俺の考えた作戦だ。シンプルではあるが、今はそれ以外に選択肢はない。

「ふふっ、いきなりレインさまから踊ってくださるのですか？」

「お手柔らかに頼む」

「さあ、どうしましょうか？」

駆けながら、左手のナルカミから針を射出した。狙いはイリスの目だ。

針は高速で飛ぶけれど、イリスは当たり前のように手をかざして、針を摘んでみせた。

驚異的な反射神経だ。猫霊族に匹敵するのではないかと思っていたけれど、もしかしたら、一部では凌駕《りょうが》しているのかもしれない。そう思うほどにすさまじい。

でも、イリスが今の攻撃を防ぐことは予想済みだ。というか、いきなりどうにかできるなんて思ってはいない。

防ぐという動作をしたことで、わずかに動きが鈍る。その隙を狙っての行動だ。

わずかに動きを鈍らせたところで、一気に目の前まで接近……カムイを振り下ろす。

「せいっ！」

「あら、あらあら。女性に刃物なんて感心しませんわね」

「イリスを相手に手加減したら、後悔することになりそうだからな！」

「ふふっ……その認識、間違っていませんわ」

イリスが翼を広げた。

なんだ？　なにをする？

一挙一動を見逃さないように、イリスの動きに注意を払う。

そのおかげで見ることができた。

イリスの翼が刃のように閃《ひらめ》く。そして、無数の矢のごとく羽が射出されて……

「っ!?　……重力操作！」

自身にかかる重力を逆転して、さらに倍増させた。急激な勢いで俺の体は空に落ちていく。

その数瞬後、さきほどまでいたところを、イリスの無数の羽が薙ぐ。

まるで作物を食い荒らすイナゴの群れだ。暴虐の限りを尽くし、後に残るものはなにもない。

「重力操作！」

再び重力操作を使用して、重力のかかる方向を正常に戻して、イリスの真上から突撃する。

それと同時に、ナルカミのワイヤーを射出して、再び羽を放とうとしていたイリスの翼に絡めて、その動きを封じた。

「あら、あら」

「くらえっ！」

重力落下の威力を加えて、蹴撃を放つ。

岩も砕く一撃だ。いくら最強種とはいえ、まともに受け止めることは……

「なっ⁉」

「あらあら。情熱的なアプローチですわね」

まともに受け止められた。イリスは岩をも砕く蹴撃を受け止めていた。しかも片手で。

なんていう……

唖然とすると共に、敵ながらものすごいと、ついつい感心してしまう。

「来たれ。殲滅の雷撃」

すくいあげるように、イリスは手の平を動かした。

その動きに呼応するように、虚空から漆黒の雷撃が飛翔する。

あれは……まずい！

「ブースト！」

本能で危機を察知した俺は、迷うことなく身体能力強化魔法を自分にかけた。

体が羽のように軽くなる。大きく横に跳んで雷撃を避けた。

「ファイアーボール・マルチショット！」

さらに盾として、複数の火球を撃ち出した。火球と雷撃が激突、爆発が起きる。

相殺……できない！

爆炎をくぐりぬけて、雷撃が蛇のように地を這《は》い迫る。

それなら……！

「物質創造！」

以前ならば、じっくりと力を練り、時間をかけないと使用することができなかったけれど、スズさんの特訓のおかげで、こうして戦いながらでも能力を使用できるようになった。

能力使用に割けるリソースが増えた、とでもいうべきか。

ニーナと契約して得た力を使い、鉄の槍を創造した。

鉄の槍を地面に刺して、再び重力を操作して空へ逃げる。

ガガガガガッ！　というけたたましい音が響いて、イリスが放った雷撃は、吸い込まれるように鉄の槍に絡まる。避雷針代わりに、と思ったのだけど、どうやらうまくいったみたいだ。

「来たれ。殲滅の雷撃」

「なっ⁉」

間髪容れず、イリスが再び雷撃を放つ。

あれほどの魔法を連続で？

精霊族でもない限り、そんなことはできないと思っていたが、その予想が外れてしまう。ことごとく、イリスは規格外の存在らしい。

「ふふっ、これくらいで驚いてもらっては困りますわ」

「なんだって？」

「来たれ。異界の炎」

そんなまさか……二つの魔法を同時に使用した？

俺の能力と似て異なる力だ。

俺の場合は、一つの魔法を複数同時に使用するというもの。対するイリスは、複数の魔法を同時に使用している。難易度は、向こうの方が上だ。

複数の構造式を同時に構築しなければいけないのだから、相当な難易度、精神力を要求される。

スズさんとの特訓で、ソラは複数の魔法を同時に使用できるようになった。それでも、まだ二つの魔法を同時に使用するのが限界だ。

それなのに……

「ふふっ……来たれ。滅びの旋風」

イリスは三つの魔法を同時に使ってみせた。

いや……まだ終わらない。

「まだまだ、ですわ。来たれ。嘆きの氷弾」

「四つの魔法の同時使用⁉」

バカな、そんなことできるわけない！

精霊族のソラでも、二つ同時使用が今の限界なのに……それを簡単に越えて、四つを同時使用なんてこと、普通に考えてありえない。

それがありえると認めてしまうのならば、天族は精霊族以上の魔力を持っていることになる。

「くっ」

今は驚いている場合じゃない。

どうにかして避けないと、ここで終わりになってしまう。

「こっ……のぉおおおおっ‼」

そんな声と共に、光が駆け抜けた。

「タニア⁉」

声の主はタニアだった。竜の翼を展開させて、再び必殺のドラゴンブレスを放つ。

目標はイリスじゃない。イリスが放った魔法だ。

俺に食らいつこうとした魔法が、タニアのドラゴンブレスに飲み込まれる。圧倒的な光の奔流に抗うことはできず、イリスの魔法はことごとく消滅した。

「レイン、大丈夫⁉」

「ああ、なんとか」

「ごめん。力を溜めてろ、って話だったけど、見過ごせなくて……」

「いや、助かったよ。今のはさすがにやばかった」

今のは本気で危なかった。タニアの咄嗟《とっさ》の機転と援護に感謝だ。

って、カナデが見当たらない？

「うにゃあああああっ‼」

空からカナデの叫び声が聞こえてきた。

いつの間にか特大のジャンプを決めていたらしく、落下するようにしてイリスに接近する。

「あらあら、そのようなことをしたら……ふふっ、良い的ですわね。来たれ。異界の炎」

イリスの手から炎があふれた。それは禍々しい漆黒の色に変化して、獣のように飛翔する。

空にいるカナデには、それを避ける術はない。そのままイリスの炎の餌食になるしかない。

……と、イリスはそう思っただろう。

「にゃんっ！」

「え？」

炎が着弾する直前、カナデが宙を蹴った。その反動で体が横にスライドして、炎を避ける。

スズさんが見せた、空中を蹴るという無茶苦茶な技だけど、それはカナデに引き継がれていた。

もっとも、まだ完全に習得したわけじゃないらしい。成功率はそんなに高くないらしく、三割程度と言っていた。賭けだったのだろうが、カナデはその賭けに勝った。

見事にイリスの攻撃を避けて、それだけではなくて、動揺を誘うことにも成功した。

「うにゃにゃにゃっ!!」

カナデがくるくると回転した。

そのまま回転の勢いを自身の加速に乗せて、おもいきりイリスに激突する。

「くっ！」

落下速度＋回転＋猫霊族の力。さすがにこれはたまらなかったらしく、イリスは顔を歪ませた。

ただ、それでも大きなダメージを受けた様子はない。

というよりは、予想外の行動に驚いただけ、といった方が正しいだろうか？

イリスはすぐに落ち着きを取り戻すと、いつもの涼しい顔で魔法を使う。

「来たれ。異界の炎。来たれ。嘆きの氷弾。来たれ。殲滅の雷撃」

「うにゃ⁉」

三つの魔法が次々と放たれて、カナデが慌てた。

逃げる場もないほどの暴力の嵐がカナデに迫る。

「ふぅううう……」

カナデは深呼吸をして、乱れた集中力を落ち着けた。それから、全身に力を込める。

「にゃっ！」

迫りくる炎を拳で迎撃する。拳圧が唸る炎をかき消した。

続けて、氷弾を足で薙ぐ。槍のように放たれたカナデの蹴撃は、氷弾を貫き、粉々に打ち砕いた。

しかし、そこが限界だ。手も足も使い、三つ目の魔法を防ぐ手段がない。

でも、カナデに焦りの表情はない。

奥の手を隠している？

いや、そうじゃない。

「ドラグーンハウリング！」

カナデをかすめそうなくらい、ギリギリなところでタニアの魔法が炸裂した。竜の咆哮を模した衝撃波がイリスの魔法と激突して、相殺する。

頼りになる仲間がいる。だから、きっと仲間がなんとかしてくれる。

カナデはそう思っていたからこそ、焦るようなことはしなかったのだろう。

「あらあら。やりますわね。さすが、わたくしと同じ最強種」

「ふふーんっ、私達は強いんだからね」

「あんたもやるじゃない。四つの魔法を同時に使うなんて、見たことも聞いたこともないわよ」

「ふふっ。そこはからくりがあるといいますか、ちょっとした秘密があるのですわ」

「ふーん……それって、どんな手品なのかしら？」

「教えてほしいのですか？」

「今後の参考までに」

「なら、教えてさしあげますわ」

「へ？　教えてくれるわけ？」

素直なイリスの言葉に、タニアが変な顔になる。

隣のカナデも訝《いぶか》しげな表情を浮かべる。

「にゃー……素直に教えるなんて怪しいんだけど。なんか企んでいる？」

「いいえ、そのようなことはなにも」

「うそっ。自分の手の内を晒すようなこと、普通はしないんだから！」

「普通に考えるとそうですわね」

「だよね、だよね。やっぱり、罠《わな》だ！」

「警戒することもないほど力に差があるとしたら？　それならば、手の内を晒しても問題はないでしょう？　むしろ、適切なハンデではないでしょうか？　このまま一方的になぶるというのも楽しいですが……ふふっ、無駄に足掻《あが》いてくれる方が、もっと楽しいですから」

「……悪趣味だな」

「ふふっ、どうしてか、このような性格に育ってしまったもので」

俺のストレートな言葉を受け止めても、イリスは楽しそうに笑っていた。

「では、解説といきましょう。わたくしの魔力は精霊族に匹敵しますが……ですが、精霊族を上回るということはありません。精霊族の少し下、というくらいでしょうか？　なので、複数の魔法を同時に使用するなどという芸当はできませんわ」

「でもでも、実際に使っていたじゃない」

そんなことはないと、カナデがイリスの言葉に噛《か》みついた。

そうだそうだと言うように、タニアも頷いている。

「あれは魔法ではありませんわ」

「へ？　魔法じゃない？」

「あんた、なに言ってるわけ？　あれが魔法じゃないとしたら、なんだっていうのよ？」

「失礼。言い方が悪かったですわね。魔法は魔法ですが、種類が違いますの。わたくしが使っているアレも、召喚魔法なのですわ」

「そ、それってまさか……」

なにか心当たりがあるのだろうか？　タニアの顔がこわばる。

「炎を生み出すのではなくて、炎を召喚する……それがわたくしの使う召喚魔法。どのようなものでも、この場に召喚することができるのです。そして、この召喚魔法の特徴は……際限なく使用できるということ」

「なっ……」

「わたくしが扱う召喚魔法は、とても便利なものなのですよ？　同時にいくつまで……という制限はありませんわ。また、召喚する対象も絞られることはありませんわ。わたくしがわたくしを召喚したように、大量の魔物を召喚したように……そういった制限は一切ありませんの」

イリスの余裕の笑みの正体をようやく理解した。

今の言葉が本当なら、イリスは文字通り、無制限に魔法と同じ力を行使することができる。ありとあらゆる種類の力を、一回に一つまでという制限もなく、好き放題に使用することができる。

そんな力を持っているなんて反則じゃないか？　果たして、俺達は勝つことができるのか？

「さて……改めて聞きますわ。まだ続けますか？」

「それは……」

「軽くやりあってみたわけですが、これでは決定打を与えることはできません。全力を出していないのはわたくしだけではなくて、そちらも同じみたいですが……くすくすっ」

イリスが無邪気に笑う。子供が持つ残酷な一面を押し出したような、ひどい笑みを浮かべる。

「全てを出し切った場合……果たして、どちらが最後まで立っていられるのでしょうか？　レインさまは、わたくしを地に伏せさせる自信がありまして？」

「……正直、ないな」

スズさんに鍛えられて、強くなったという自信がある。以前、現れた魔族くらいなら、一人で対処できると言える。

しかし、イリスは別だ。想像以上の化物だ。

スズさんに特訓をつけてもらわなかったら、一秒と保たなかったかもしれない。

真正面から相手をしたくないというのが本音だ。

「でも、ここで退くわけにはいかない。俺の後ろにはなんの罪もない人達がいる。お前にその人達に手を出させるわけにはいかない」

その瞬間、イリスの笑みが消えた。

「罪がない……？　おかしなことをおっしゃるのですね」

「イリス？」

「罪ならありますわ。拭いきれない、忘れてはいけない、決して償うことのできない罪が。人間は、それほどまでに罪深い存在なのですわ」

そう言うイリスの顔は、底のしれない憎しみにあふれていた。

「イリス……君はいったい……」

今、初めて、イリスの素の部分に触れたような気がした。

なぜここまで強い憎しみを抱いているのか？　なぜ人間を敵視するのか？

純粋な疑問が湧き上がり、彼女のことを知りたいと思うようになる。

「……失礼。少々取り乱しました。ダメですわね。どうにもこうにも、人間のことになると、ちょくちょく取り乱してしまいますわ」

イリスは憎しみを内に収めて、いつもの笑みを浮かべた。

「なにがそこまでイリスを突き動かすんだ？　いったい……なにがあったんだ？」

「ふふっ、そのようなこと、どうでもいいではありませんか」

「よくない」

きっぱりと断じた。

「俺は……イリスのことを知りたい」

「……」

イリスはきょとんとして……

「ふふっ、あはははっ」

次いで、笑った。

「本当に不思議な方。このようなことをされて、このような時に、そのようなことを仰るなんて……ふふっ。おもしろいですわ」

「イリス……教えてくれないか？」

「そうですわね……では、こうしましょうか」

名案を思いついた、という様子でイリスが口を開く。

「わたくしに確かな一撃を届かせること。それだけの力を示してくれたのならば、レインさまの疑問に答えましょう。それと……そうですわね。合わせて、この場は退いてさしあげますわ」

「ずいぶんと破格の条件だな」

「それだけ、レインさまのことを気に入った、ということでしょうか。それと……」

イリスが指をパチンと鳴らす。

「レインさまが今の条件を達成することは、限りなく不可能に近いので」

虚空に炎が出現した。

一つじゃない。二つ、三つ、四つ……どんどん増えていく。

「ふふっ……来たれ。異界の炎。全てをここに」

召喚魔法に、普通の魔法にあるような制限がないという話は本当らしい。

次々と炎の塊が召喚されて、視界を埋め尽くすほどになる。

「ふふっ。これがわたくしの力ですわ」

「あう……」

「なんて化物なのよ……」

ありえないほどの暴力を見せつけられて、カナデとタニアが萎縮してしまう。

俺も恐怖を感じていた。気を抜けば足が震えてしまいそうになる。

それでも。

それでも……だ。

ここで退くわけにはいかない。その選択肢だけは、絶対にない。

村人のため。そして、イリスのため。

俺は戦わないといけないんだ。

「これだけの力を前にして、抗うことはできますか?」

「抗ってみせるさ」

「ふふっ……その覚悟や、よしですわ。では……見せてください。レインさまの覚悟と力を!」


第三ラウンドの開始だ。

イリスが腕を振り、その動きに合わせるようにして、宙に展開された炎が一斉に動いた。

獲物に食らいつく獣のように、無数の炎の塊が飛翔して、俺達に襲いかかる。

「ブースト！」

カナデに身体能力強化魔法をかけた。

「にゃんっ、いくよ！」

カナデは拳を腰だめに構えて、ありったけの力を溜めた。さらに精神を研ぎ澄ませて、刃のように目を細くする。

そして、それらを一気に解き放ち、強烈な一撃を放つ。

「うにゃあああっ!!」

力強い叫び声と共に、カナデは大きく拳を振り抜いた。

ゴォッ！　と風が乱れた。拳圧で衝撃波が発生して、いくつかの炎の塊がかき消される。

「ちまちました作業って性に合わないのよね。まとめて消し飛ばしてあげる！」

タニアは己を誇示するように翼を広げた。その翼に光が……魔力が収束していく。

そして、今日三度目のドラゴンブレスを放つ。

世界を埋めてしまうほどの閃熱《せんねつ》が走る。

いかにイリスの魔法が強力だとしても、ドラゴンブレスに匹敵するほどの威力はない。イリスの攻撃はドラゴンブレスを撃ち抜くことはできず、炎の塊は、ことごとく撃墜された。

二人が迎撃してくれたおかげで、大半の攻撃を無効化することができた。しかし、それでもまだ、わずかに炎が残っている。

それらのいくつかは、村に向かい飛んでいくけれど、焦る必要はない。

「んっ……！」

ニーナが手をかざすと炎が消える。

数瞬後、まったく別のところに炎が出現して、誰もいないところに着弾した。亜空間を色々な場所に繋げることで、炎を強制転移させたのだろう。

今までは近距離でしか能力を発動できなかったけれど、今は、ある程度離れた距離でも発動できるようになっていた。スズさんとの特訓で身につけた力だ。

生きている人などを対象にするのはまだ難しいらしく、その点については、成功率は微妙らしい。しかし、今のように攻撃魔法を逸らすことなら問題ないという。

「やらせへんでーっ！」

ティナが大きな声を出して……外見はヤカンなのでいまいち間抜けだけど……気合を出した。

それに呼応するように、飛来する炎が軌道を変える。炎と炎が近づいて……接触、誘爆した。

ポルターガイストを起こす要領で炎の塊を動かして、互いをぶつけたというわけだ。

これもスズさんとの特訓で得た力だ。

魔力が底上げされたことで、今のようなとんでもない芸当もできるようになった。

「あら、あら。なかなかやりますわね」

攻撃を防がれたというのに、イリスの余裕は消えない。

むしろ、より楽しそうにしていた。

「では……こういうのはどうですか？　来たれ、異界の炎。全てをここに。来たれ、殲滅の雷撃。

全てをここに。来たれ、嘆きの氷弾。全てをここに」

「なっ……!?」

再び炎の塊が視界を埋め尽くした。

それだけじゃない。雷撃と氷弾も加わり、暴力の嵐が吹き荒れていた。

「何度でも何度でも召喚できますわ。尽きることなく、終わることなく、いくらでも暴力の嵐を吹き荒らすことができますの。さあ、これに対してどう抗いますか？　抗うことができますか？　ふふっ、あなた方の力、見せてくださいませ」

「やってみせるさ！」

臆しているヒマなんてない、退くことなんて許されない。ただただ、前に突き進むだけだ。

カムイを抜いて、イリスに向けて駆ける。

「あら、あら。自暴自棄になられたのですか？」

ただ駆けているだけなので、傍から見れば無謀な突撃としか感じられないだろう。

イリスは落胆した様子で、軽く指を動かす。

まずは炎の雨が降り注いできた。

「ファイアーボール・マルチショット！」

最大出力で魔法を起動して、イリスの炎を迎え撃った。

俺の魔法とイリスの炎が激突して、巨大な爆発が起きる。

その爆発に巻き込まれる形で、他の炎も消失した。

「ふふっ、やりますね。ですが、これはどうでしょうか？」

全ての氷弾が一斉に降り注いできた。

一撃一撃が槍のように鋭く、鳥のように疾い。剣の雨が降っているようなものだ。

一発でも喰《く》らえば、そこで足が止められてしまい、次々と着弾することになり……アウトだ。戦闘不能に陥ってしまうだろう。

「物質創造！」

地面に手をついて魔力を注ぎ込んだ。俺のイメージする通りに地面が隆起して、周囲を覆う。

ニーナと契約したことで得た力、物質創造をアレンジした力だ。物質を生成するだけではなくて、さらに詳細な設計が可能になった。

イリスが放った氷弾は、全て土の盾に阻まれた。

「あら、今のも防ぎますか」

「ちょっと危なかったけどな」

土の盾は無数の氷弾に貫かれて、崩壊寸前だった。

もう少し数が多かったら、防ぎきれなかったかもしれない。

「まだ諦めませんの？」

「あいにくと、諦めが悪い方でね」

「しつこい殿方は嫌われますわよ？」

イリスが指をパチンと鳴らして、最後に残った雷撃が始動した。

百を超える雷撃が一つに束ねられて、荒れ狂う雷竜となって襲いかかる。

対する俺は、それを防ぐ手段を持っていない。どうすればいいか？

答えは簡単だ。俺個人でどうにもならないなら、仲間を頼りにすればいい。

「んっ……レイン！」

ヒュンッ、という音と共に、隣にニーナが現れた。転移してきたのだろう。

ニーナは俺と手を繋いで、再び転移する。

景色が蜃気楼《しんきろう》のように揺らぎ……数瞬後、俺とニーナはイリスの目の前に移動していた。

これには驚いたらしく、イリスが目を大きくする。

「そのような荒業、アリですの⁉」

「アリだな。悪いが、俺は一人で戦っているわけじゃない。頼りになる仲間がいるからな」

「その通り！」

俺達に注意が向いている間に、カナデが一気にイリスに接近していた。

イリスの視線が左右に揺れる。

俺とニーナ、それとカナデ。どちらを狙えばいいか、迷っているみたいだ。

その迷いが大きな隙になる。

「くらいなさいっ！」

後方に残ったタニアが火球を連続で撃ち出した。

一発、二発、三発。特大の火球がイリスに迫る。

「来たれ、嘆きの氷弾」

イリスが氷弾を召喚して、タニアの火球を迎撃した。

氷弾の威力はすさまじく、火球を跡形もなく打ち消してしまう。

それでも、タニアは慌てることはない。目的は達したというように、ニヤリと笑う。タニアの目的は、時間を稼ぐと同時に、イリスの俺達に対する対応を遅らせることなのだろう。

タニアのおかげで時間ができた。その間に、ニーナと手を離して突撃する。

「せいっ！」

「うにゃん！」

俺とカナデが、左右からイリスに殴りかかる。

イリスは両手で俺達の攻撃を受け止めた。

俺はともかく、今のカナデは、魔法で身体能力が強化されている状態なんだけど。それなのに、問題ないというように受け止めるなんて相当なものだ。改めてすごいと思う。

「くっ、この拳の重さは……！」

ただ、さすがに前回と同じように余裕を持って対処、というわけにはいかなかったらしく、イリスの体がわずかに押されていた。

再び隙ができる。

その間に動いたのは、ニーナだ。

「んっ……！」

ニーナは、イリスの真上に転移した。

何をするのかと、イリスが警戒して、ニーナを撃ち落とそうとする。

「そんなことは……」

「させないよ！」

俺とカナデは息を合わせてラッシュを叩き込み、イリスの手を塞いだ。

その間に、ニーナがもう一度、転移した。

空間がぐにゃりと揺らいで……今度は、イリスの背中にニーナが張り付いた。

「な、なんですの？」

さすがのイリスも困惑気味だ。

何をするのだろうか？　と、ニーナの意図が読めない様子で慌てている。

「レイン」

ニーナが合図を送るような感じで、こちらを見た。

その目を見て、ニーナが何を狙っているのか、なんとなく察することができた。仲間だからこその信頼感というか、連携というか……そういう繋がりがあるからこそのものだと思う。

「んっ！」

「くっ……これは」

イリスと一緒にニーナが転移した。

転移先は……地面の中だ。

イリスの下半身が地面に埋まる形で転移が実行された。

もちろん、ニーナも一緒に地面に埋まる、なんていうことはない。あえてイリスの転移先座標だけをずらして、地面の中に潜り込ませたのだろう。

「ばい、ばい」

ニーナは再び転移を使用して、慌てて避難した。

「隙ありだよっ！」

動けないイリスにカナデが駆けて、痛烈な一撃を浴びせようとする。

「この程度で……わたくしをあまり舐《な》めないでください！」

「にゃ⁉」

イリスは体をねじるようにして、翼を大きく羽ばたかせた。そのまま強引に、力任せに地面に穴を開けて脱出する。

あんな状態からすぐに脱出できるなんて無茶苦茶だ。

カナデも驚いているらしく、思わず足を止めてしまう。

「来たれ、異界の炎」

仕返しというように、イリスが炎を放つ。

無防備なカナデが狙われてしまうが、今度は俺がフォローする番だ。カナデの手を引いて、抱きしめるようにその体を受け止めた。そうすることで、なんとか避けることに成功する。

「ふにゃ⁉　あわわわわっ」

なぜかカナデが赤くなるが、今は気にしていられない。

さて、どうしたものか？

イリスはとても強い。常に予想の斜め上を行く力を見せつけられてしまい、一瞬でも気を抜けば、そのまま一気にやられてしまいそうだ。

ただ、やられるわけにはいかない。絶対に、一撃を与えてやる。

今はなんとかではあるが、良い感じでイリスに食らいつくことができている。あと一歩で、うまくいきそうなのだけど……その一歩が遠い。

決定的な一打を与えるためには、やはり、大きな隙……あるいは、動揺を誘う必要がある。

そのために、俺ができることは……

「……一つ、試してみるか」

「何か思いついたの、レイン？」

「さすが、あたしのご主人様ね」

カナデとタニアが隣に並ぶ。

「うまくいくかわからないけど、試してみたいことがある。成功したら、大きな隙ができるはずだ。その時は、タニアは牽制を頼む。カムイを使いたいから、カナデは俺と一緒に」

「らにゃー！」

「オッケー、了解よ」

「なら……いくぞ！」

俺達は三方向に散り、それぞれの角度からイリスに迫る。

イリスは背の翼を羽ばたかせながら、軽く空に浮き上がり、手の平をこちらにゆっくりと向けた。

「来たれ、異界の……」

「止まれっ！」

イリスが魔法を放とうとした、まさにその瞬間。俺は、ありったけの魔力を乗せて、ありったけの力を乗せて、全力で叫んだ。

「なっ……⁉」

初めて、イリスの表情から余裕の色が消えた。

金縛りにあったように、イリスの動きが止まる。

指先などはピクピクと動いているが、それだけだ。手足や体を自由に動かせない様子で、戸惑いを露わにしていた。

「これ、は……いったい、なにを……⁉」

ビーストテイマーなら、契約をしなくても簡単な命令を下すことができる。

もちろん、それはどんな相手にも通用するわけじゃない。強い力を持つ動物には効きづらいし、ましてや、最強種を相手にどうこうできるものじゃない。

それでも思ったのだ。今の俺なら、もしかして、イリスにも通用するんじゃないか……と。

みんなと出会い、みんなの力を借りることができた。その上で、スズさんに特訓をつけてもらい、ある程度の自信を得ることができた。

それだけ、積み重ねてきたものがある。学び、獲得してきたものがある。

だからこそ、可能ではないか？　と思ったわけだ。

そして……その考えは正しかった。

「くっ……！」

イリスは体に絡まった糸を振りほどくような動作をして、自由を取り戻した。

拘束できた時間は、一秒ほどだろうか？　最強種を相手に、よくできた方だと思う。

でも、その一秒で十分だ。

「カナデ！」

「うんっ」

カナデと手を繋いで、俺はまっすぐにカムイを構えた。

繋いだ手を通じて、力が流れ込んでくるのがわかる。

トリガーを引くと、赤い刀身が熱せられているように、さらに赤くなる。

「来たれ、異界の……」

「遅いっ！」

イリスの目の前まで接近した。

これなら自分も巻き込んでしまうため、魔法を使うことはできない。

さあ……チェックメイトだ。

「これなら……どうだぁあああああっ!!」

イリスに向けて、俺とカナデの力がこめられたカムイを振り下ろした。

ゴォオオオオッ!!


世界が壊れてしまったのではないかと思うような轟音が響き渡り、大地が震えた。大量の土煙が舞い上がり、視界が遮られる。

スズさんも追い詰めたことがある、カムイによる全力の一撃だ。

これならば、と思うが……ただ、油断は禁物だ。相手は、おそらく、スズさん以上の力の持ち主であり、カムイの一撃で倒せるかどうか不透明なところだ。

ただ、できることならこれで倒れてほしい。ぶっちゃけてしまうと、もう打つ手がない。

祈るような気持ちで、イリスがいたところを見つめていると……

「……ふぅ」

ほどなくして視界がクリアーになり、イリスの姿が現れた。

今の一撃で無傷というわけにはいかなかったらしい。あちこちがボロボロで、血を流している。

血の色は……赤だ。

「なんというか、まあ……ここまでやるなんて、思ってもいませんでしたわ。わたくしに一撃どころか、追い詰めてしまうなんて」

「……そう言う割に、けっこう余裕がありそうだな」

「やせ我慢、というやつですわ。これでも、けっこうフラフラですのよ？　それでも、まあ……レインさまに情けないところはお見せしたくないので、無理をしていますが。ふふっ」

そんなことを言うが、イリスはしっかりとした様子で立っていた。よろめいたり、足が震えたりという様子はない。

それなりにダメージを負っていることは間違いないが、それでもまだ足りないようだ。

ただ、今は、イリスを倒すことが目的じゃない。

イリスが提案したように、確かな一撃を与えることができた。

できることならば、ここで退いてほしいのだけど……さて、どう出る？

「なあ、イリス。この辺で終わりにしないか？」

「そうですわね……終わりにいたしましょうか」

「え、終わりなのか？」

「……ふふっ、なんですか、その反応は。魚が空を飛んでいるところを見たような顔をしていて……このような時なのに、笑わせないでください」

ついついキョトンとしてしまうと、イリスが楽しそうに笑う。

今度は、悪意がある笑みじゃなくて、普通におもしろいというような、純粋な笑みだ。心の底から楽しんでいるような、とても無邪気で優しい笑みだ。

街を一緒に散策した時、いつか見たいと思ったイリスの笑顔。それが今、こんなところで見ることができるなんて……なんていうか、皮肉な感じがした。

でも、それでも。

イリスの心からの笑顔は、とても綺麗だ。

「どうしたのですか、ぼーっとして」

「あ、いや……まさか、イリスが素直に退くなんて思ってなかったから」

「あら。わたくしは猪突猛進《ちょとつもうしん》なイノシシとは違いますわよ？　悔しいですが、レインさまは……いえ。レインさま達は強いですわ。このまま戦ったとしても勝てるかどうか怪しいところですわね」

「ずいぶんと謙虚なんだな。あれだけ、俺達を圧倒していたのに」

「ですが、最後の方は、わたくしも追いつめられていました。それは、確かな事実ですわ。そのように、場を冷静に分析することができなければ、致命的な状況に追い込まれてしまうことがあるかもしれません。そのような愚は犯しません」

「なるほど。だから、無理はしないというわけか」

「それに、約束しましたからね。わたくしに一撃を届かせることができれば……と。一撃を遥かに超えたものをもらいましたから。ここは素直に退くことにいたしましょう。わたくし、こう見えて、約束は守る方なのですよ？　まあ、相手によりますが、くすくすっ」

イリスがパチンと指を鳴らした。その合図に反応して、アリオス達と戦っていたもう一人のイリスが戦闘を切り上げて、こちらへやってくる。

アリオス達は追撃する気力もないらしく、その場にへたりこんでしまう。

「どうかしたのですか？」

もう一人のイリスが不思議そうにしながら、イリスに話しかける。

……なんかややこしいな。

「撤退しますわ」

「あら、このようなところで引き上げるのですか？　わたくし、まだ楽しみたいのですが。最初は面倒でしたが、しかし、このような機会はなかなかありませんし。なぜ引き上げてしまうのです？」

「そういう約束をしてしまったので、仕方ありませんわ」

「ちょっと物足りないですわね」

「この場においては、わたくしの方が上に立っているということをお忘れなく」

「ええ、わかっていますわ。本体であるあなたに逆らうつもりはありません。消化不良気味ですが……まあ、いいでしょう。わたくしはお役御免ということで、元の世界に戻りますわ」

もう一人のイリスがこちらを向いて、優雅に一礼をした。

「では、ごきげんよう」

その姿が宙に溶けるように消えた。天族の召喚魔法は、術者が倒れても解除されないという話だから、自身が持つ力で元の世界に戻ったのだろう。

「ちなみに説明しておきますと……もう一人のわたくしは、己を元の世界に召喚することで帰還した、ということになりますわ。正確にいうとぜんぜん違うのですが、難しい話になりますので……なので、簡単に説明してみました」

「なるほどね……説明、ありがとう」

「いいえ、どういたしまして」

「それで……あっちの魔物も送還してもらえると助かるんだけど？」

アクス達が戦っている魔物の群れを指さした。

「すみません。送還には相手の同意が必要なのですが、魔物にそのような知恵はないので……ふふっ、放っておくしかないですね」

「おいこら」

「レインさま達ならば、あのような魔物、大したことないでしょう？　ふふっ……その間に、わたくしは帰ることにいたしますわ」

さきほどの自分と同じように、イリスは軽く頭を下げて、ゆっくりと踵《きびす》を返す。

俺はその背中に慌てて声をかける。

「待て！」

「あら。まだなにか？」

「俺の疑問に答える、っていう約束は？」

「あら、ちゃんと覚えていましたのね。どさくさに紛れて、うやむやにしようとしたのですが」

「あのな……約束は守るんだろう？」

「ふふっ、冗談ですわ。わたくし、約束を破ることもありますが……レインさまのような気に入った方相手ならば、けっこう義理堅くなるのですよ？」

「口ではなんとでも言えるけどな」

「あら、信じてもらえないなんて悲しいですわ。まあ、自業自得ですわね、ふふっ」

くすくすとイリスが笑う。ただ単純に、俺との会話を楽しんでいるみたいだ。

こうして見ると、本当に、普通の女の子にしか見えない。

でも、イリスは村一つを壊滅させて……それだけではなくて、村人達を皆殺しにしようとした。

無邪気に笑うイリスと、恐ろしい殺気を振りまくイリス。いったい、どちらが本当のイリスなのだろうか？

イリスの本当の姿……そして、その行動の源にあるものを知りたい。

「ここでのんびりとお話をしましょう……というわけにはいきませんわね。また後日、レインさまのところへ足を運びますわ。今は、その約束で我慢してくださらない？」

「その約束、守ってくれるんだよな？　アリオスのように破ったりしないよな？」

「ええ、もちろん。言ったでしょう？　わたくし、レインさまのことは気に入っていますのよ？

そんな方との約束となれば、きちんと守りますわ」

「なら……信じる」

「ふふっ、人間に信頼されるなんて……妙な気分ですわね」

イリスが複雑な表情を見せた。

喜怒哀楽……全ての感情を混ぜて一つにしたような、言葉では表現できない表情。

しかし、そんな表情を見せたのはほんの一瞬で、いつものように不思議な笑みを浮かべる。

「では、また後ほど」

「ああ、またな」

「ごきげんよう、レインさま」

イリスが丁寧にお辞儀をして……そして、瞬きをしているわずかな間に、その姿が消えた。

さきほど、もう一人のイリスが自力で帰還したのと同じような、天族の能力に関係するような力を使ったのだろう。

ひとまずの山は乗り越えたものの、まだ魔物が残っているか。

「休むことができるのは、もう少し先か。カナデ、タニア、ニーナ、ティナ。まだいけるか？　ソラとルナ、アクス達の援護に向かわないと」

「うんっ、私は大丈夫だよー！」

「あたしも問題ないわ。魔物相手ならいくらでも」

「ん……がん、ばる」

「イリスに比べたら、かなり楽な相手やな。やったるでー！」

みんな、揃《そろ》って頷いた。

山場を乗り切ったという感じがあるらしく、いくらか安心したような顔をしている。

「なら、残りの魔物を片付ける。いくぞ！」

おー、とみんなは元気よく返事をした。

頼もしい仲間達と一緒に、ソラとルナ、アクス達の応援に向かう。

◆

あの後、全員で魔物の対処に当たり、完全に掃討することができた。イリスの制御下を離れた魔物達は暴れまわり、厄介ではあったものの、みんなで力を合わせれば敵じゃない。

とはいえ、被害がゼロというわけではなかった。

衛兵を務めていた冒険者は、最初にイリスに吹き飛ばされたことで怪我を負い……他のみんなも、細かい傷などはたくさんだ。

幸いというべきか、村人達を含めて、重傷者はいない。

とはいえ、疲労も加わり、すぐに動くことはできない。こんな状況で逃げたイリスを追いかけることは危険と判断されて、俺達はジスの村で休養を余儀なくされた。

まあ、それは構わない。俺としては、イリスを追うつもりはなかったから、都合のいい感じで追撃理由がなくなり、助かったというのが本音だ。

こんな状況になっているけれど、それでも、イリスとの対話の道を閉ざしたくない。甘いと言われるかもしれないが、それが本音だ。

とはいえ、被害者がいる前でこんなことは言えない。本来なら、こんなことを考えるのもダメだと思う。

「……それでも、気になるんだよな」

なぜ、イリスはあんなことをしたのか？　なぜ、人間に強い憎しみを抱いているのか？

それを知らずに、ただ悪と決めつけて倒してしまうなんて……それは臭いものに蓋をするのと一緒で、根本的な解決にはなっていないと思う。

だから、イリスのことが知りたい。

どうしてあんなことをしたのか、何を考えているのか。

イリスの心に触れたいと、そう、強く願った。

「甘いのかな、俺は」

「にゃん？」

村の外れ。風に当たり涼んでいると、一緒についてきたカナデが小首を傾げた。

「どうしたの、レイン？　甘いって？　お菓子⁉」

「いや、お菓子はないから。目をキラキラと輝かせないでくれ」

「そうなんだ……残念」

カナデの尻尾がしゅんっとなった。

「甘いっていうのは、俺のこと。実をいうと、イリスと話がしたいって思っていて……そういうところがダメなのかな、ってさ。相手は村一つを壊滅させているのに」

「んー、いいんじゃないかな？」

カナデがあっさりと同意してくれた。

「甘いって言えば、甘いと思うよ。砂糖たっぷり練乳をどっさりかけたくらいに甘い？」

「うぐ……カナデもけっこう言うな」

「あっ、ご、ごめんね？　レインを馬鹿にするつもりじゃなくて……でもでも、そういうことじゃなくて、レインはそのままでいいと思うの。だってだって、そういうところがレインらしいって思うから。そんなレインだからこそ、私達はみーんな、一緒についてきているんだよ？」

「そう……なのか？」

「うん、そうだよ！　だから、レインはそのままでいてね？　これからも、レインらしくあってね？　そんなレインのことが、私達は好きなんだから」

「そっか……」

カナデの言葉が胸に染みる。

俺は、誰かに肯定してほしかったのかもな。大丈夫、って背中を押してほしくて、こんな話をカナデにしたのかもしれない。

「ありがと、カナデ」

「にゃふー」

カナデの頭をぽんぽんと撫でる。

言ってもらったというか、言わせてしまったというところがあるのだけど、それでも俺の心は少しだけ軽くなっていた。一人じゃないということが、俺の心の負担を軽減していた。

「……ふぁっ⁉」

何かを思い出した様子で、突然、カナデが赤くなった。

「どうしたんだ？」

「えっ⁉　いや、あの、その……今さっき、す、好きって言ったのは、そのあの、そういう意味じゃなくて、仲間としてっていうことで、でもでも、やっぱりそういうことだけじゃなくて……ふにゃあああああ⁉」

「か、カナデ？」

「うぅ……気にしないで。ちょっとした自爆をして、ものすごく恥ずかしいだけだから」

「そ、そうか？」

カナデは顔を真っ赤に染めて、プルプルと震えていた。

傍から見ていると、何か大きな失敗をやらかした、というように見えるんだけど、なにかしただろうか？　よくわからない。

まあ、カナデがなんでもないと言っている以上、追求するのもどうかと思う。

迷った末に、様子を見るだけに留めることにした。

おかしな様子が続くようなら、その時は、改めて話をすることにしよう。

「あのさ、カナデ」

「にゃん？」

「これからも一緒にいてくれないかな？」

「ふぁっ⁉　い、一緒に、って……あわわわ、も、もしかして、それは、ぷ、プププ、プロ……」

「情けない話なんだけど、俺、一人だとダメみたいだから。だから、カナデが……みんなに傍にいてほしいんだ」

「あ、そういう……」

なぜか、カナデがものすごく残念そうな顔になった。

「でもでも、こういう方がレインらしいのかな？　ものすごく察しのいいレインっていうのも、それはそれで大変そうだし……にゃー」

「えっと……カナデ？」

「ううん、なんでもないよ。それよりも、一緒にいてくれる、っていう話だけど」

カナデがにっこりと笑う。

「もちろん」

その笑顔はとても綺麗で、ついつい見惚《みと》れてしまいそうになる。

「これまでもこれからも。私は、レインと一緒なんだから。嫌だ、って言われてもついていくよ」

「そんなことは絶対に言わないよ」

「なら、ずっと一緒だね♪」

カナデはうれしそうに、楽しそうに、幸せそうに笑いながら、元気に言う。

「これからもよろしくね、レイン！」

番外編　スズの大冒険

それは、スズがホライズンに辿《たど》り着く前の話。


娘を探して各地を旅するスズは、とある宿場街にたどり着いた。

人気のない寂しいところだ。なんでだろう？　と不思議に思いつつ、一軒の宿を訪ねる。

「すみませーん。一人なんですけど、部屋は空いていますか？」

「あんた、旅人かい？　よくもまあ、無事でいられたものだ……」

「無事？　えっと……どういうことでしょうか？」

「あっ……よく見れば、猫霊族じゃないか。そうか、それなら無事なのも納得だ。さすがの森の主も、猫霊族を相手にケンカを売るようなことはしなかったか」

「えっと……？」

「あ、と……すまない。思わぬことに興奮してしまって、一人でペラペラと」

店主は頭を下げた後、事情を説明する。

宿場街に問題が起きたのは、一週間ほど前のこと。

森の主と呼ばれる巨大な動物が現れて、宿場街を利用する旅人達を襲い始めたのだ。

学者によると、森の生態系のバランスが天候などで崩れ、その結果、森の主の活動範囲が広がったという考察をしていたが、宿場街の人々にとって原因なんてどうでもいい。

すぐに冒険者ギルドに依頼を発行したものの、高ランクの冒険者は手が塞がっているため、すぐの対処は難しいと言われてしまう始末。

できることといえば、森の主という嵐が過ぎ去るのを待つしかない。


「……というわけなんだ。ホント、困っていて……」

「なるほど……それは大変ですね。うーん」

「っと、すまないな。あんたにこんな愚痴を聞かせてしまうなんて。一泊だよな？　部屋は空いているから、好きなところを使うといい」

「そうではなくて……あ、泊まりますけどね？　それよりも、森の主……私が倒しましょうか？」

「倒す、って……いやいやいや、相手はとんでもなくでかくて、強い力を持っているんだぞ？　下手したら、そこらの魔物よりも強いんだ。嬢ちゃんみたいな子が勝てるわけないだろ？」

「私、猫霊族ですよ？」

「そういえば……いや、しかしだな……」

本音を言うのならば、最強種であるスズに頼りたい。しかし、見た目が可憐《かれん》な女の子に荒事を押しつけるのはどうなのだろうか？

そんな二つの気持ちで揺れる店主を見て、スズはなんともいえない気持ちになる。

なんで、自分は幼く見られるだけではなくて、力のない令嬢のように扱われるのだろう？

これでも、最強種なんだけどなー。猫霊族の里最強なんだけどなー。

もやもやとした気持ちが膨らんで、やがて、見返してやろうという思いに形が変わる。

「やっぱり、私が倒しちゃいますね」

「え⁉　いやいやいや、待て！　早まるんじゃない。気持ちはうれしいが……」

「大丈夫ですよ。森の主なんて大したことないです。すぐ倒してきますから、待っててくださいね」

「あっ、おい⁉　まさか、今から行く気なのか⁉　夜は他にも危険が……おい⁉」

「ではでは、いってきますね」

慌てふためく店主を残して、スズはにっこりと笑い、宿を後にした。


「あああ……なんてこった。まさか、あんな子が森の主を倒そうだなんて……いくらなんでも無謀すぎる。最強種だとしても、あんな小さな子じゃあ……って、こんなことしてる場合じゃない！」

数十分ほど経って我に返った店主は、自分がやるべきことを悟る。

宿場街の大人達を集めて、女の子の救出に向かわないといけない。森の主を相手にできることなんてほとんどないが、多少の時間を稼ぐことくらいはできるだろう。

カランカラン。

次の行動を考えていると、入り口のベルが鳴る。誰か来たのだろうかと振り返ると、

「ただいま戻りました」

スズの姿があった。

「よ、よかった……無事だったか。途中で引き返してきたんだな？　それで正解だ。いくらあんたが猫霊族でも、森の主を一人で倒せるわけがないからな。逃げることは恥じゃない、気にするな」

「えっと……なにを言っているんですか？　森の主なら倒してきましたよ？」

「……へ？　なんだって？」

「こっちに来てください」

スズはちょいちょいと手招きして、店主を外に連れ出した。そこで見たものは……

「な、な、な……なんじゃこりゃああああっ⁉」

宿場街の入り口に、十メートルはあろうかという巨大な猪《いのしし》の亡骸があった。

「こ、これは森の主じゃないか……な、なんで……え？　死んでいる？　なんで？」

「だから、私が倒したんですよ。えっへん」

「本当に、森の主を嬢ちゃんが……？　こんなヤツ、魔物よりも強くて、ベテランの冒険者を何十人と集めないと、太刀打ちできないっていうのに。いったい、どうやって倒したんだ？」

「パンチです。ちょっとだけ力を込めて、どかーんと、一発殴りました」

「は？　い、一発で……？」

「はい。わりと弱かったですね。森の主って、名前負けしていませんか？」

店主は言葉も出ず、唖然《あぜん》とするしかない。

最強種であることを差し引いても、スズの戦闘力は異常だ。森の主をちょっとだけ力を込めたパンチ一発で倒してしまうなんて、どう考えてもありえない。

ありえないのだけど、目の前に証拠がある。信じざるをえない。

この女の子は、ホント、何者なのだろう……？

「どうしたんですか？」

「……い、いや。なんでもない。驚いていただけだ」

「そうですか。それで……森の主、どうしましょうか？　魔物みたいに魔石にならないから、困っていたんですけど……なにかの役に立つかと思い、ついつい持ち帰ったんですよね」

「そうだな。コイツは……食べるか！　森の主の肉は、百年に一度食べられるかどうかって言われている幻の食材でな。俺は運良く、一度だけ食べたことがあるが、とんでもなくうまいぞ」

「わぁ、食べてみたいです」

「ああ、たくさん食べてくれ。これから、この宿場街の連中を全員集めて、焼肉パーティーだ！」

「おー！」

店主の威勢のいい声に合わせて、スズは笑顔で拳を突き上げるのだった。


その後、森の主討伐記念。第一回、大焼き肉パーティーが開催された。

宿場街の者たちが肉を切り分けて、自身が知る限り最高の方法で調理をする。

それらを一つ一つ、スズは時間をかけてゆっくりと味わう。森の主の肉は、どの部位も柔らかい。たっぷりと旨味が詰めこまれていて、噛《か》む度に口の中に幸せが広がる。

脂はプルプルで、口に放り込むと、舌と唇の熱で溶けてしまう。ジューシーな脂が口いっぱいに広がり、体を震わせてしまいそうなほどの幸福感で満たされた。

ちょっと変わったところで、森の主の心臓焼きなんてメニューがあった。

こちらは少し硬いが、コリコリとした食感は食べていて楽しく、飽きることがない。

とろける肉を味わい、そして、ワインで喉を潤す。アルコールでほろ酔いになり、良い気分に。

そんな状態で再び肉を口にして……幸せの無限ループだ。

スズは、幻と言われている肉を思う存分に堪能して……


「うにゃあああああああああっ!!」

レイン達の家に、カナデの叫び声が響いた。

「どうしたの、カナデちゃん？　いきなり叫ぶなんて。もう夜なのよ？　ご近所迷惑でしょう」

「お母さんが飯テロ話をするからでしょ⁉」

「お母さん、テロなんてしていないわ。カナデちゃんが、お母さんの大冒険のお話を聞きたいっていうから、それを話していただけじゃない」

「途中までは、確かに大冒険だったけどね⁉　でも、最後はただの飯テロ話だよ⁉　こんな遅くにそんなお話をされたら、お腹が減っちゃうじゃない！　なにか食べたくなっちゃうじゃない！」

「カナデちゃん……こんな時間になにか食べたら、太っちゃうわよ？」

「うにゃあああああああああっ!!」

この母親は、わざとやっているのだろうか？　あえて娘を挑発しているのだろうか？

「それでね、森の主のお肉、すごくおいしくて……お母さん、たくさん食べちゃった。ホント、おいしかったわ。噛まなくてもいいくらいに柔らかくて、じゅわっと脂があふれだしてきて……」

「もうやめてぇえええええっ!!」

この日……カナデは、夜中に肉を焼いて食べて、少し体重が増えてしまったとかなんとか。

それはまた別の話。

おはようございます。こんにちは。こんばんは。深山鈴です。

はじめましての方ははじめまして。引き続き手にとっていただいている方は、いつもありがとうございます。おかげさまで、四巻発売となりました！

一巻が発売されて、ちょうど一年くらいでしょうか？　その間に、四巻まで出すことができるなんて……とてもうれしいですが、その分、がんばらないと、と思うようになりました。これからも応援をいただけると、すごくうれしいです。深山鈴は応援がないと寂しくて死んでしまいます。ウサギか。でも、ウサギってそんなことないらしいですね。


それはともかく。あとがきから先に読む方は、ここから先、少しネタバレになってしまいます。なので、注意していただければ。

今回の新キャラは、わりと多めですね。スズ、アクス、セル、イリスの四人。スズは、カナデのお母さんはこんな感じかなあ？　と日々妄想していたら、いつの間にか出てきました。おっとりしていそうで、自己主張の強いキャラです。

アクスは、かっこいい冒険者を書いてみたい！　という思いから生まれたキャラです。ただ、なぜかアクスはあんな性癖を持つことに。かっこいいというわけではなくて、おもしろおかしな変人に……どうしてこうなった……？

セルは、そんなアクスの相棒として誕生しました。アクスがあんな感じだからなのか、セルはかなり落ち着いたキャラクターに。落ち着きすぎて、無表情でアクスを殴ったりしています。セルの思考回路はどうなっているんでしょうね？　自分で書いていて謎です……でもきっと、二人は良いコンビなのでしょう。そういうことにしておきましょう。

そして、イリスですね。ウェブ版ではけっこう人気があるのですが、いかがでしょうか？　個人的にもお気に入りで、小悪魔なところがなかなかに好きです。書いていると楽しいというか、たまに、勝手に動き出してしまいます。その度に修正をすることになるという困ったキャラなのですが、そんなところも愛らしいです。

それでは謝辞を……あれ？　まだページが余っている？　そうか。今回のあとがきは長いんだった。あとがき百ページ書いてください、って言われたんだった。ウソです。

せっかくなので、四巻の制作秘話などを。

いつものようにウェブ版を加筆修正したものになりますが、今回は、とあるシーンを大きく追加しています。自分から担当様にお願いして追加したシーンですが、おかげでけっこう良い感じになったのではないかと自画自賛しています。

追加したシーンは、ズバリ、イリスとのデートシーンです。ウェブ版では、ちょっと流れが急すぎて、イリスというキャラになかなか愛着がモテないのでは？　と不安になり……そこで、お願いしてデートシーンを追加することにしました。こちらは、ウェブ版にはない、完全書き下ろしになります。

小悪魔っぽいイリスに翻弄されたり、からかわれたり。でも、時にはレインがしっかりとリードをしたり。普通のデートを描いてみました。どうだったでしょうか？　少しでもイリスの魅力が伝わったらなあ、なんてことを思っています。


ページがまだ余っています。どうしよう？

あとがきが埋まらないという、贅沢な悩みを味わえる日が来るなんて……うれしいですが、困りものですね。

なので引き続き、四巻のメインであるイリスの話を思いついた……というか、書こうと思った流れでも。

今まで、レインは色々な最強種を仲間にしてきました。カナデ、タニア、ソラ、ルナ、ニーナ。最強種ではないものの、ティナも。

みんな、基本、友好的です。ソラはひと悶着ありましたが、それも事情あってのこと。基本的に、最強種は人に友好的なんですよね。

なので、その流れに逆らってみることにしました。

人に本気で敵対する最強種が現れた時、レインはどうするのか？　今までと同じように、仲良くしようとするのか。それとも、敵として討伐してしまうのか。

そんなことを、ふと疑問に思い……ならば、いっそのこと書いてみよう！　と思い至り、四巻の物語が誕生しました。

ウェブで公開した時は賛否両論あり、色々な意味で思い出深い話になりました。そんな経緯があるためか、イリスというキャラクターは、わりとお気に入りです。トップ10入りするほどです。ヒロインは十人もいないので、トップ10入りして当たり前なんですけどね。

イリスというキャラを好きになってもらい、今回の物語を楽しんでいただけると、とてもうれしいです。よろしくお願いします。


それでは……今度こそ謝辞を。

イラストを描いてくださっているホトソウカ様、いつもありがとうございます。ホトソウカ様のイラストは、いつも想像の上をいく素敵なものです。これからもお付き合いいただけると、とてもうれしいです。よろしくお願いします。

コミカライズを担当していただいている茂村モト先生、いつもありがとうございます。もはや一読者として、毎回、更新を楽しみにしています。そしてそして、コミックス三巻、好評発売中です！　ぜひぜひ手にとってください。

色々なアドバイスをくださる担当様、いつもありがとうございます。誤字とかの指摘もさせてしまいすみません。これからも、たくさん誤字を書きたいと思います！　ウソです。

そして、この本を手に取ってくださった読者のみなさま、ありがとうございます。


ではでは、今回はこの辺りで。ありがとうございました。

巻末特別企画

キャラデザ大公開第四弾!

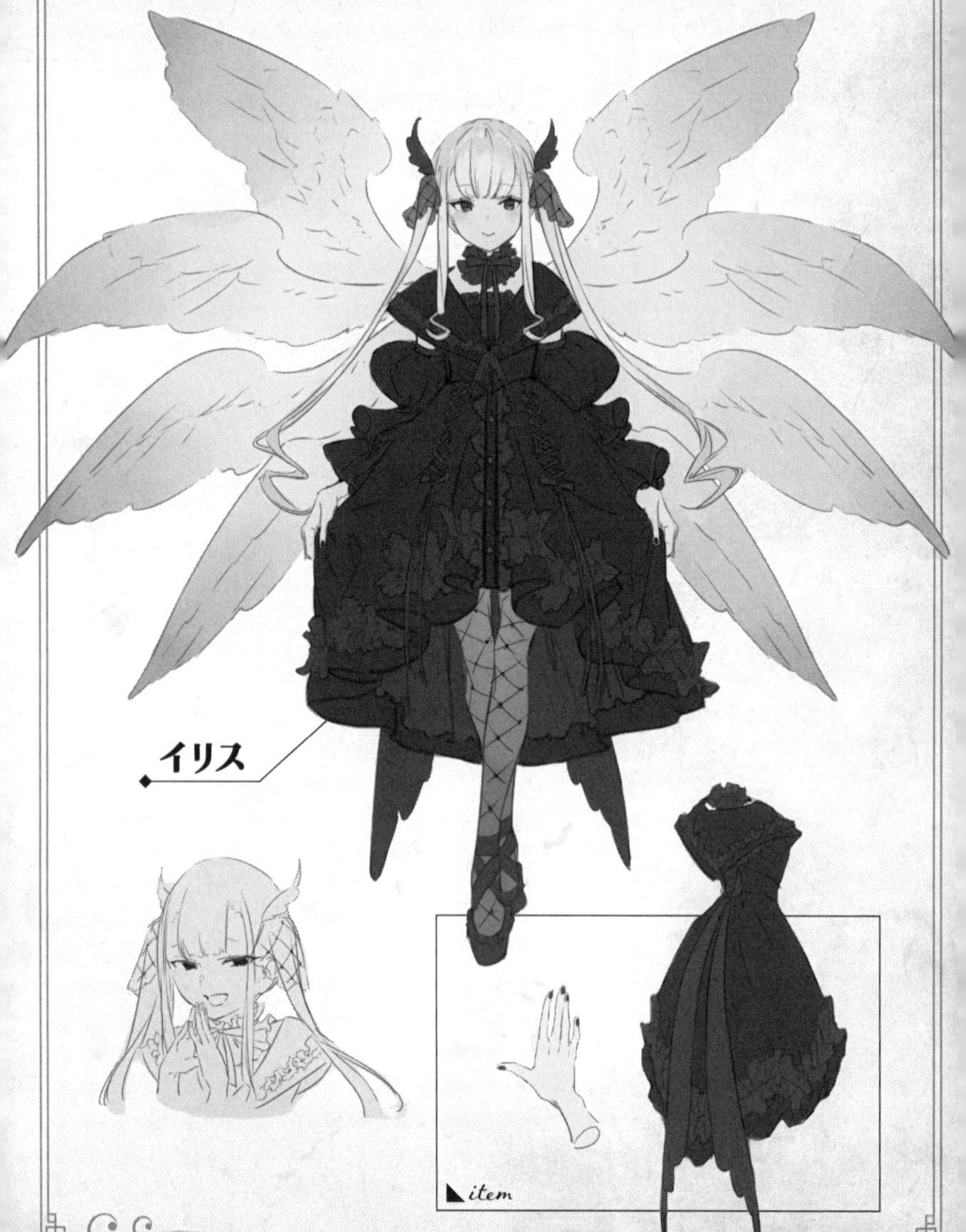

item
アクス・ギン
セル・
マーセナル
item

迷《まよ》いの森《もり》は
俺《おれ》たちが攻略《こうりゃく》する
全部《ぜんぶ》
お前《まえ》が馬鹿《ばか》にしたビーストテイマーの力《ちから》だよ
勇者パーティーとの因縁に
ケリをつけろ!!
終焉《しゅうえん》をプレゼントしてあげる
コミック版
1～3巻
好評発売中!!

ぽんっ
半分《はんぶん》くらいの力《ちから》でいくね
最強の仲間×最高の信頼
ありがとうな
マンガUP!（スクウェア・エニックス）にて
コミカライズ
大好評連載中!
勇者パーティーを追放された
ビーストテイマー、最強種の猫耳少女と出会う
原作
深山 鈴
漫画
茂村モト
©Moto Shigemura／SQUARE ENIX

Kラノベブックス

勇《ゆう》者《しゃ》パーティーを追《つい》放《ほう》されたビーストテイマー、最《さい》強《きょう》種《しゅ》の猫《ねこ》耳《みみ》少《しょう》女《じょ》と出《で》会《あ》う4

深《み》山《やま》　鈴《すず》

2020年4月28日第1刷発行
2022年9月20日第3刷発行

発行者	森田浩章
発行所	株式会社 講談社 〒112-8001　東京都文京区音羽2-12-21
電　話	出版　(03)5395-3715 販売　(03)5395-3608 業務　(03)5395-3603
デザイン	ムシカゴグラフィクス
本文データ制作	講談社デジタル製作
印刷所	株式会社KPSプロダクツ
製本所	株式会社フォーネット社

KODANSHA

ISBN978-4-06-519593-2　N.D.C.913　353p　18cm
定価はカバーに表示してあります

ファンレター、
作品のご感想を
お待ちしています。

あて先
〒112-8001　東京都文京区音羽2-12-21
(株) 講談社　ラノベ文庫編集部 気付
「深山鈴先生」係
「ホトソウカ先生」係

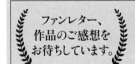